講談社文庫

オリンピックへ行こう！

真保裕一

講談社

目次

オリンピックへ行こう！

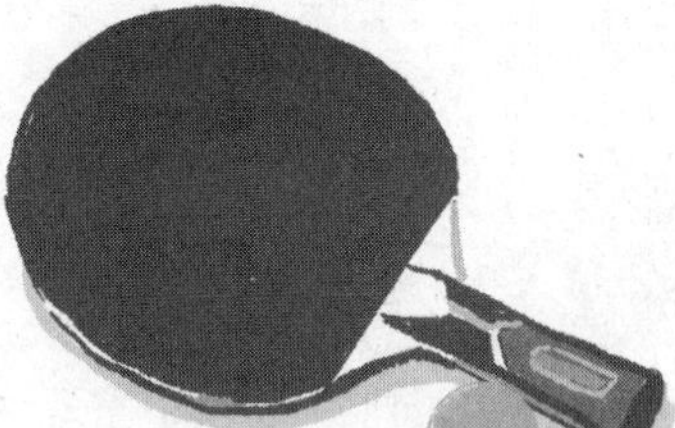

卓　球

1

大窓の外が少し明るくなっていた。午前五時。一年生がカーテンを開け、練習場の明かりを灯《とも》した。柔らかな光を跳《は》ね返して、卓球台の青いコートが輝いて見える。ストレッチを終えた者から、フォアハンドでの軽い打ち合いがスタートした。ネットをはさんでコートを行き来するボールの軽快な音が耳に心地《ここち》好《よ》い。一人が体重を乗せて強めに打った。軽快なフットワークに、キュッとフロアのこすれる音が響く。無駄《むだ》話をする者はいない。誰もが今日のゲームの大切さをわかっている。

五つのテーブルが並ぶ練習場を見渡して深く息を吸ったあと、雄貴《ゆうき》も壁際《かべぎわ》で屈伸を始めた。すると、慌《あわ》ただしい足音に続いて後ろから声がかかった。

「いやいや、みんな心配性だねえ、こんな朝っぱらから打ち合おうだなんて。いやー、感心、感心」

くだけた物言いに振り返ると、お調子者を演じる真鍋亮平《まなべりょうへい》のにやけ顔が、ひょいとドアの向こうから突き出された。

　本当に頭が下がる。この四年間、それが自分の役回りと考え、ずっとチームの和を優先してきた。彼がいてくれたから、雄貴たちは脇目も振らず試合に集中することができたのだった。

　だから今日も、その心遣いをありがたく受け取らせてもらい、雄貴はあえて悪態で返した。

「その手のラケットは何だよ、おい。おまえも同じだろが」

「いやいや、何言ってんの。目ぇつり上げて怖《こわ》い顔した四年生と、朝から誰も練習したくないだろ。ほら、成元《なりもと》君よ、目が赤くなってるぞ。ははぁーん、緊張でろくに眠れなかったな。見かけによらず繊細だこと」

「おまえこそ、一晩かけてしっかりイメトレ積んでおいたろうな」

「言われなくたって、ありったけの得点パターンを何度も思い浮かべてみたさ。けど、使える戦術は数えるほどしかないから、すぐにぐっすり眠れたよ。わははっ」

　豪快な笑い声が響き渡った。いつものことなので、誰も振り向いたりはしなかった。キャプテンの奥寺《おくでら》も注意することはない。真鍋の高笑いには、確かな〝くすぐり効果〟があった。

「よっしゃ、始めるか」

真鍋にうなずき、台へ歩いた。気づいた後輩たちが場所を空《あ》けてくれた。

たった二・七グラムのプラスチック製ボールを受け取った。掌《てのひら》の上で軽く転がしてやる。吹けば飛んでしまうほどの重さしかないから、厄介《やっかい》きわまりない。このボールを操《あやつ》るため、どれほどの汗を流してきたか。

ふわりとトスして、まずはラケットごと押し出し、回転少なく送り出した。真鍋が半身になり、軽いドライブ（上回転）で返してくる。ラケットを軽く合わせて返球する。

雄貴たちにとって、軽いラリーは歩くのと同じだ。右足の次に左足を前に出そう、と考えながら歩く者はいない。相手のボールのスピードと回転数に合わせて自然とラケットの角度と腕の振りが決まる。

打ち合うボールのスピードを上げていくごとに、全身の神経が研《と》ぎすまされていく。特に調子がいいと思える日は、ピンポンと弾《はじ》かれるボールの音色《ねいろ》とリズムが、ある種の音楽のようにも聞こえてくる。テーブルを往復するボールの音は単調でも、仲間の奏《かな》でる音と重なって、いくつもの和音が作られていく。胸の鼓動もボールに合わせて弾《はず》み、体が踊るように動きだす。

今日の音色は悪くなかった。早朝から体のキレもいい。ラケットは手の一部となって自在に動く。肩に違和感はない。夏合宿の疲れも感じなかった。試合への気合いが満ちていく。

六時まで軽く体を動かすと、試合の早い者から切り上げて朝食を軽めにとった。出発前に、五期上の卒業生でもある田中《たなか》コーチが寮にやって来て、今日のタイムテーブルを貼りだした。当日の朝に偉そうな訓示を垂《た》れたところで、もう遅い。誰もがこの日のために準備を積んできた。

全日本大学総合卓球選手権大会、個人の部。

学生日本一を決める戦い。その関東予選が行われる。大学を通じて連盟にエントリーすれば、予選会には誰もが出場できる。

関東大学リーグの公式戦は、各チームでレギュラーを勝ち取った者しか出られなかった。多くの試合経験があってこそ、選手は成長できる。よって、リーグに加盟する大学の部員は、ほぼ洩《も》れなく今日の予選に参戦する。その数、男女合わせて千人に上る。

期間は二日。男子シングルスは総勢六百人が六十のブロックに分かれてトーナメントで戦い、勝ちぬいたトップ一名ずつが本戦への出場権を得る。午前九時に会場設営を始めて、午後九時まで延々と二十の卓球台を使って、引っ切りなしにゲームが続く。ダブルスの予選にもエントリーする者は、一日に七試合もこなすことになるハードな日程だった。こういう予選が、全国の地方会場でくり広げられる。

雄貴たち明城《めいじょう》大学卓球部は総勢二十五名。うち二名がすでにシードされていた。前年の大会でベスト16に入った者や、ユニバーシアードの代表選手は予選を免除される。今日は怪我《けが》で治療中の二名をのぞいた二十一名がエントリーしている。

会場は、江東《こうとう》区運動公園内の都民総合スポーツセンター。中学生の部活ではないので、団体行動は取らない。それぞれが時間を見て寮を出発する。が、早めに出かける者がほとんどだ。

練習会場のサブアリーナは午前八時に開く。そこに卓球台を並べるのも選手たちの仕事だ。

電車を乗り継いで七時半に到着すると、早くも登録をすませた選手で運動公園内はあふれんばかりになっていた。ジョギングする者。黙々と一人でシャドープレーに耽《ふけ》る者。柔軟体操を始めるチームもあった。誰もが準備運動に余念がない。

「見ろよ。みんな必死だ。あきらめの悪い連中がこんなにもいるんだから畏《おそ》れ入るよな」

真鍋が珍しく笑《え》みも見せずに言った。

雄貴も同感だった。シングルスの予選トーナメントを勝ちぬいても、ほぼ八割近くの者が本大会の三回戦までで姿を消す。四回戦まで勝ち、ベスト16のランク入りができるのは、この中に一名いるかどうかだった。

「おい、成元。ヘマはすんなよ」

「おまえこそ、今年は勝ちぬけろ」

「監督にも言われたよ。おまえはやればできる男だって。昔から聞き飽きるほど言われてきた言葉だけどな」

雄貴たち四年生にとっては、最後の全日学だった。真鍋は一度もリーグ戦に出たことがない。部内での選考試合で苦杯をなめ続けてきたからだ。関東学生選手権でも毎年一回戦で敗れ去っていた。全日学のハードルは、さらに高い。

この日のために、夏合宿は真鍋の練習相手を進んで務めてきた。

――おれにつき合ってたら、おまえのためにならないだろ。

お人好《ひとよ》しの真鍋はそう言って、一年生を練習相手に指名した。が、雄貴は譲らなかった。矢切《やぎり》監督を説得もした。

――本当にいいのか。

雄貴の目を見て監督は言った。もちろん本気だった。四年間チームのためにつくしてきた男に、納得のいく試合をしてもらいたかった。雄貴が肩の怪我で一年近くを棒に振った時も、真鍋はリハビリにつき合ってくれた。

――おまえも人がよすぎるぞ。

予選を勝ちぬく自信はあった。こんなところで負けてはいられなかった。多くのライバルたちが本戦で待っている。たった一週間ぐらい、友と呼べる男に練習時間をくれてやって何が悪い。伊達《だて》に十五年も卓球に人生を捧《ささ》げてきたわけではない。春のリーグ戦でもライバルたちと互角に近い戦いができていた。

そう。あくまで互角に近い戦いにすぎず、万全とは言いがたかった。けれど、必ずコンディションを整え、勝負勘を取り戻してみせる。秋のリーグ戦もひかえていた。とことん自分を追いこみ、鍛《きた》えぬく時間は充分にあった。

開場と同時に、どっと選手がサブアリーナへ入っていった。ありったけの卓球台が次々と並べられていく。主将会議で大学ごとに練習台の場所と時間が決められている。

一分も無駄にはできないと早くも打ちこみを始めるチームがあった。あちこちに円陣ができ、気合いを入れる声がドーム天井に反響する。

雄貴には二年ぶりの関東予選だった。一年の時は脇目も振らず、集中して試合に挑めた。勝てると信じていながらも、不安はやはりあった。シードされる選手は多くない。今の自分のように、怪我のために予選から挑まねばならない実力者もいた。

卓球界の裾野《すその》は広い。各地方にクラブチームがひしめき、多くの者が幼少期からラケットを手にする。中学の部活動から始めるのでは、遅すぎた。十二歳までをゴールデンエージと言い、その年齢までに基本を身につけておかないと、才能は磨かれていかない。選手としての将来はない。

日本では特に女子が際立《きわだ》っていて、ランキングの上位を十代の選手が占《し》める。大学に上がってから頭角を現す者はまず出てこない、という厳しい現実がある。

男子の場合は、全日本ナショナルチーム（NT）候補選手の半数が、大学生だ。つまり、二十歳《はたち》前後で将来が決まると言っていい。

ここに集まる男子には、まだぎりぎり可能性が残されていた。現に今のNTには、中学高校と無名に近かった者も加わっているのだ。

大学の卓球部には、悲しきアフォリズムが言い伝わる。

――十で神童、十五で才子《さいし》、二十歳すぎればただの人。

雄貴は七歳でラケットを握った。兄が友人たちと卓球クラブに通い始め、一緒についていったのがきっかけだった。

自分よりも背が低く、やっと卓球台の盤面に顔が届くほどの小さな子たちが、強く鋭いボールを打ち合っていた。ラケットを借りて、見よう見まねで打たせてもらった。山なりのボールは返せた。ところが、兄のくり出すサーブにラケットを出すと、思いがけない方向へボールは弾んでいった。

どうしてだろう？　だって、ラケットの面は相手コートにきちんと向けたのに……。いくら丁寧《ていねい》に返そうと、ボールは右や左や下や上へ、とんでもない方向に跳ね返るのだった。

　首をひねる雄貴を見て、兄たちは大笑いした。

からかわれている、とわかった。いつもなら喧嘩腰《けんかごし》に向かっていくところだったけれど、ボールの不規則な跳ね返りが不思議でならず、兄に食ってかかる気は起こらなかった。手品を見せられたような驚きがあった。

「雄貴、よぉくラケットを見ろよ。何のためにラバーが貼ってあると思う？」

　兄が笑顔でラケットを鼻先に突き出してきた。両面に柔らかいゴムのようなものが貼られていた。

「いいか。このラバーは、ボールを強くこすりながら打って、回転をつけてやるためにあるんだ」

　野球でいう変化球の理屈に似ているが、まったく違う。なぜならバットにはラバーが貼られていない。ボールも重い。だから、打ち返す時、カーブなど変化球の回転に影響されることは、ほとんどない。けれど、卓球のボールはたった二・七グラムと軽いので、ラバーによって強い回転がかかり、まっすぐ打ち返すのが難しくなる。

「ボールの回転を瞬時に見ぬかないと、相手のコートに返せなくなる。どうだ、面白いだろ。これが卓球というスポーツなんだ」

　得意顔で兄は言った。ただまっすぐ素直に打ち返すのは遊びのピンポン。回転を自在に操って、相手の裏をかいて攻め合うのが、本物の卓球だ。

たぶん誰かの受け売りだったろう。でも、あの時の兄の言葉は今も胸に刻まれている。

ボールを操る。回転に変化をつけることで相手のミスを誘い、チャンスボールをスマッシュで決める。卓球の難しさと面白さに、雄貴は魅せられた。

幼いうちから経験を積むと、相手の回転によってどう打ち返せばいいか、頭ではなく体が覚えていく。技のバリエーションが増えるごとに、勝つ喜びを味わえるようになる。成功体験が選手を育てる。何時間でも練習ができた。

きっかけを作ってくれた兄は、高校まで卓球に打ちこんだ。インターハイにも出場した。けれど、十八歳で見切りをつけてただの人となり、今は地元で仲間と卓球を楽しんでいる。

両親の期待は、雄貴一人に向けられた。十歳で全国大会に出場し、ベスト8に進めた。県内では〝神童〟と評された。多くの名門私立中学校から誘いの声がかかった。入学金も学費もいらない好条件に、両親は感激した。地元の公立中学で卓球をしていた兄だけが「自分でよく考えて決めろよな」と冷静なアドバイスをくれた。

名門として知られた中学の卓球部で鍛えられ、全日本カデット十三歳以下で三位に入ることができた。ついに念願だったジュニアナショナルチーム（ＪＮＴ）の候補選手の指名を受けた。夢にまで見たナショナルトレーニングセンターでの強化合宿に呼ばれるようになった。

その時初めて、オリンピックという夢が目標として立ち上がってきたと言える。胸を躍《おど》らせて合宿に参加した。

ところが、初日からつまずいた。

JNTには、エリートアカデミーの選手が何人もいた。JOC（日本オリンピック委員会）がトップアスリートを育てるために有望な中高生を集め、寮生活をさせて鍛えていくプロジェクトの参加者たちだった。言わば、若き卓球エリートの集まりなのだ。

雄貴たちも中学の寮で暮らし、卓球づけの日々を送っていた。エリートアカデミーの選手に負けてなるか、と勢いこんだ。

が、トレセンでの練習は、中学の部活とはまったく違った。選手は独自に練習方法を考え、自分の課題に取り組んでいた。その自主性と、自らの技術を見極める目の厳しさに圧倒された。練習試合のレベルも高く、惨憺《さんたん》たる結果が続いた。

新人候補生へのショック療法もあったのかもしれない。生半可《なまはんか》な考え方では、NTの一員にはなれないぞ。自分の弱点を探って見つけだし、とことん練習に励《はげ》め。コーチの言葉が胸に刺さった。

春休みが明けて中学の寮に戻り、部の仲間と練習に打ちこんだ。県の大会では、ほぼ敵なしだった。ところが、中部大会へ進むと、強い選手はいくらでもいた。雄貴はJNT候補選手として知られていたこともあり、周りはすべて敵だった。

小さな大会でも、雄貴を狙ってビデオカメラが囲んだ。どのチームも、父兄総がかりで敵の情報を集めて分析することに取り組んでいた。コース取りからフォームの癖《くせ》に、フットワークやバックハンドでの守備の弱点まで、丸裸にされた。

「おまえが強い選手になった証拠だよ。この状況を打ち破っていけたやつだけがNTの一員になれると思え」

監督は厳しい指導の中にも激励の言葉を忘れずに添えてくれた。神童と呼ばれた少年は、歯を食いしばって才子の場に踏ん張った。癖の修正に時間を費やした。文字どおりに胃液を吐くまで練習した。チームの誰より卓球に集中した。

中学は体ができあがっていく時でもあった。発育の差が、実力差に重なりやすい。しかも、翌年になれば、また下から有望選手が次々と入学してくる。結果が伴わなければ、JNT候補からは外される。

苦しみもがく雄貴を見て、母が涙ながらに言った。

「ごめんね。体の大きな子に産んであげられなくて……」

体が大きくなくても強い選手はいくらでもいた。小さいなりの戦い方がある。身長が高すぎても小回りが利《き》きにくくなる。自分の努力が足りないのだ。泣きながら練習に励んだ。監督も夜中まで指導につき合ってくれた。

「誰もが通る道だ。勝利をつかめば、必ずまた強化選手に戻れるからな」

全国中学大会。全日本ジュニア。ふたつの大会で思うような結果が残せず、ＪＮＴから声はかからなかった。高校総体。全日本ジュニア。足踏みが続いた。

昔ほど強気に打てなくなった。幼い子どもには失うものなど何もなかった。要は、単なる怖いもの知らずだったのだ。兄や部の先輩たちが勝利をつかめず、ただの人になっていくのを見て、失うものの大きさを知った。

負ける恐怖に手足が縮こまり、チャンスボールを思いきって打てずに無難《ぶなん》な返球をしてしまう。焦《あせ》って強打すればミスになる。ボールの回転を操るどころか、翻弄《ほんろう》された。

「えーっ、成元先輩って、ＪＮＴ候補に入ったことあるんですか。すごいですね！」

後輩たちの無邪気《むじゃき》な質問が身を貫《つらぬ》いた。

関東一部リーグの大学へ進めたのは、高校の監督が強く推薦してくれたおかげだった。

「すまなかった。おれの力不足だった。おまえのせいじゃない。けど、明城大学で鍛えていけば、おまえは絶対に輝ける。おれはそう信じてる」

卓球選手は、あらゆるコーチから絶えず同じアドバイスを受けて育つ。

——絶対にあきらめるな。

たとえ〇対十になろうと、相手が嫌がるほどに食らいつけ。必死の戦いを続けていけば、敵の意外な弱点が見えることもある。たとえその試合は負けようとも、嫌な選手だったと印象づけられれば、次の試合に必ず生きてくる。経験値が飛躍の土台になる。

卓球の勝敗には戦術が大きく影響する。技術の高い者が必ず勝つわけではない。些《さ》細《さい》なミスからゲームの流れは変わるし、わずかな油断から逆転負けを食らうこともある。だから、決してあきらめるな。

卓球界に根づいた精神論のひとつかもしれない。けれど、誰に訊《き》こうと、同じ言葉が返される。あきらめたら終わりだ。今日まで生活のすべてを卓球に捧げてきた。だから、少しでも上を目指す。

大学に入って、気がつけばもう四年がすぎようとしていた。これが最後の全日学になる。絶対に勝つ。予選で負けるわけにはいかない。

今の自分がどの辺《あた》りにいるのか。真の力を試される戦いが始まる。

2

予選一回戦の相手は、茨城《いばらき》工業大学の三年生だった。春のリーグ戦では二部の四位とはいえ、中心メンバーの一人だと聞いた。

残念ながら、部内に彼と戦ったことのある者はいなかった。連盟の合同合宿で見かけた覚えはありながら、さして記憶にない選手だった。

そこで、マネージャーが二部に落ちたチームに話をつけて、映像資料を手に入れてくれた。右利きでラケットはシェークハンド（握手のように持って両面で打つタイプ）。フォアもバックも高弾性の裏ソフト（回転をかけやすく、スピードも出るタイプのラバー）。雄貴と同じドライブ主戦型だが、バックの守りに多少のもろさが見えた。この夏に弱点を補強してきたことは考えられる。

こちらの情報も少しは伝わっているだろう。一部リーグの主力であっても、怪我から復帰したばかりで、春のリーグ戦では取りこぼしの試合もあった。その際の映像から、相手は策を練ってきたはずだ。

「成元さん、時間です」

怪我のために出場できない二年生に呼ばれた。監督もコーチも雄貴には何も言わなかった。ここで負けるようでは秋のリーグで戦力にもならない。

真鍋は先に呼ばれて会場へ出ていっている。彼の試合は気になったが、人の応援をしていられる時間はなかった。ラケットとタオルを手に呼吸を整え直した。軽くジャンプを織り交ぜながら、指定された七番台へ歩いた。

審判に名前を呼ばれた。相手は目を合わせようとしなかった。近くで見ると、そこそこ上半身の肉づきはいい。この腕力に頼ってのフォアが頼みの綱《つな》なのだと納得できた。

台をはさんで、軽く打ち合いの練習にかかる。照明は邪魔にならないか。相手の後ろでちらつくものはないか。視界を確かめながら、盤面とボールの感触もつかんでいく。

卓球台の長さは二百七十四センチ。幅百五十二・五センチ。たった三メートル先に敵がいて、息づかいまでがはっきりと聞こえる。

相手はまだ雄貴を見ない。二部リーグでもまれているのに、いくらか緊張しているようだ。とすれば、勝ち目はある、と踏んでいるからだろう。侮《あなど》ってはならない相手だった。

ジャンケンで敵の先攻になった。サーブは二本ずつ。出だしは様子見にくるか。その場合は、フォア前（利き手側の前）への短いサーブがセオリーだ。映像で見た限り、上下の回転を操るのを少しは得意にしていそうだった。が、受けてみないことにはわからない。何本かレシーブしていけば、過去の経験から微調整はしていける。

主審が合図を送った。応援団でも来ているのか、二階の観客席で歓声が湧《わ》いた。

サーブの高さを計るため、低めに構《かま》えた。敵の手にしたボールに集中する。アリーナの天井に反響する騒音が遠のいていった。三メートル先の相手しか見えなくなる。

掌からふわりとボールがトスされた。と同時にラケットを握る相手の手首が内側にひねられた。

見極めのポイントは、肘《ひじ》だ。わずかに下がったように見えた。そう思わせてラケットの根元で打ち、のっけからナックル（無回転）で攻めてくれれば、そこそこの策士だった。

肘を下げながら先端で切るように打った。敵が得意とする下回転できた。やはりフォア前だった。

スピードはそれほどでもない。が、ネットすれすれに低く越えてきた。

あてがうようにラケットを出す。角度を合わせて返すように見せておいて、インパクトの瞬間に手首を利かせて払い打つ。相手の下回転を利用して、ボールをこすり上げるようにしたので、さらに回転が増してくれる。

敵はバックの守りに不安があるので、サーブを打った右端からあまり動かずに待っている。そのバックミドル（バック側の体に近いほう）を深く速いボールで攻めた。こちらが台に乗り出しているので、常套《じょうとう》手段なら相手もバックの奥へ返そうとしてくる。そう読むまでもなく、当然の流れでバックステップを踏み、素早くラケットを引きつけながら待ち受ける。

読みどおりにドライブロング（前進回転を強くかける打法）でバックに打ち返してきた。正攻法とは度胸がいい。が、後ろへ下がりながら打ったため、コーナーの隅《すみ》を突く正確さはなく、やや甘めに向かってきた。

待っていたので自然と体が動いた。小学生のころから何千万回と打ちこみ、体に覚えこませてきた。無意識のうちに反応できてこそ、練習を積んだと言えるのだ。

小刻みなステップワークでボールの到達点へ動いて腰を落とし、胸もとにラケットを引きつける。肩胛骨《けんこうこつ》と肘を支点にして下から一気に腕を振り上げる。

バックハンドドライブを振り切った。

敵はフォアを頼みの綱としている。こちらも正攻法でバックを狙って相手の技術を見にかかる。

やはり敵はバックを警戒していた。大きく右へ飛びついた。が、内側をこするように打って右回転をかけたので、ボールはカーブを描き、サイドラインへと切れていった。伸ばしたラケットの先端を弾き、高くボールが跳ね飛んだ。

まずは一点。

案外と素直な攻めをしてくる選手だった。正攻法では通じそうにないと見れば、必ずどこかで何かを仕掛けてくる。その見極めが勝敗に直結する。

最初の一点を失おうとも、相手は表情を変えずにいた。序盤はまだ駆け引きのうち。焦るはずもない。無論、雄貴もさして喜びはしない。無表情に徹して体を揺らしながら敵を見る。

さて、次はどう攻めてくるか。

たぶん同じサーブは打ってこない。上回転かナックルのハーフロングをフォアミドル辺りへと送って体勢を崩してから、頼みのフォアの強打で活路を見出す。そう自分なら考えるところだ。相手コートでツーバウンドするかしないかの微妙な長さにサーブを出されると、強打もストップ（相手コートのネット際に落とす短い返球）もしにくくなる。ミドル（体の真ん前）であれば、フォアとバックのどちらで打つにしても半身になるので、逆を突かれた時は次の一歩が出遅れやすい。

トスが低く上がり、サーブが放たれた。

肘の下がり具合が先ほどよりも、やけに大きく見えた。もしやフェイクモーション（騙《だま》す動作）か。縦回転でくると思わせておき、横下か横上の回転をかけてきたかもしれない。相手はフォアにボールを運ばせたいはず。右横を加えた上回転で強く出せば、その影響でレシーブはフォア側に浮きやすくなる。

過去のケースから、こういう時の対応策が瞬時に思い描けた。浮き球にならないよう警戒して打ち返す。ボールはわずかに右へそれた。またも単なる下回転だったのだ。からくもネットは越えたが、敵がバックハンドで待ち受けていた。

読みを外されて、動きが遅れた。二発目から罠《わな》を仕掛けてくるとは思わなかった。あっさりとバックをぬかれた。

ワンオール（一対一）。

雄貴は気を静めて相手を見た。してやったりの笑みはなかった。会心の一打だったろうにポーカーフェイスを気取《きど》っている。やはり多少の策は用意してきている。

次は雄貴のサーブに替わる。

ボールを受け取る間に、作戦を練り直した。まだ序盤。敵はそこそこ技術と知恵を有する。となれば、弱点を真正面からしつこく攻めていき、熱くさせてやるのが得策だろう。

短いサーブを下回転でフォアへ送った。キレよりコースを優先させたので、敵は前のめりにラケットを伸ばし、短くストップしてきた。こちらを台に寄せて四球目を強打したい意図もある。

そこまでは予想できた。この一点はくれてやってもいい。そのつもりで敵の思惑《おもわく》に乗り、バックミドルに深く返してやった。

そこへボールを送れば、敵は無理してでもサイド（台の側面）へ回りこみ、フォアで強打してくる。相手の本気度が、この一打でわかる。強引に打つ勇気があるか。フォアの精度も見極めがつく。が、それを見越して待ち受ける。成功すれば、相手に与えるショックは大きい。つまり誘いの返球だった。

フォアの強打は、腰をためるようにひねってきたら、ストレートにくる確率が高い。決めにかかる時、まずフェイクはかけてこない。とっさに騙し討ちができるほどの技術力と精神的なゆとりはない、と見た。

案の定、敵は大きくステップを踏み出し、回りこんでフォアを打ちにきた。ここで先手を取れば有利になると見て、思いきり腰をためこんできた。

正直者だ。ストレートにくる。そこをカウンターで狙う。

先読みしてフォアを待った。こういう一打も何千万回と打ちこんできた。この程度の強さのボールであれば、対処できる。下から上へ回転をかけるようにブロック（ラケットを合わせて止めるように返す打法）で相手のスピードを利用し、クロス（対角線）へ打ち返した。

敵は動けなかった。なぜこうも鮮やかに返されたのか。自分の手の内はもう読まれているのか。そういう本音が早くも顔に出ていた。目がベンチコーチのほうへ泳ぎかける。が、彼は耐えた。弱みを見せてはならない。その程度の自制心は持ち合わせていた。

この一点は大きい。相手の出端《でばな》をくじく一打になった。

充分な手応《てごた》えを得つつも、まだゲームは始まったばかりだと思い直す。勝てると慢心して甘く見下し、読みを外すようなことになれば、流れを手放しかねない。これでいい、と思った瞬間から進歩は止まる。勝ちが逃げていく。確実に息の根を止めるまでは最善をつくす。つけ入る隙《すき》を与えてはならない。徹底的に弱みを突いて、戦意を喪失させる。

次の一手を考える時間を与えてはならなかった。素早くボールを拾って、敵を睨《にら》みながら構えた。フォア前へ速いサーブを出した。

さあ、バックへ長く返してこい。ほかに手があるなら、見せてみろ。

まんまと誘いのサーブに乗ってきた。敵のお株を奪って左サイドへ回りこんだ。威《い》嚇《かく》のフォアを強烈にたたきこんだ。

これで三対一。

次の一点ももぎ取らせてもらう。

3

三ゲーム連取の完勝だった。

雄貴は一礼して台を離れた。通路の壁際に一年生が待っていた。フロアへと落ちた視線を見て、結果が読めた。

「もう負けたのか」

「……はい。ストレートでした」

いくら何でも早すぎた。雄貴もさして時間を要しない楽なゲームだった。十二番の台のほうを振り返った。

「相手は二部リーグの一年だったよな」

「はい。ですけど、驚くほどサーブもドライブも切れていて……」

これだから一年生は怖い。無名の高校生が夏合宿で中身の濃い練習を積み、グイグイと伸びてくることがあった。大学でもしつこく卓球を続けようというのだから、昔は神童と呼ばれた実力者であってもおかしくはないのだ。雄貴はエントランスへ歩きながら訊いた。

「真鍋はどこだ」

「それが……録画係を務めると言って聞かなくて」

一年生の視線が観客席へと向けられた。

人がいいにもほどがある。学生最後の大会が終わりを告げたばかりなのに、やつは早くも仲間たちのために裏方へ回ったのだ。

コンクリート作りの階段を駆け上がった。なだらかなスロープ状に広がる観客席を見回した。最前列でビデオカメラを回す真鍋の背中があった。

雄貴が歩み寄ると、気配を察したらしく、振り向きもせずに真鍋は言った。

「見事な完勝だったな。ここからちょっと見させてもらった」

声がわずかに震えて聞こえたのは気のせいではなかったろう。ビデオ係を務めてレンズをのぞいていれば、泣き顔を仲間に見せなくてもすむ。

「すまんな……。せっかく練習つき合ってくれたのに」

「迷わずに打てたんだよな」

「ああ……。みっちりと積んだ練習のおかげで体は動いたよ。ストレートを打ちぬいてやった。手応えは何度もあった。けど、固いブロックに跳ね返された。しかも、回転かけて返してくる技術が向こうにはあった。生半可なやつじゃなかったな」

「そうか……」

真鍋は決して弱くなかった。高校時代の実績は、雄貴とさして変わらなかった。だから、推薦での入部が認められたのだった。明城大学卓球部は、一般試験で入学してきた者に門戸を開いてはいない。競技部として大学に認められ、通常のサークル活動とは区別されていた。

高校時代の自分と同じなのだった。雄貴にはわかる。結果を出せずに迷う心が、真鍋のプレーから思い切りのよさを奪っていった。

誰もが幾度《いくど》となく分厚い壁にぶち当たる。力ずくで打ち砕き、はい上がれた者のみが、この先も長く卓球を続けていける。

「いつまでこんなとこにいる気だよ、成元。早く次に備えろ。さっさと対戦相手を確認しに行け。まあ、心配はしてないけど、慢心は禁物だからな」

「言われなくてもわかってる。どっちが上がってきても顔馴染《かおなじ》みだからな」

すでに手は考えてあった。二人ともに関東学生選手権で戦ったことのある相手だった。高校時代にも対戦していた。

卓球界は、強化方針のひとつとして、年代別の大会が数多く開催される。大学まで生き残ってきた同年代の者であれば、まずたいてい過去に対戦経験があって当然なのだ。

「どっちも同学年だったよな」

「ああ、おれたちと同じだ」

「なら、どこかの誰かと違って、しつこく食い下がってくるぞ。最後の大会だからな」

「わかってる。どっちにしても、おれが引導を渡してやる」

次の対戦は一時間後のスタートだった。

お互い鏡を見るような気持ちだったかもしれない。相手は同じ関東一部リーグに所属する大学の右シェークハンドだった。二年の時は試合に出ていたが、最近はほとんど見なくなっていた。次々と入部してくる後輩に後れを取り、レギュラーを追われたからだ。

誰かと同じで、最後のこの大会に賭けてきているだろう。まだ戦っていける。自分の存在証明をつかみ取りたい。本戦に出場できなければ、そこで卓球生活が終わる。おそらく彼にとって敗戦は引退を意味する。

雄貴は夏合宿の前に監督から声をかけられた。この先どうするつもりでいるのか、と。

力ある選手であれば、実業団チームから声のかかる時期だった。大学と同じで、実業団の参加する日本リーグにもランクが存在する。正社員採用であれば、身を退いたあとも会社に残れて、将来が保証される。契約社員として働きながら卓球を続けるケースもあった。

　四年時に全日学の本戦にも進めないようでは、契約社員の道すら残されてはいない。卓球とは縁のない就職活動をするしかなくなる。

　運動部で四年間をまっとうした者の就職率は悪くなかった。上下関係に鍛えられているので、会社という組織の中で忍耐強くやっていけるだろう、と見なされやすい。だが、競技生活は終わりを告げる。

「おまえなら推薦はできる。けど、全日学で結果を出すつもりでいるよな」

推薦はできる。つまり、話がきているわけではない。

もちろん自ら就活に動くよりは、希望が持てる。あとは実力次第になり、将来の保証が確約されるわけではない。

　夏合宿の合間にも、実家へは帰らなかった。顔を出せば、家族との会話がぎこちなくなる。卒業後はどうする気か。親に余計な気遣いをさせてしまう。兄は電話で遠回しに言ってきた。全日学が勝負になるな、と。

　雄貴は監督に正直な思いを告げた。

「ＮＴ候補になることしか、今は考えていません」

「悪くない考え方だ。悔《く》いは残すなよ」

　企業に学生を推薦する時期にきていた。実業団の上位チームは、有望な選手を早めに決めておきたい。卓球をあきらめきれない者は履歴書を手に会社訪問をすることになる。が、誇る戦歴がなくては話にもならなかった。

矢切監督は、地方銀行の実業団チームで長く戦ってきた。雄貴は銀行員として働く自分を想像できなかった。覚悟《かくご》を決めて退路を断った。自分を追いこむことで結果へつなげていく。

たぶん推薦の枠は、キャプテンの奥寺へ回される。たとえ二部リーグの会社でも、銀行員として暮らしていける。後輩たちの進路にもつながっていくため、奥寺であれば断ったりはしない。

次の対戦相手が進むべき道を決めているのか、いくらか興味はあった。が、最後の予選で負けるような者は、卓球を趣味として続けていくしかない。

過去の対戦から、互いの手の内は読めていた。最後の大会なので、思いきった戦法に出てくるかもしれない。仕掛けられる前に、攻める。この相手に様子見はしない。

ミドルを攻めてから、丹念に左右前後へと揺さぶりをかけていった。敵はフォア前にサーブを送って乗り出したところをバックへ攻めるという実にありきたりな戦法を見せてきた。最後だから悔いを残さないよう、真っ正直に戦って、勝ちたい。中学生のような考え方をするのでは、戦術の放棄も同じだ。卓球という競技の奥深さをなめてもいた。こういう感傷に満ちた甘さを持つから、後輩に追いぬかれるのだ。

悪いが、真鍋と同じ弱みを持っている。

よき先輩であれと努めるのは自由だが、戦いに人格や品のよさは求められない。相手を罠《わな》にかけるずる賢さと、執念深く粘着質な攻めが勝利に結びつく。

短くストップして前に寄せてから、ミスの出やすいミドルにボールを集めた。体勢が崩れて、返球が狙いどおりに浮いたところを、右や左へ打ち分けた。徹底して弱点を攻め、情け無用に敵の戦意を奪った。強い相手に当たった自分に運がなかった。そう思うことができれば、彼も悔いは残さずに散っていける。

第三ゲームは敵に二点しか与えなかった。最後のフォアドライブががら空きになったストレートに刺さった時、相手は呆然《ぼうぜん》と立ちつくした。今日までの卓球人生が映る走馬灯《そうまとう》を見ているかのように虚脱した眼差《まなざ》しだった。

ガッツポーズはしなかった。雄貴は姿勢を正し、引退するしかない相手に向けて一礼した。

仲間の応援に回ろうと、タオルを手に通路へ急いだ。観客席への階段の前で、一眼レフカメラを首から下げた大庭友美《おおばともみ》が待っていた。

「まったく隙を見せない完勝だったね。おめでとう」

「笑顔はここだけにしとけよ」

「矢切監督の顔を見ればわかるわよ。で、勝ち進めていない原因は何かしらね。記事にする時、君の名前は出さないから、本音を聞かせてくれるとありがたいんだけど」

急に新聞部員の顔に戻り、友美は横に並んでついてきた。

「言えるかよ。みんな苦しんでるんだ」

先月のインカレ団体戦でも、チームは結果を残せなかった。予選リーグは勝ちぬいたものの、二回戦負けという、一部リーグの大学としては恥ずかしい成績だった。春のリーグ戦も六位に沈んだ。ムードメーカーが奮戦しようと、部内の雰囲気は最悪に近い。

「ま、仕方ないわよね。エースが落ちこんでるし、復帰したばかりの元エースも調子が上がってこないんじゃ」

「余計なお世話だ」

この数ヵ月ずっと彼女はうるさく言い続けていた。叱咤《しった》激励とわかるが、もう耳にタコだった。

最近は新聞部員という立場を超えて、人前でも堂々と際どい発言をしてくる。監督やコーチに知られたら、出禁《できん》になるのは確実だ。

彼女は三年前の秋、卓球のことを何も知らず、ただ先輩部員に言われるがまま、初めて全日学の取材に来た。

「卓球の試合を間近で初めて見させてもらいました。すごい反射神経ですね。成元さんのスピードに驚きました」

あまりに無知で無邪気な問いかけだったので、雄貴は本当に噴き出してしまった。

「いいかな。卓球台の長さは三メートルもない。トップ選手のラリーになると、相手の打ったボールが自分のラケットに届くまでの時間はわずか〇・二秒だ。人は物体の動きに体が反応するのに〇・三秒が必要だと言われてる」

「えっ？　じゃあ、相手にスマッシュを打たれたら、反応が追いつかなくて、拾えないはずですよね。でも、猛スピードのラリーが続くじゃないですか」

「相手のコースがわかるからね。エスパー並みの能力をトップ選手は持ってるものさ」

彼女は首を傾《かし》げ、真意を問う目つきになった。その素直な反応に、雄貴は笑みを返した。

「わからないかな。敵に打たれてから動くんじゃ、遅いんだ。自分の打ったボールのコースと回転、相手のわずかな反応、敵のコース取りの癖、あらゆる状況を瞬時に読んで、どこにボールがくるかを予測して待ち受ける。だから、ラリーが成立する」

「それって――やっぱりエスパーですよ」

熱い眼差しを向けられて、悪い気持ちはしなかった。どころか、完璧にやられてしまった。彼女が取材に来るたび、得々とプレーについて解説する自分がいた。

「昔の名選手が言ってる。卓球とは、百メートル走をしながらのチェスだってね。さすがイチローはいいこと言うよな」

「えぇーっ？　イチローって、あのイチローなの」

「そう。おれらの世界でイチローって言えば、荻村《おぎむら》伊智朗《いちろう》に決まってるだろ」

かつて世界チャンピオンに輝き、国際卓球連盟の会長も務めた名選手だった。卓球選手の中ではお決まりのジョークだが、友美は素直に笑ってくれた。

その年の秋のリーグ戦で、雄貴は一年生ながら並みいる強敵を打ち倒し、敢闘選手に選ばれた。先輩たちを押しのけて、早くもエースの座を手にした。全日学でもベスト8に躍進し、全日本選手権のシード入りもできた。NT候補はもう目の前にある。そう信じて練習に励んだ。

翌年、よりによって能瀬《のせ》雅弘《まさひろ》が明城大に進学してきた。

左シェークハンドのドライブ型。インターハイ準優勝。全日本ジュニアでは三位に輝いた俊英。

当然ながら矢切監督は、雄貴との因縁《いんねん》を知ったうえでスカウトしたのだった。ジュニアの大会で嫌になるほど対戦してきた。上位へ進出すると、必ず一学年下の能瀬が雄貴の前に立ちふさがった。

彼は中学生のころから〝チキータ〟を得意技としていた。変則バックフリックで強烈なレシーブを返してくる。手首を利かせて外側への回転をかけるため、バナナのようなカーブを描いて相手のコートに突き刺さる。その軌道から、世の誰もが知るバナナの銘柄をとって〝チキータ〟と呼ばれるようになった。世界の卓球を変えたと言われる技術だった。

負けじと雄貴も習得に努めた。けれど、少し速めのバックフリックにしかならなかった。チキータではなく、スーパーのキュウリ——ちょっとだけ曲がっているから——と仲間に笑われた。大学に進み、どうにかチキータと呼んでいいものが打てるようにはなってきている。

能瀬も雄貴と同じで、決して体の大きな選手ではなかった。得意技を持つことで、同年代のトップに割って入ったのだ。多くの大学から引き合いがあったろうに、なぜ雄貴のいる明城大学を選んだのか。あいつは言った。

「練習やインカレの団体戦を見させてもらいました。明城は厳しさの中にも、明るいムードがあるように見えましたから」

一年のころからムードメーカーを自任していた真鍋のおかげと言える。雄貴はずっと部内で浮いた存在だった。

「それに……こんな言い方したら怒られてしまうでしょうけど。成元さんが見違えるようになってて、ホント驚いたんです」

彼も地元では天才と言われながら、中学高校とトップの座は手にできていなかった。彼なりに悩みの時期であったのかもしれない。ジュニアのNT候補に入りながら、十八歳になってシニア入りする際、候補選手から外されていた。

あの時は、雄貴も部での練習相手に物足りなさを感じていた。それを見て取った監督は、真のライバルとなる選手をスカウトしようと考えたのだ。二人が競い合っていけば、リーグ戦の上位校になれる。部員の底上げにつながる。

「ごめんね、成元君。でも、みんな同じ気持ちだと思うんだ……」

友美に言われて、足が止まった。待ち受けていた時の彼女の身構えようから、話のコース取りは予測できていた。

「奥寺君も黙ってるけど……やっぱりみんな期待してたと思う。君と能瀬君のダブルスを」

「おれにだけ言われても困るんだよ」

雄貴は言い返すと、友美の顔は見ずに階段を駆け上がった。

最初の年は、監督の狙いが当たった。

能瀬は入部とともに、当たり前のような顔でレギュラーの座を手にした。雄貴と能瀬が火花を散らして練習に励んだため、先輩部員も引きずられていった。秋のリーグ戦では二人でダブルスも組み、十年ぶりの二位という順位を勝ち取れたのだった。直後の全日学で、能瀬が一年生ながら準優勝の栄冠をつかみ取り、あっさりと部内でのランクは逆転した。翌年、彼はNT候補への復帰が決まった。

監督とコーチは誇らしげに能瀬をナショナルトレーニングセンターへ送り出した。NT候補になれば、全日本の強化合宿にも招集される。アスリートビレッジでの宿泊費や交通費も日本卓球協会から支給される。合宿のスケジュールは年間百五十日近くもあった。

日本のトップ選手と練習ができ、世界で活躍したコーチから指導を受けられる。いつ参加しようと自由で、大学連盟が主催する大会がある時は、合宿を離れることもできた。

能瀬は大学での練習よりもトレセンでの合宿を優先させた。当然の選択だった。けれど、百日以上もエースの姿が部の練習場から消えた。

監督は部員に発破《はっぱ》をかけた。能瀬に続け、と。

言われるまでもないことだった。別に焦りは覚えなかった。あと一歩で追いつける。

ところが、無理を重ねて肩を痛めた。隠して練習を続けた結果、症状を悪化させた。絵に描いたような空回りだった。

間の悪いことに、能瀬がリーグ戦の欠場を伝えてきた。海外ツアーへの出場を彼は選んだのだ。

世界ランクを着実に上げていくことで、NT入りが近づく。世界のトップと戦えば、経験と技術が磨かれていく。ツアーへの参加を止めることは誰にもできなかった。だが、明城大学卓球部は同時に二枚のエースを失った。

「誰も悪くはないさ。おまえはリハビリに専念しろ」

奥寺たちが踏ん張って、二部落ちだけはまぬがれた。

雄貴は中学のころから、ずっと能瀬の後塵《こうじん》を拝してきた。だから、またも後輩に先を越されて焦ったわけではなかった。けれど、周囲はそう見なかった。

練習を休み、体のケアを優先させた。だからといって、呑気《のんき》に学生生活を楽しんではいられなかった。友美と二人ですごせる時間がほしくて寮を出ようと考えていたが、断念するほかはなかった。

「当然だよ。これ幸いと計画を進めるようだったら、横《よこ》っ面《つら》引っぱたいてたもの」

友美の明るさが救いだった。

雄貴は臨時のマネージャー補佐を買って出て、仲間のために働いた。寮では洗濯係やデータ整理を引き受けた。

一年近くのリハビリを終えて、今年の初めから練習に復帰した。春のリーグ戦では、三勝を上げられた。

毎年七月には、インカレの団体戦がある。大学日本一のチームを決める大会だった。

能瀬は必ず出場する、と部員たちの前で明言した。久しぶりに二枚看板がそろう。誰もが期待を寄せた。けれど、明城大学のダブルスは、去年と同じく能瀬と奥寺のコンビになった。

噂の出どころはわからなかった。ある一年生が監督と能瀬の立ち話を聞いたというが、真実かどうかはわからなかった。

――成元と組むよな。

そう切り出した監督に、能瀬は言葉をにごして横を向いた。寮に戻っても、二人の話し合いは続けられた。監督はあきらめきれなかったようで、直前練習の際に部員たちの前で言った。

――どうだ、少し合わせてみないか。

試しに雄貴と能瀬で練習してみろというのだった。

能瀬は動かなかった。それを見て、雄貴も台の前に立たなかった。練習場が静まり返った。

やつの気持ちは想像がついた。焦りがあるのだ。リーグ戦を欠場し、チームに迷惑をかけながら、世界ランクを獲得するどころか、海外ツアーで一勝も上げられずにいた。インカレが終われば、またNTの強化合宿がある。慣れた相手とコンビを組めば、余計な時間を取られずにすむ。自分のための練習ができる。

「あの態度ってありますかね」

「能瀬さんは、授業料も寮費も全額免除の特待生でしたよね。つまり、卓球部に貢献することで、おれたちより優遇されるってわけなのに……」

後輩たちの声が伝わったらしい。翌日の練習で、能瀬から雄貴に声をかけてきた。

「成元さん。やはり組ませてください」

雄貴は迷った。部員すべての視線が集まった。卓球選手は相手の心を読むのが癖になっている。自分の迷いは、その場にいたすべての者が一瞬のうちに悟《さと》っていた。

「……悪いが、おれも余計な時間は取られたくない。せっかく奥寺もやる気でいるんだ。ベストの選択だよ」

プライドが許さなかったのではない。言葉どおり、チームにとって最善だと思えたのだ。たった三日で、昔の勘が取り戻せるものか。NTの合宿に参加して、能瀬もスタイルに変化が出てきている。呼吸を合わせられるか、不安があった。

過去の経緯を知る多くの部員は、またもそう見なかった。

「成元君の考えはわかるわよ。でもね、ダメ元だったにしても、一度ぐらい練習しておけばよかったんじゃないかしら」

友美は控えめに言った。真鍋にも同じことを言われた。

もしかしたら、ともにほどなく勘が戻ったかもしれない。部の誰もが雄貴たちの実力を認めていた。そこに、一プラス一以上のものを期待していたのだ。

能瀬ほどの力があれば、雄貴に合わせて動いてくれたと思う。でも、遠慮は出たろう。互いの意見を遠慮なくぶつけていき、喧嘩寸前になりながらも同じ目標に突き進めたあのころの熱さは戻らなかったと思う。

友美には教えていない。奥寺と真鍋も、彼女には話していなかったろう。

あの日の夜、寮での遅い夕食を終えたあと、雄貴は能瀬の部屋のドアをノックした。彼は合宿帰りの荷物を片づけていた。

「ちょっといいか……」

雄貴の顔を見て、能瀬は手を止め、頬を固めた。無理して表情を殺しているのが見て取れた。試合の時と同じく、雄貴も無表情を心がけた。

「誰に何を言われたって気にするな。エースのおまえが相手を決めればいいんだ」

余計な気遣いだったかもしれない。けれど、NTの合宿から戻ってきた能瀬の目は、酸素不足で苦しむ魚を思わせるほどくすんで見えた。

死に物狂いで練習に打ちこんでも、結果の出ない時期は誰にでもある。何が悪いのか。打開の糸口が見えず、一人で苦しみのたうつ。多くの選手が同じ道を通る。

彼は監督やコーチの教えを超えたレベルにあった。下手《へた》な精神論は聞きたくもなかったろう。だから、今は我儘《わがまま》を通すべきなのだ。自分の信じる練習を続けていくことでしか、はい上がる道は見えてこない。

「もっと我が物顔に振る舞ったっていいぐらいだ。いい人を気取るな」

「勝手なことを言わないでくれよ」

能瀬は視線を上げず、洗濯物のつまったバッグに向けて語気を強めた。

「わかったようなことを言いやがって……」

実力に差があろうとも、先輩になめた口を返すような男ではなかった。我を忘れるほどに追いつめられている、とわかった。

ここには昔の神童が集まっていた。自分の限界を嫌でも思い知らされ、多くの苦しみを味わう者たちだから、仲間には優しくなれる。

「いいぞ。いつでも言い返してこい。おまえが先頭を切って走ってくれてるから、おれたちは追いつこうと歯を食いしばって練習ができてる。これからも憎まれ役になってくれ」

能瀬のプライドを傷つける意図はなかった。思いきり打ち返してきてほしくて放ったサーブのつもりだった。が、洗濯物のつまったバッグを投げ返された。

手と胸で受け止めるべきだった。アスリートの端くれなので体が勝手に動き、よけていた。投げつけられたバッグは廊下の端へ飛び、辺りに洗濯物が散らばった。ちょうどそこに、食器洗いを終えた一年生が通りかかった。

「そんな目で見るなよ!」

迷える男が大声で雄貴に迫った。が、寸前で自制し、力任せにドアを閉めた。

立ちすくむ一年生に、黙っていろよ、と雄貴は目で念押しした。洗濯物を拾い集めてバッグに入れて、ドアに歩いた。

「ここに置いとくぞ」

それだけ告げて部屋に戻った。翌日の練習から、能瀬は雄貴と目を合わせなくなった。

インカレで結果が出なかったのは当然だった。団体戦は難しい。チームの雰囲気が選手の動きに響く。能瀬はミスを重ねながらも地力でゲームを勝ちきった。が、一人でずっと納得の行かない顔を見せていた。

決勝トーナメントの一回戦を三—二でどうにか勝ち上がれた直後のことだった。

自らを鼓舞《こぶ》するため、無理に声を出して健闘をたたえ合う仲間たちの中、一人で黙り続ける能瀬がいた。その姿を見て、田中コーチが言わなくてもいいことを口にした。

「おい、能瀬。おまえ一人のチームじゃないぞ」

「言われなくてもわかってます。でも、こんな不細工《ぶさいく》な試合運びをしといて、喜んでる場合じゃないでしょうが」

「よせよ、能瀬」

奥寺が間に入って、その場は事なきを得た。

だが、次の試合に備えたミーティングは、反省会さながらの重い空気が支配した。田中コーチがまた空回りの檄《げき》を飛ばした。一枚岩とはほど遠い結束力のなさで勝てるほど、決勝トーナメントは甘くなかった。

雄貴たち四年生にとって最後のインカレは、二回戦で終わった。

その一週後、秋のリーグ戦をまた能瀬が欠場すると監督から発表された。同じ時期に開催される上海《シャンハイ》でのワールドツアーに、彼は自費参加を決めたのだった。

世界ランクを上げるには、国際大会で勝っていくしかない。協会が遠征費を出して派遣される選手は限られている。そこで、経験を得てランクを上げるため、参加枠に空きがあった大会に限り、個人でのエントリーを認めていた。派遣選手と行動をともにするが、旅費や宿泊費は個人の負担となる。

「あいつ……本気なんだな」

知らせを聞いて、真鍋がどこか羨《うらや》ましそうに話しかけてきた。雄貴はうなずき返した。

「当たり前だろ。オリンピックを目指すには、ランクを上げるしかない」

世界ランクが上がれば、NT候補の中で認められていく。ツアーへ派遣され、世界のトップと戦える。だから監督もリーグ戦の欠場を許したのだ。能瀬の将来を期待しているからこそ。

能瀬は本気で苦しみもがき、戦っていた。オリンピックや世界選手権の晴れ舞台にはまだ遠くとも、目指さない者など一人もいない。あきらめた時がラケットを置く日になる。

「おまえも、早く候補に復帰しろよな」

真鍋に言われた。まだまだ実績が足りなかった。世界はおろか、ナショナルチームを語る資格もなかった。

怪我は完治している。春のリーグ戦で復帰はできた。インカレの団体戦では能瀬に負けない成績を上げられた。十月の全日学と、十一月の学生選抜。能瀬に追いつくには、このふたつの大会で勝つしかなかった。ベスト8を目標にする者は、その前のベスト16で終わる、と言われる。優勝を目指せ。自分に決意をうながした。予選は肩慣らしだ。けれど、絶対に油断はしない。

二日目も全力で戦った。トーナメントの最後に勝ち上がってきたのは、リーグ戦で何度も対戦したライバル校の四年生だった。粘り強さを身上とするタイプで、関東学生選手権でもランク入りを果たしていた。本戦前のラスボスとして不足のない相手だった。

最初のレシーブから強気に攻めた。ミスを覚悟で強引にストレートへ打った。一気に攻めてくる気だ。そう思わせておいて、次はフェイクモーションで横回転をかけたレシーブをフォア前に落とした。

遊ばれている。そう相手のプライドを傷つけるための戦術だった。以前の対戦でも、後半になると、冷静さを欠く弱点が見えた。そこを、とことん意地悪く攻めていく。

雄貴が第一ゲームを接戦の末に取ると、相手のサーブを打つタイミングが明らかに早くなった。強引にラリーへ持ちこもうとして、攻めが一本調子になってきた。こうなれば、次に相手が何をしてくるか、予測がつきやすい。

ゲーム運びには選手の性格が出る。せっかちな者は強引に攻めたがり、肝《きも》の据わった選手は勝負どころで大胆なスマッシュを放つ。二十歳をすぎたというのに、まだ自分の癖に振り回されるのでは先が見えていた。この男も卓球とは無縁の就職先を探すしかないだろう。

冷静にゲームを運んでいった。ストレートで勝てた。けれど、喜びは感じなかった。サーブにまだ改善すべき点が多い。回転の鋭さを意識しすぎたせいで、中途半端な長さになり、反撃を食らうことが二度もあった。これではいけない。本戦の手強い選手であれば、即失点につながっていた。

トップクラスの選手は平然と回転を見切ってくる。サーブの精度を上げて、レシーブ後の三球目狙いにもっと磨きをかけたい。が、今の部員では技術が不足している。チームには悪いが、秋のリーグ戦で試していくことも考えたほうがよさそうだった。

――おまえ一人のチームじゃないぞ。

能瀬をとがめた田中コーチの言葉が甦る。けれど、たとえチームが優勝できても、団体戦の功績でNT候補に呼ばれることはなかった。シングルスの大会で勝利を手にするしかないのだ。

自分を受け入れてくれた大学には感謝している。仲間にも恵まれた。けれど、自分を鍛えるため、もっと強い相手と競いたかった。

4

関東学生リーグの一部は、八校での総当たり戦だ。シングルスの六名とダブルス一組の七回戦マッチで勝負が決まる。

　現在、関東リーグの一部に所属する大学には、九名のＮＴ候補がいた。能瀬のように欠場する者もいるが、多くがリーグ戦に出場してくる。

「おい、監督には当然リクエストを出しておいたんだろうな」

　午後の練習前にアップを始めると、真鍋がノートを手に歩み寄ってきた。引退を決めて以来、ムードメーカー役を後輩にゆずり、コーチ補佐の憎まれ役を買って出るようになっていた。本当にこの男の献身ぶりには頭が下がる。

「言っても無駄だよ」

　雄貴は短く答えた。試合のオーダーは監督が決める。できるものならＮＴ候補と真剣に戦い、自分を鍛えたかった。が、強豪校のオーダーは、落とすわけにはいかない大切な後半の対戦にエースを置く。

　明城大は、エースの能瀬が欠場するため、今回も苦しい戦いになる。最下位は二部に落ち、七位は入れ替え戦が待つ。勝ち数が並んだ場合は、奪い取ったゲーム数で順位が決まる。そのため、下位争いを強いられるチームは、少しでも手堅く勝ち星を得ておきたい。怪我から復帰した雄貴とキャプテンの奥寺、次のエースと目される三年の雨宮《あめみや》で、多くのゲーム数を稼いでおく必要がある。

　どこにエースを配置するか、相手校のオーダーを読んだうえで決めないと、順位に響きかねない。つまり、能瀬の代役でエース待遇となった雄貴を、わざわざ手強い相手に当てたのでは、ゲーム数を稼げなくなる。自分が監督でもリスクを避けたオーダーを決める。

「よし。おれが直談判《じかだんぱん》してきてやる。どうせ龍王大《りゅうおう》にゃ勝てやしないんだ。ゲーム数なんていう小さな点数稼ぎより、もっと先の大きな勝ち星につながる戦いをしていくべきだからな」

正論ではあった。が、伝統ある明城大が二部に落ちたのでは、監督に非難が集まる。OBたちが黙ってはいない。

「心配するな。必ずおれが説得する。だから、あとはおまえらで対戦相手をリクエストしろ。一人ぐらいはマッチアップを認めてくれるさ。現役のころは火の玉ボーイと言われた人だぞ、矢切監督は。そこまで尻の穴の小さな男じゃない、とおれは信じてる。けど、その代わり、死に物狂いでゲームを取れ。監督とコーチ任せにはせず、おれたちでも独自に作戦を練るからな。あらゆるデータをおれが集めてきてやる。任せておけ」

昨日までのピエロ役が鬼コーチの目つきで言った。

引き受け手がいなかったから、彼はピエロの面を被《かぶ》ってきたにすぎなかった。その役目を引き受けることが何より部のためになる。信念があるから、今度は強面《こわもて》へのスイッチを決めた。もともと戦術を突きつめて考えるタイプの男だった。ただ、手堅く歩みを進めたがって、負けない卓球を心がけてしまう嫌いがあった。トップクラスに近づくほど、腹をくくって賭けに近い攻めに出ないと勝利はつかめなかった。

「何だよ、おれじゃあ力不足だと思ってるのか」

口をつぐんだ雄貴を見返してきた。

「……いや、その反対だよ。心強く思ってたんだ。おまえ、もしかしたらコーチに向いてるかもな」

「よせよ。四年の終わりにきて、あとはもう趣味で卓球を続けるしかなくなった男が、誰に何を教えられるっていう」

「おれたちに、じゃない。今からでも遅くないから、教職課程を取り直せ」

「無理に決まってるだろ」

半笑いを返された。雄貴は断固として首を横に振った。

「いや、大学に相談して留年しろ。おまえならできる」

「勝手なこと言うなよ」

怒ったように言いながらも、新米鬼コーチの目は笑っていた。

彼自身が決めることだった。けれど、自分と他人の評価は意外なほど違ってくることがある。苦手だと感じているからバックハンドは確実に返そうと気をつけていくうち、バックの守りが固いと評されるようになる。人に言われて初めて気づく自分の特質というものはあるのだ。たぶん奥寺なら同じことを言うのではないか。

唯我独尊《ゆいがどくそん》ではなかったから、部内で見えてくるものがある。優しくも、また時に厳しくも、両ハンドを使い分けて接することができる。コーチたる者に必須の性質に思えてならなかった。

練習を終えたあと、寮へ戻ろうとする奥寺を呼び止め、相談してみた。

「なるほどなあ……。いや、驚いたよ」

「そんなにおかしな考え方かな」

「そうじゃない。確かに真鍋なら、若手のいいコーチになれそうな気はする。おれが驚いたのは、成元、おまえのほうだ」

「え……？」

「予選の前に、あいつの練習相手を買って出たのも、実はちょっと感心してた。本当なら、部内をまとめる役目のおれがやるべきだった気がしてたからな」

「あいつはリハビリにも協力してくれた。それくらいは当然だろ」

正論を口にしたのに、奥寺は笑みを返してきた。

「あのな。実績から言えば、おまえがキャプテンになるべきだったろ」

「無理だよ。柄《がら》じゃない」

「そう。おまえには無理だと誰もがわかってた。指名した練習相手をこき使ったうえ、ミスをしようものなら下手くそだと平気でこき下ろす。能瀬と二人で競い合っていつまでも台を占領して、当然のような顔でいる。そのうえ、新聞部の女と堂々とベンチサイドでじゃれ合う。酒癖も悪い。見事な傍若無人《ぼうじゃくぶじん》ぶりだものな」

仲好し小好しの部活動では、互いを磨いていけるわけはなかった。別にエースを気取っていたのでもない。自分に必要なメニューをとことんこなし、練習量で仲間を引っぱっていければいい。そう考えていた。

「もう知ってると思うけど、後輩の中にはおまえの怪我を密かに喜んでた連中もいた。自覚はあるだろ」

何を思われようとかまわなかった。軟弱者に限って人を羨み、身勝手な感情を抱く。幼いころから神童と称されてきたから、仲間の嫉妬《しっと》を浴びてきた。嫌がらせもされた。喧嘩もしてきた。

「実を言うと、真鍋がちょっと心配してたんだよ」

「何をだ？」

「復帰のころからずっと、能瀬が練習に出てこなくなってたろ。物足りなさを感じてたよな」

日々の態度に出ていたのだ。仲間に甘えて、自分を抑えることをしてこなかった。

「次のリーグ戦で、たとえゲームを落とすようなことになっても、自分の戦術を押しとおしてみる気でいるんじゃないか。覚えてないか。三年前にも、そういう自分のことだけしか考えない先輩がいたろ。部内がギクシャクして大変だったじゃないか」

長く卓球を続けてきたやつらは、これだから怖い。平気で人の心を読んでくる。次の一手は何か。密かに企んでいることはないか。笑顔という仮面の奥から、そっと仲間やライバルを観察する癖がついている。

「正直言えば、それもありだと、おれは思ってた。最後の全日学の前だからな。でも、真鍋のやつは、絶対になしだと考えたんだろうな」

能瀬のように学費も寮費も全額免除のA特待ではなくとも、競技部の者は大学から多くの恩恵を受けている。二部落ちの瀬戸際に立つ今は、後輩たちのためにも全力をつくすのが当然なのだ。個人プレーは許されないはず。

「おれは……ありだと思うんだ」

奥寺は横を向きつつ、再び同じ台詞《せりふ》を口にした。彼も最後の全日学に賭けているのだとわかる。

「おい。まさか推薦の口、断ったんじゃないだろうな」

不安を覚えて訊き返した。からかうような目が向けられた。

「何が悪い。おまえと一緒にしてくれるなよな。こっちは一応シード選手だぞ」

まさか奥寺が断るとは予想もしていなかった。こいつも良きキャプテンという仮面を被ってきたらしい。

「おれはおまえほど図々しくはない。ＮＴ候補は夢に近いとわかってる。けど、あきらめたら終わりだ。全日学でＮＴ候補をぶっ倒せば、実業団チームから絶対に声がかかる。それくらいの目標を掲げたところで許されるだろ。六歳からラケットを握ってきたんだ」

ポーカーフェイスをかなぐり捨てて、熱き決意が表明された。

夏合宿のころから奥寺の意気込みは伝わってきた。けれど、最後だから全力をつくそう。そう考えている程度だろう、と過小評価していた。奥寺賢人《けんと》という男の覚悟を見くびってきた。

彼もかつては神童と呼ばれた男の一人なのだ。この先も卓球を続けていける環境を、自らの手でつかみ取る気でいる。

雄貴は同志に微笑《ほほえ》み返した。

「で、どうする気だ、おまえは。キャプテンなんで、みんなの目は気になるよな」

「何も無謀な戦術を試そうってわけじゃない。通じないとわかれば、攻め手は変えていくほかないものだからな」

捨て試合には絶対にしない。ずっとリーグで戦ってきたので、互いの手の内はわかっている。本気で勝とうと思えば、時に奇策も必要になる。その戦術を試すことで、全日学の布石《ふせき》にもなる。

「真鍋のやつ、作戦を練ろうと意味ありげに言ってきたぞ」

「よし。あいつの知恵も借りてみるか。三人寄れば、何とやらだ」

「おいおい、雨宮たちだっているぞ」

雄貴は言いながら感心していた。いつのまにかチームを考える自分がいた。ひょっとすると……真鍋の放ったサーブから、思惑どおりに動かされているのではないか。あいつはきっと優秀なコーチになる。それだけは確信が持てるのだった。

5

その夜、寮の一室で部員だけの作戦会議が開かれた。

キャプテンの奥寺を差し置いて真鍋が仲間を見回し、口火を切った。

「言うまでもないが、おれたちはこのところ一部に残るための苦しい戦いを強いられてきた。だからなのか、堅実な守りのプレーが多くなっている。ある意味、仕方なかったとは思う。一ゲーム目のスタートからガンガン無謀に攻めていくのは、向こう見ずなうえに自信過剰で、ほとんどチームのことを考えようとしない成元ぐらいのものだ」

「言うな。おれだって少しは反省してる」

まったく反省などしていないとわかる軽い口調で雄貴は言い返した。

「能瀬がまた欠場するんで、まあ、仕方ないところだが、成元がエース待遇になってしまう」

「あんまりな言い方だこと」

雄貴の軽口をまたも聞き流して真鍋は続けた。

「ぜがひでも手堅く一勝を稼いでおきたいんで、下位チームとの試合は成元を二、三番手辺りに送り出す手はある。けど、すべての試合に成元をトップに起用すべきだと、おれは監督に進言した」

「チームに勢いをつけるためだな」

奥寺が当然の読みを口にした。真鍋がうなずく。

「それもある。でも、本当の狙いはチームの意思統一を図るためだ。守りの試合はしない。徹頭徹尾《てっとうてつび》、腹をすえて頑固《がんこ》に攻める。二部落ちを怖れた堅実一本槍の戦い方はしない。そういう意思をチーム全員で固めて、自分たちに知らしめるためだ」

部員の反応は様々だった。奥寺は急ににやにやと笑いだしていた。雨宮たち後輩は、本当にできるのかと疑わしげな目になっている。その視線に気づいて、真鍋が人差し指を突きつけた。

「なあ、雨宮、二部に落ちて何が悪い」

「いや、だって……。うちは七十年を超える伝統があるし」

「じゃあ、訊こう。その伝統ある明城大卓球部から何人のオリンピアンが出た？」

実は一人もいなかった。

現実は厳しい。NT候補は何人も出してきたが、世界の舞台で活躍できた先輩は数えるほどで、オリンピックをつかみ取った者はいなかった。

「無茶ですよ、急にオリンピックだなんて夢みたいなこと……」

「何が無茶だ。能瀬は本気で狙ってるぞ。だから、自費でツアーに参加するんだ。その成元だって、まだあきらめちゃいない。もちろん、奥寺だって言葉にゃしてないが、おれにはわかる。そういう上を目指す気持ちが、ここにいる二人とおれを分けたんだ。なあ、そうだよな」

真鍋が気安く呼びかけてきた。役どころをわきまえて、雄貴は大言壮語《たいげんそうご》を口にした。

「そのとおり。オリンピックはガキのころからの現実的な目標だ。叶《かな》いそうもない夢とは違う」

「見ろ。だから成元は脇目も振らず、傍若無人のうえに自信過剰でいられるんだ」

「言うな。反省してると言ったろが」

「いや、軽々しく反省なんかしてもらっちゃ困る。脇目も振らず、うちのトップバッターとして傍若無人にガンガン攻めていって、おれたちの戦う姿勢を見せてもらいたい。やってくれるよな」

監督のＯＫは本当に取ったんだろうな。そういう尋ね方をしたのでは、後ろ向きな意見と取られる。雄貴は仲間を見回した。

真鍋の真意は理解できた。リーグ戦のレギュラーのうち、二年生の一人をのぞいて全日学の本戦にも出場する。その前哨戦《ぜんしょうせん》ともなるリーグ戦で強気の攻めを続けた場合、いつもの戦い方とは違う作戦でくるかもしれない、と相手も警戒心を抱く。ライバルたちを戦う前から揺さぶることができる。真正面からぶつかるのでは分が悪くなる相手にも、勝機を見出せる可能性が増す。

つまり、このメンバーの中に、実力のみで全日学のトーナメントを勝ち進んでいけそうな者は残念ながらいない。そう真鍋は冷静に見ているのだった。

本戦の上位陣ともなれば、紙一重の戦いになる。互角の戦いをしていくため——心理戦で主導権を取るため——にも、リーグ戦からこれまでとは違う闘志ある姿勢を見せていくのもひとつの手だ。そういう提案なのだった。

監督とコーチからはそれぞれ、弱点の補強と両ハンドの切り替えにつながるフットワーク反復の多球練習、得意サーブに応じた三球目攻撃のバリエーションを増やす課題が与えられていた。秋以降は試合が続くため、ゲームを見すえた練習の多くなる時期で、当然とも言える指示だった。が、それだけで本当にいいのか。戦い方の姿勢を変えていかない限り、道は拓けていかない気がする。

厳しい指摘を受けて、後輩たちが顔を見合わせた。雄貴は言った。

「なるほどな。おれの戦い方次第でチームが乗っていけるかもしれない。けど、下手をすれば全滅もありうるってわけだ」

「もちろん、めったやたらに攻めていけと言ってるんじゃない。八二でコースが読めた時は、誰だって強気に勝負をかける。それを時には六四でも、五分五分でも勝負に出てみる。ゲームの肝を見すえながらだ」

積極的な攻めはいいが、強引さは単調さにつながる。敵は無理に打たせて自滅を誘おうとしてくる。そこを恐れずに打っていけるか。決断力が勝敗を分ける。

「弱者の戦法だと相手が思ってくれれば、チャンスの目は必ず広がる」

「それでわかりました……」

一年生の一人が手を上げた。

「だから真鍋さん、あの日の予選で必ず無理してでも先に仕掛けていってたんですね」

「ああ。残念ながら、おれは技術が足りなかった。一人じゃ相手に与える影響も薄い。けど、チームでしつこく打っていけば、少しは脅威になる。違うだろうか」

精神論から強気で行けと言っているのではなかった。一か八かの賭けとも少し違う。次の試合への布石にもならずに終わってしまうケースも考えられた。

だが、石を投げ入れてみないと、湖面に波紋は広がっていかない。波を立てなければ、相手の真の泳ぎっぷりも見えてはこない。

束になって波を立てる。そういう挑戦の姿勢が必ず次につながる。チームをまとめる力になり、個々の戦いにもきっと生きてくる。雄貴と能瀬が反目を続けたことで、部内に広がっていた閉塞感《へいそく》を振り払う意味もある、と感じられた。

「よし。チームが変わったことを、おれが最初に戦い方で示せばいいんだな」

「もちろん、示すだけじゃダメだ。絶対に勝て」

能瀬も歯を食いしばって戦っているぞ。真鍋の目がそう告げていた。

雄貴は組んでいた腕を解いて言った。

「OK。やってやるよ」

リーグ戦が近づくと、監督は不動のオーダーで行くと発表した。選手サイドの要望を酌《く》んでくれたのだった。

真鍋は監督にも、うちからオリンピアンが出ていないと訴えたらしい。

「そう甘くはないぞ、と言われたよ。けど、おまえの力量は監督もかなり信じてるみたいだった。あとは奥寺と雨宮が踏ん張ってくれれば、悪い結果にはならないと思う」

チームで果敢《かかん》に攻めていこうと決めようが、窮地《きゅうち》になれば自分の卓球が出てくるものだ。覚悟を決めて戦っても通じそうにないと思い知らされた時、チームの戦術を貫きとおすことが本当にできるのか。メンバーのハートが試される。

雄貴は真鍋に告げた。

「どういう試合になろうと、表立った批判や不平は口にするなよ。下手なぐさめもなしだ。そう後輩たちにも釘を刺しておいてくれ」

真面目《まじめ》な者ほど責任感が強く、自分を責めたがる。個人戦なら切り替えもできるが、団体戦でのミスは尾を引きやすい。

「まったくわかってねえな、おまえは。奥寺と雨宮に文句や陰口たたく後輩がいるものかよ。チームの中で後ろ指さされているのは、おまえと能瀬だけだから、安心しろ」

ひどい言われようだったが、現実は認めるしかなかった。今さらいい子を演じられる器用さは持ち合わせていないのだ。戦いぶりで決意のほどを見せていくしかない。

田中コーチと相談して、両サイドのフリックを強化する打ちこみをくり返した。攻めの姿勢を貫くために、あてがうだけの返球はしない。強く手首を利かせたフリックで打ち返し、意地でも回転をかけていく。次をうまく返された時、その回転が自分にも影響してくるリスクはあるが、相手の判断を乱すことができれば甘い球が戻ってきやすい。

相手サーブの回転を読み切れない時も、チャレンジはしていく。うまくはまった場合、見切られていると相手は考えてくれる。読みが外れた時は、次も同じサーブが来ると信じて打ち返す。たとえそこで裏をかかれようと、次以降のゲームで効いてくると信じて打っていくのだ。

「あとはサーブだな。長短をはっきりさせろよ。調子に乗って勢いこむと、おまえは力が余分に入って、球足が長くなりやすい。だったら、思いきり打っても長くならない打ち方をもっと研究しろ」

その点は監督にも指摘されていた。中途半端な長さのサーブはカウンターを食らう。練習は積んでいたが、いざ試合になると色気を出しすぎて、回転とコースの両方を狙ってミスを招く。コースだけにしぼったサーブは、待たれた時に危険がともなう。誰もが悩むところだった。

自分のサーブを録画してもらった。改善点がどこにあるか。真鍋は部員たちを集めて意見を聞いた。

「今回だけは特別だ。さあ、諸君。どんどん言いたいことを言っていいぞ。普段の恨《うら》みを晴らすチャンスだ」

最初は様子を見ていた後輩たちも、雨宮がトップを切って厳しい指摘を口にすると、次から次へと辛辣《しんらつ》な意見を出してきた。

肘のしぼり方が甘い気がする。自然と肩をかばっているからではないか。次の返球に備えるため、体重を充分にかけていない時がある。バックのサービスをもっと使うべきだ。ラケットの握りを変えてみる手はあるはず。耳が痛い。

「よし、そのへんでやめとけ。あとは成元の考え方次第だ。好き放題の意見も出たが、根に持つなよ。そもそもおまえが言いだしたことなんだからな」

事実ではなく、真鍋の発案だった。たぶん狙いはガス抜きのほうにあったのだ。後輩から意見を聞きたいと思うほど、チームを優先する気でいる。そう受け取ってもらえる。だからおまえも、そのつもりでいろ。多くのアドバイスがこめられていた。鬼コーチはかなりの戦略家だ。

「悪かったな。許せよ。チームのためだ」

廊下に出たところで真鍋に耳打ちされた。雄貴はたっぷりと睨みつけながら言った。

「許すから、教職を取れ。絶対だぞ」

6

春のリーグ戦で六位に終わったため、秋は前半戦から強豪チームと当たる。

初日は、去年秋の六位から二位へジャンプアップした清峰《せいほう》大学との対戦だった。春は、かろうじて雄貴だけが勝てた。が、初出場の二年生相手に三―二の接戦になり、胸を張れた勝ちではなかった。チームとしては一方的に押しまくられての敗戦だった。

清峰大のNT候補選手は一人。青森《あおもり》の強豪高出身のサウスポーで、大学二年時に学生選抜で準優勝している実力者だ。ここ最近は怪我に泣かされ、本調子ではないようだが、サウスポー対策としては願ってもない相手となる。ほかにもNT候補を狙う実力者がずらりと並ぶ。誰がトップに来ても不足はなかった。

前半戦の会場は、駒沢《こまざわ》オリンピック公園内の体育館で、三日かけての四連戦となる。

開会式のあと、体を温め直していると、奥寺が発表されたオーダーを知らせにきた。

「成元。また例の二年生が相手だぞ」

予感はあった。伸び盛りの若手なので、トップ起用は当然の策だ。

右シェークハンドの異質攻撃型。ラケットのフォアとバックで、ラバーの種類が違う。

フォアは高弾性の裏ソフト。バックは表ソフトを貼っている。粒の立った面を表にしたラバーで、ドライブなどの回転系の打球を処理しやすく、ナックル性の速いブロックに威力を発揮する。少しでもこちらの返球が浮けば、強気にスマッシュを打ちこんでくる。

バックの強打とカウンターには注意が必要だ。女子のトップ選手には見受けられるが、パワードライブでの勝負が多くなる男子には数少ない。やりにくい相手だった。

「わかってると思うが、しっかり前後で攻めていけよ」

真鍋がiPadで春の時の映像を出しながら、アドバイスしてきた。迂闊《うかつ》にバックを攻めると、回転の有無に惑《まど》わされやすい。前後の揺さぶりを基本にしろ、というのだ。

春と同じ戦い方をしてくるとは思えなかった。前回は彼のほうが負けているのだ。雄貴の弱点を突こうとしてくるだろう。そう予想はつくものの、彼から見た自分の弱点が何か。その判断が難しい。

戦術は、対戦相手によって変わる。そもそもテクニックに長《た》けた者を相手にした場合、いつも同じ戦法で勝てるほど、勝負は甘くなかった。春は瀬戸際《たく》で勝ちを拾えたようなもので、後半の二ゲームは揺さぶりが効かず、コースを巧みに読まれてしまった。こちらがバックの強打を警戒すると、回りこんでのフォアを決められ、ラリーに持ちこまれた。そこでナックルを織り交ぜられて接戦になった。バックに自信があるからこそ、裏をかいてフォアの強打を仕掛けてきたのだった。

矢切監督の指示は、バックのナックルを気持ちよく打たせないため、最初は相手のフォア側に短いボールを集めろというものだった。とはいえ、敵もその策は読んでいるに違いない。

チームのためにも先手を取りたい。今回はどう攻めるべきか。

ジャンケンでサーブを取れた。

敵は向かって右の前陣に立った。台に接近して短いサーブに備えている。

よし、腹を決めた。

主導権を握るには、バックハンドで打つ速いナックルを怖れてはならなかった。出だしからフォアに逃げたのでは、精神的なゆとりを相手に与える。監督の指示はわかるが、戦うのは自分だ。逃げない姿勢を見せてから、フォアに集めていけば、効果も出てくる。

掌にボールを載せた。高めにトスを上げた。

最初のサーブは下回転でフォア前に出した。常套手段であっても、最初は相手を台に引き寄せておきたい。

春はそこから、強いナックルでは返しにくくなるバック深くを攻めた。当然、敵は警戒している。前に寄せられたら、足を使って素早く戻り、カウンター狙いでくる。

そのためには、短くストップされやすい返球はさけて、長めのツッツキ（下回転のボールを同じ下回転で返す打ち方。鳥が嘴《くちばし》で突っつく動きに似ているので、そう言われる）で、バックミドル辺りへ打ってくるだろう。エンドラインを攻められれば、距離の短くなる相手のフォア側には返しにくい。安全策として、距離のあるバック方向へ返したくなる。そこを敵は待っている。

レシーブを絶対に浮かせてはならなかった。ネットから少しでも高く浮けば、強打で攻めてくる。だが、打ち返すコースの予測がつけば、悪くしても回転をつけたフリックで相手バックのコーナーを狙える。出だしは攻めの姿勢を示しておきたい。

そこまで考えたうえでの短いサーブだった。監督の指示と、そう違っているわけでもない。

やはり敵はツッツキで深くバックミドルに返してきた。読みどおりなので、チキータ並みの強いバックフリックで打ち返せた。

コーナーをかすめてサイドを切れた。が、敵は技術も馬力もある。手を伸ばしてラケットの先端で受けた。表ソフトの返球なので、ボールは多少ナックル気味になる。が、こちらの勢いに押されて、ネット上を少しだが浮いてきた。

いける。揺さぶりもかねてフォアへドライブを放った。相手が飛びつく。だが、届かなかった。ボールは転々と壁際まで転がった。

ベンチで歓声が湧いた。まずは先手を取れた。

ここは攻めていく。次は逆横回転をかけたサーブを同じコースに短く出した。ボールを左へすべらせて、敵をさらにフォア側へ動かすためだ。

今度はツッツキ気味に、こちらのフォアへ短く返してきた。敵も素早く考え直している。次は最初と違って逆を突いてくると予想したのだろう。ツッツキのように見せかけて、打つ間際に手首で右横回転をかけようとした。こするように切ってくる動きが見えた。

こちらの逆横とは相反する回転を与えたかったらしい。相手の回転が勝《まさ》った場合は、ドライブで素直に打ち返すとボールは右へ流れやすくなる。敵はクロス――自分のフォア――のサイドを警戒し、右回転をかけようとしたわけか。ボールが相手の回転で右へ流れたら、コースは真ん中寄りに甘くなる。そうであれば、フォア側を待っているはずだ。過去の経験則から瞬時に先読みができて、体が反応する。腰をためてボールを呼びこみ、ストレート——相手のバック——目がけて振り切った。

やはり敵はフォアを待っていた。反応が遅れた。ラケットを出してブロックするしかない。が、ボールは横へ大きく跳ねた。

これで二点目。

前回とは違ってバックをあえて狙っている、と敵も悟ったはずだ。サーブも相手へと変わる。次からが本当の勝負だった。

さあ、どうくるか。春の対戦から、こちらのどこに弱みがあると考えたか、見せてくれ。

敵はゆっくりと間をあけた。わざとらしくボールを台の上で何度も弾ませてから、構えを取った。

フォアに誘いかけるようなサーブであれば、こちらの攻めが効いていることになる。誘いがくれば、裏を突きたくなるのが人情だから、敵は八割方バックに備えていると見ていいだろう。そういう真っ当な待ち方をして勝負になる、と思っているのか……。

投げ上げからフォアのサイドを切るような短いサーブがきた。回転は下横か。こっちは腹を決めている。とっさにツッツキで短く敵のバックへ、しつこく返してみた。相手の動きが、わずかに遅れた。重心がフォアへ動きかけていたのだ。そろそろフォアに来る、と考えたらしい。お生憎様《あいにくさま》。こちらはしつこい性格なんだよ。

慌ててくれたのか、やや浮いたボールが返ってきた。さらにバックへたたきこんだ。

三点目。

敵の二年生は何事もなかったふうを装いながら、ゆっくりとボールを拾いにいった。時間を取って考えている。春と違って、バックを狙いにこられた。このまま押しまくられたら、戦術を試みる以前の話になってしまう。

次の一打で、出だしの策がはっきりしてくる。さあ、来い。

今度はサーブを変えてきた。上回転でバック深くへ素早く打ってきた。

チキータをさせず、レシーブを浮かせる気なのだ。チキータで打ち返せば、通常は相手のバックへボールは飛んでいく。そうさせまいとしたからには、つまりフォアへの誘いだ。

春はこういう展開からラリーになって、バックのナックルに惑わされたため、相手を振り切るのに時間がかかった。敵としては、そろそろフォアの強打を見せておかねば、ズルズル点を引き離されかねないと考えたのだ。

ここで中途半端なバックへ返せば、たぶん回りこんでくる。ラリーに持ちこみたいと狙っているはずだ。とっさに判断して、ストップ気味にフォアへ返した。台から引かずに待ち受けた。

敵はバックを警戒してはいなかった。強烈なドライブがフォアにきた。待っていたので、ボールには届いた。が、ストレートに打ち返すことはできなかった。

それを見て、敵が今度は逆を突こうと、雄貴のバックにコースを変えてきた。強引な打ち方だった。瞬時にブロックしようと左へ動いた。無理してバックを狙ったためか、厳しいコースにはこなかった。甘い。後ろへステップして今度は台からやや引いた。強気にバックハンドでドライブを振りぬいた。

さすがに敵も待っていた。ミドルを攻められた。身をよじって強引にフォアへ返す。が、ボールはわずかに相手の右サイドを外れて、フロアに落ちた。

今のは強引すぎたか……。三対一。

なるほど。早くラリーに持ちこみ、強打とバックのナックルで揺さぶる。春に粘《ねば》った戦い方に賭ける気なのだ。

面白い。フォアでの打ち合いならば、負ける気はしなかった。が、だからといって安易な力勝負には出ない。冷静に相手を振り回そうという策を変えるのは、まだ早い。バック攻めを嫌がっているからこそ、早めにフォアの強打を見せてきたのだ。

どう対処するか。ここが思案のしどころだった。

まだリードはしている。次の一点がどちらに入るか。流れをつかむためにも、この一点は先に奪っておきたい。意地のバック狙いを続けるべきか。

迷ってはいない。そう思わせるためにも、素早くサーブをくり出した。

狙い目を変えた。ミドルのロングへ送った。どちらで返してくるか、を見るためだった。フォアの強打はすでに見せている。次はバックだろう。ミドルに長く返してくるのではないか……。

読みを外された。敵はフォアでラケットを押し出し、短くフォアサイドにストップしてきた。慌てて台に乗り出し、ラケットをあてがうフリックで返した。が、予期していなかったので、わずかにボールが浮いた。コースも甘い。ミス。

狙いすましたようにフォアをたたきこまれた。

三対二。敵のベンチが沸き返る。

まだ慌てることはなかった。今のはミスした自分が悪い。相手にしてやられたのではない。意地でも次を取る。

少しも焦ってはいない。そう思わせるため、素早く左サイドからサーブを打った。前のサーブは相手の様子見だった。見る必要などなかったのだ。攻め続ける。相手の動きを見るのでは、受け身の戦法になる。

回転よりもコースを優先させた。左サイドから、フォア前ぎりぎりを攻めた。

敵はラケットの先端で受けた。余裕がないので、短いストップになる。センターにポジションを取って両ハンドで待った。どちらにきても対応はできる。

フォアにはこなかった。またもミドルだ。敵はバックを待ち、受け止める気だろう。ならばと、ループ（沈むような強い前進回転）をかけたドライブでバックを狙った。強気に打ち返してくれれば、いくら回転を受け止めやすい表ソフトでも、少しは浮き気味になる。そう願って力任せに打った。

敵の強打に備えて、少し後ろに下がって待った。こちらの動き出しが見えたのか、ラケットを引くようにストップしてきた。慌てて前へフロアを蹴り、今度はフェイクで大きく腕を振りつつ、回転を押さえたドライブを台上で打った。

こちらの強気に対抗して、相手も腕を振ってきた。が、回転は抑えて返していた。それに気づかず、押さえつけた打ち方をしたので、まんまとネットの餌食《えじき》になってくれた。

四対二。

敵の目がコートの一点から動かずにいた。懸命に冷静さを保とうとしている。わずか三メートルしか離れていないので、相手の心の揺れが伝わってくる。

両者の合計六ポイントごとに、タオルを使う時間が認められている。この流れを渡してはならない。ベンチに戻って軽く汗をぬぐい、小走りに戻った。監督はただうなずいていた。このゲームは必ずものにする。

たぶんフォア攻めにはこない。敵はそう読み、バックの表ソフトでしっかり受け止めようとするだろう。その警戒心を利用する手はあった。

サーブの回転次第になるが、レシーブを低く長めに返せば、フォアでドライブを打ってくる。ループを描くような弧線（ボールの軌道）で返さないと、ネットにかかりやすいからだ。

そこをカウンタードライブで攻撃する。フォア勝負に活路を見出す気であれば、体の近くを狙ってくるはず……。

ボールが投げ上げられた。

敵はまたもフォア前に下回転のサーブを出してきた。低くツッツキで同じ下回転をかけて、フォア深くへ返してやる。

予想どおり、ドライブでバックミドルに打ってきた。左へ軽く回りこんで、ストレートへ強く出した。

敵が慌ててラケットを伸ばす。たとえ届いても距離の長いフォア側にくる。先読みして待ち受けた。

的中。手の先でラケットをさらにひと伸びさせてのフリックだった。まんまとフォアに飛んできた。もう敵は右足に体重が残り、バックががら空きになっている。慌てる必要はない。無理はせず、けれど手加減もせず、ドライブを打ちぬいた。

五対二。

敵が盛んに両手を揺らしていた。体がまだ動いていない、との下手な言い訳だった。おそらく基本に立ち戻ってバックで揺さぶり、コースを変えての打ち合いを仕掛けてくるだろう。

相手がまたサーブを変えてきた。

低くボールを上げ、素早くバックを深く突いてきた。フリックで返した。が、ボールは低く跳ねてネットにかかった。

上回転に見せかけての下回転だった。長めのボールだったので、ナックルは頭にあったが、まんまと裏をかかれる形になった。

ここは読みを外された。だが、戦術で負けたわけではない、と気を取り直した。五対三。二点のリード。

そう簡単に引き離せるとは思わずに、執念深く相手のバックを前後に攻めた。

丁寧な返球がきたが、こちらも周到にバックへ返してやった。焦《じ》れて強引に回りこんでフォアを打ってきた。無理押しに近いため、コースが甘くなった。ブロックで受け止めて、がら空きのフォアに返した。敵は飛びついたが、届きはしない。六対三。

サーブはしつこくフォア前に、変化をつけて出した。そこからバックを突く。七対三だ。基本的な攻めがここまで効くとは意外だった。出だしで連続してバックを攻めた効果と言える。

敵は一ゲーム目から冷静さをなくしかけていた。雄貴との対戦だとわかり、今度こそ勝てる、と自分への期待があったのだろう。全日学の予選も勝ちぬき、つかんだ手応えが彼の過信につながったと見える。よくある誤解だ。二度三度と同じ相手に完勝してこそ、ほんの少し実力がついてきたと考えていいのだ。

彼の自信を根こそぎ摘み取るために、全力をつくした。嫌がるバックにドライブを長短で出していく。相手のミスが増えてきたところで、左右に振り回した。

第一ゲームを取ると、敵は次々とサーブを変えてきた。慎重に返していったので、強打で点を奪われもした。だが、サーブの回転をつかむには、我慢の展開も必要になる。そのゲームのみが接戦だった。

三ゲーム目に入ると、敵は苦しまぎれにラケットを反転させ、裏と表を換えての強打も見せてきた。よくある手なので、落ち着いて見極め、対処できた。ストレートで振り切れた。

「よし、続くぞ」

雄貴を出迎えた奥寺が、ベンチを振り返ってチームを見回した。

春のリーグで二位に躍進した清峰大学だが、前年は雄貴たちの明城と、五位と六位を春と秋で分け合っていた。若手が力をつけてきたため、粘って勝ち得た二位だったのだ。敵チームが期待するその若手の一人を、最初に倒せたのは大きい。

雄貴はベンチに戻り、ゲームの行方《ゆくえ》に集中した。仲間を応援しながらも、冷静に清峰の選手たちの試合運びを目に焼きつけた。来月の全日学本戦に、この中の何人もが出場する。組み合わせによっては、対戦相手となるかもしれない。

奥寺は、準エースと言える同学年と互角の戦いをしながらも、惜敗した。雨宮は、春も活躍した三年生の実力者を追いこんだが、フルゲームで負けた。ダブルスも、全日学でシードされているコンビ相手に、奥寺と犀川《さいかわ》の四年生コンビが善戦した。

最後は、全日学でシードされた一人に、圧倒的な力の差を見せつけられて、勝負は決まった。NT候補の相手エースを登場させることはできなかった。春の二位は実力だと見せつけられた。

「おいおい、ショックを受けるんじゃないぞ。負けを引きずるな。こっちに能瀬がいれば、勝負はわからなかったはずだ」

真鍋が仲間の肩をたたき、手にしたノートを振り上げた。

「さあ。次の戦いに向けて、作戦会議だ」

7

午後は三時十五分から、春の一位——龍王大学との対戦だった。

NT一名、候補選手を三名も有する関東の覇者。この三年間は一度たりとも負けてはいない。下位チーム相手だと、NT候補も温存してくるほどタレントぞろいのナンバーワン大学だった。

春も四対〇のストレート負けで、雄貴はNT候補でもない三年生に、二ゲームを取ったものの粘り負けした。自分の今の力を測る戦いになる。

龍王大の一番手は、三年生の実力者だった。伊藤克知《いとうかつとも》。雄貴と同じく選手権では結果を残せず、NT候補には手が届かずにいた。彼もリーグ戦を足がかりにして、全日学での巻き返しを狙っているはずだ。左のシェークハンドで、高校時代には二度の対戦経験がある。一勝一敗。サーブのバリエーションが豊富な選手との印象が強く残っている。

「全日学の予選でも、いいサーブを打ってたらしいぞ」

真鍋がベンチの後ろから耳打ちしてきた。

春の明城戦で彼は五番手だったため、ゲームに出てきていなかった。去年は雄貴が怪我で欠場しており、他チームとの対戦を観客席から見た記憶しかない。大学に入ってからは、初顔も同然の相手だった。

サーブの名手となれば、その回転を見極められるかどうかで勝負の明暗は分かれる。

こういう時に限って、ジャンケンに負けてサーブ権を取られた。

全日学の本戦になれば、サーブの使い手はいくらでもいた。レシーブ力を高めるには願ってもない対戦になる。

審判の合図と同時に、敵はボールを高く投げ上げた。

右半身になって肘を上げ、ラケットを胸に寄せた。ＹＧサーブだ。

フォアハンドで逆回転をかけやすい打ち方だった。かつてヨーロッパの若い世代の選手――ヤング・ゼネレーション――が使い始めたことからＹＧと命名された。

肘が高いままボールが打ち出された。横回転だ。が、ラケットが縦で素早く左右に振られたため、順回転か逆かの見極めができなかった。

敵ながら、実に上手《うま》い。安全策として、ツッツキの下回転で低めに返すしかなかった。

ところが、ボールは右へ跳ねて飛んだ。左利きの逆回転だった。そう思った時には、待ってましたとばかりに伊藤が左のフォアを振った。強烈なドライブがミドルにきた。右へよけながらバックで当てようとしたが、間に合わない。ボールは肩をかすめて後ろへ飛び去った。

お手本としか言いようのない三球目攻撃だった。レシーブで後れを取った。安全に返そうとしたのでは、相手の回転の思う壺《つぼ》となる。

敵はボールを受け取ると、素早く構えてサーブを放った。

次もYG。肘はやはり高い。が、ボールをインパクトする瞬間、わずかに肘が下がり、すくうような動きが見て取れた。

横と見せかけての下回転だ。それもバックへと長めにきた。

またしても合わせるだけのレシーブになった。ストップしたかったが余裕はなく、相手のバックへコースを取るのが精一杯だった。長いボールになったので、台から出たところを強打された。

敵のベンチで選手が立ち上がる。威圧《いあつ》をこめた歓声が耳に刺さる。

まだ二点。サーブも替わる。

気を取り直して策を考えた。相手は左利きなので、ラリーの時はこちらのフォアに打たせたい。バックでブロックさせるための戦術を思い浮かべる。

ここは基本だ。フォア前に短くサーブを出して、相手を寄せる。バックにくれば、フリックでストレート狙い。ラリーになって後ろに下がらせることができれば、敵のバックを攻めていける。

下の順回転で短く出した。うまい具合に相手のフォア側へと絶妙にボールがすべってくれた。狙いどおり、バックへ長めのツッツキがきた。

バックフリックで相手のバックへ打ち返した。ブロックされた。残念ながらフォアにはこなかった。雄貴のバックを狙ってきた。

フォア八割のつもりでいたので、対応が遅れた。バックステップしながらでは、ラケットを横にスライドさせて勢いを殺すことができなかった。またも合わせるだけのブロックになった。

相手が台に張りつき、待ち受けていた。ボールの上がりっぱなを今度はフォアに打たれた。飛びついたが、間に合わない。

あっという間の〇対三。

フォアに打たせようとする策を、まんまと敵に読まれていた。覇者チームのトップを任される男だけはある。

だが、NT候補になれない立場は同じだ。まだ序盤。ここからが勝負、と気合いを入れ直す。

次のサーブは回転よりフェイクモーションを優先させた。腕を振り下ろしながら、打つと同時に素早くラケットヘッドを持ち上げてやる。フォロースルーは下回転に見えるはずだ。これを見極められたら、苦しくなる。

敵は短くツッツキで切ってきた。が、上回転の影響を受け、わずかにボールが浮いた。そこを思いきって狙う。バックドライブで強打した。

やっと一点。

息はつけない。また相手のサーブに替わる。

次はどういう回転でくるか。この駆け引きを楽しもう、と考えたほうがいい。この一球で絶対に見極めてやると気負えば、焦りが相手に伝わる。いくらか楽しむことができれば、余裕も出てきて、敵も戸惑ってくれるだろう。そう前向きに考えるしかない。

しつこくまたYGサーブがきた。

今度も肘は高いまま。横回転をかけている。が、ラケットを合わせにいくと、ナックルだった。ボールがふいに伸びてきた。瞬時にラケットを引いたが、返球はネットに届かなかった。一対四。

まずい。だが、懸命に無表情を装った。

高校時代とはまったくの別人だった。猛者《もさ》ぞろいの大学で鎬《しのぎ》を削ってきたのだ。サーブのキレとコースの読みが驚くほどに磨かれていた。

雄貴はリーグ上位の強豪大学から声をかけてもらえなかった。反骨心で練習に打ちこんできたつもりでも、部内のライバルは能瀬一人だった。まだまだ自分の環境は甘かった。が、全日学というラストチャンスまで時間は残されていない。

一瞬、怪我を恨んだ。が、そういう事態を招いたのは自分だ。ゲームに集中しろ。

胸に言い聞かせるうちに、サーブを打たれた。

安全に返すことしかできなかった。無難な守りでは、攻められる一方になる。守りながらも、回転をかけてストップするとか、攻めの姿勢を見せることが次につながる。固く守り、粘り強くチャンスを待つ。

せっかくの打ち合いになっても、強気を貫こうとするあまり、ミスが出た。冷静になれ。そう言い聞かせるうちに、五対十一で第一ゲームを奪われた。ほぼ手も足も出なかった。

「レシーブはバックの奥へ深く返すのを基本にしていくんだ。待たれてると見た時には、フォア前だ。おまえのサーブも効いてるぞ」

監督のアドバイスは無難ながらも納得の策だった。が、それでは勝てない。雄貴には確信があった。奥寺に言った。

「正面からだと、サーブの時のグリップがよく見えない。あれだけ切れてるサーブなんだ。少しはグリップにも差をつけてるはずだ」

「OK。真鍋に後ろから観察させる」

団体戦はチームプレーだ。仲間の眼を借りたところで、非難される謂《いわ》れはない。もちろん自分でも見ぬくつもりだった。

二ゲーム目も、スタートから押しまくられた。相手サーブは言われたとおりに切ったツッツキで長めに返していき、少しは粘れた。たとえ読まれていようと長短織り交ぜて返球していく。それしか手がない。

　ブロックでしのいで、ラリーに持ちこんだ。懸命に食い下がることで、相手のミスを誘発できる。消極的な策だろうと、あきらめたら負けが決まる。

　二ゲームを取られたところで、視線で真鍋を探した。

　敵の後ろに立っていたが、短く首を振られた。グリップにこれといった違いはなかったらしい。肘やラケットの動きも巧みに制御されていた。このサーブがあっても、彼はNT候補に呼ばれていない。どこかに弱さがあるからなのだ。

　とにかく意地でもサーブを返し、とことん粘りぬく。もうあとがなかった。苦しまぎれにレシーブを左右に散らした。ほかに攻めどころが見えなかった。

　またも二対四とリードされた。

　汗をぬぐい、相手の様子をじっと見つめた。少しずつラリーに持ちこめていたので、敵もかなり汗をかき始めている。

　馬力でなら勝負になりそうだった。リハビリを強《し》いられたので、この一年はずっと体力強化に励んできた。強打で負けはしない。

　前のゲームから、縦回転にはフリックで横回転を加えるレシーブを出せるようになっていた。微調整ができ始めている。上下の回転に、やや横から打ち返すことができれば、いくらか縦方向の影響は受けにくくなる。ボールの回転半径が長く、最も力を受けやすい場所をさけられる理屈だからだ。チキータも効く。その対応が吉と出たのか、横回転のサーブが多くなってきた。

ここで勝負に出るしかなかった。

縦回転系が少なくなれば、レシーブでネットを越すことは難しくなくなる。安全策を取っても、低めにボールを返せる。短いストップもしやすい。

前後の返球にだけ気を配り、強く弱くレシーブしていった。台へと身を乗り出してくれれば、次はミドルを狙って打つ。

四対五に追い上げることができた。

相手が急に雄貴を見なくなった。今の攻めを嫌がっている。となれば、そろそろ縦回転がくる。読みは外れていない。信じて待った。腹をくって、ここは打つ。

バックフリックを振り切った。相手のフォアのコーナーを切れた。

これで五対五のイーブン。

何とかなるかもしれない。

腰をすえてラリーに持ちこむ。相手のバックにボールを集めておいて、フォアに短くストップする。台にラケットが衝突する音が響いた。ボールは返ってこない。六対五。

初めてリードできた。

ここが攻め時だった。レシーブで前に引き寄せ、ドライブで深く打ちこむ。

八対六に持ちこめた。

これはいける。初めて思えた。

勝ちを意識した時が危ない。よく言われる箴言《しんげん》のひとつだった。目の前にちらつきだした勝利をつかもうと、前のめりの思考になり、攻めが単調になりやすい。落ち着け。一気呵成《いっきかせい》に打って出るのは、まだ早い。

丁寧に返しすぎて、逆を突かれた。

敵も必死に手を変えて打っていた。踏ん張ってロビング（高い前進回転の球）で返す。粘っていけば勝機が見える。ここを逃したら逆転される。ストレートの強打を食らって、フットワークが乱れた。

飛びついて腕を振った。余裕がなくバックのフィッシュ（中・後陣からドライブをかけての高い返球。竿《さお》で釣るような打ち方）でどうにか返す。しのいだつもりでも、体重を乗せたドライブがまたストレートにきた。受け止めきれない。

せっかく逆転したのに、追いつかれた……。

焦るな。敵も苦しい時なのだ。過去の経験を糧《かて》にして、焦りを克服する精神力を持て。

こういう時に限って、敵のサーブに替わる。

伊藤はすでに構えを取っていた。審判の合図とともにボールが投げ上げられた。今までで最も高い。ここへ来て初めてのサーブを見せてくるとは……。いや、ただフェイクで高く上げただけ、とも考えられる。単なる脅しか、それとも——。

体の向こうに肘を隠してラケットを押し出し、相手のバックに短く返した。とにかく返すしかない。

切るようにラケットを押し出し、相手のバックに短く返した。とにかく返すしかない。

いた。安全策が裏目に出た。というより、そう誘うため、高々とボールを投げ上げるという初めての動きを見せたのだ。

強烈なバックドライブが体めがけて飛んできた。ラケットを当てにいったが、遅かった。

八対九。再逆転された。

まずい。あきらめるな。自分に言い聞かせたが、ラケットを握る掌が汗でぐっしょりと濡れていた。息を何度も吹きかけてから握り直し、レシーブの体勢に入る。

今度は低く素早いボールがバック深くにくり出された。

ナックルだ。ただ合わせにいけば、回転が少ないので、ボールは弾む。手首を使ってカット気味に返した。が、あろうことか返球は低くネットを直撃した。

しまった……。何たることだ。ナックルと見せかけての下回転だった。目の前が白く眩《くら》みかける。

焦るあまりに、考えをまとめきれないままサーブを出した。短く狙ったつもりが、中途半端なコースと長さになった。鋭いバックフリックを打たれた。ラケットを合わせにいくが、わずかに遅れた。

「ゲームセット！」

主審の声が高々と響き渡った。

雄貴は動けなかった。一ゲームも取れずに負けた……。

相手はＮＴ候補でもない三年生だった。怪我は治っていたので、言い訳が見つからない。

掲げた目標が、遥か高みへ遠のくのを感じながら、肩を落としてベンチに座りこんだ。

8

チームは雄貴の一勝に期待していた。頼みの先陣をそう高くもない壁に跳ね返された結果、誰一人一ゲームも奪えないストレート負けに終わった。これ以上はないほどの完敗だった。

「気にするな。これからが本当の勝負だぞ。それぞれ課題が見えてきたと思えばいい。決して引きずるな」

矢切監督はチームに言い渡した。結果は最初から見えていたと言わんばかりの叱咤に聞こえた。

地力の差は感じていたが、次の試合につながる光明がどこにも見出せず、口数少なく寮へ戻った。

何がいけなかったのか。ずっと考えていた。レギュラーではない一年生が空元気を装ってムードを盛り上げようと努めたが、重苦しい夕食になった。

一人遅れて食堂に入ってきた真鍋が、手にしたｉＰａｄを掲げて注目を集めた。

「みんな、ちょっと見てくれるか。ワールドツアーに参加してる能瀬の試合が地元テレビ局のサイトにアップされてた。今からモニターにつなぐ」

食堂の真正面に置かれた液晶テレビにケーブルをセットし、真鍋はｉＰａｄの画面をタップした。

映像が映し出された。能瀬と対戦者の名前と世界ランクが表示された。

ダイジェストの映像らしく、三ゲーム目の二対七で能瀬が負けているところから始まった。すでに二ゲームを取られているのが、画面上のテロップからわかる。

相手の素早いサーブを能瀬が持ち上げ気味のフリックで短く返した。わずかに高く浮いたボールを、世界ランク五十一位のウクライナの選手がドライブで能瀬のミドルへ強打した。まるで今日の雄貴のゲームを見るような展開だった。

能瀬は身をのけぞらせてバックハンドでブロックした。フィッシュ気味にボールが相手コートに戻る。そこをまた強烈なバックハンドでストレートに打たれた。能瀬が台から引かずにまたブロックし、次に備えて素早く体勢を立て直す。

一方的な守勢になりながら、能瀬はコースを変えてボールを返していった。ついに焦れた敵が短くバックにストップしてきた。が、台からさほど引いていなかったため、能瀬はさらにストップし返すことができた。

攻守逆転。浮いた返球を能瀬が強打し、敵のバックサイドを切ってみせた。

「すげぇや……」

誰かが小さく唸るように言った。雄貴は声が出なかった。汗を飛ばしてボールを拾いまくる能瀬の姿に目を奪われた。

次は、同じゲームの四対八からの映像だった。

能瀬は左右に振られながらも徹底的に拾いまくった。飛びつき、台の前に戻り、手を伸ばしてボールを返す。絶対にあきらめない。意地でも食らいつく。足を踏ん張り、ラケットを出すごとに、集音マイクを通して能瀬のうめき声が伝わってくる。遥か海外から、あきらめるものかと叫ぶ仲間の声が食堂に響き渡った。

「執念の一球だよな」

「おい、簡単に執念なんて言葉を使うな」

二年生の発した言葉に、真鍋が珍しく語気を強めた。

五対八。さらに拾いまくって、六対八。だが、バックを鋭くぬかれて六対九になる。

ここで能瀬の長いサーブに敵の返球が浮いた。七対九。

呑気に箸《はし》を動かしている者は一人もいなかった。生中継でもない映像に、誰もが食い入っていた。卓球を続けてきた者であれば、息を呑《の》まずにはいられないゲームだった。あきらめたら終わる。この一試合だけではなく、卓球にかけてきた人生そのものまでが無に帰す。今の自分はこうやって戦うしかない。この一球を返さなければ、明日は見えてこない。そう思いつめて戦う能瀬の気持ちの強さに打たれ、言葉が出てこなかった。

ついに第三ゲームはジュースに突入した。

ウクライナの選手はまだ表情を変えてはいない。しつこい奴だと思っているだろうが、その感情を表に出したのでは、つけ入られる。能瀬もラリーで逆転できても、大げさなガッツポーズは見せずにいた。当然の戦い方をしているにすぎない。まだ土壇場に追いつめられてはいない。勝つチャンスはいくらでもある。そう思わせるため、汗をぬぐって敵を睨みつけていた。その視線の強さに、肌が粟立《あわだ》った。

一進一退が続いた。十六対十五。ここから能瀬が長いサービスで、とうとう二点差をもぎ取った。

その瞬間だった。能瀬が敵を見すえてガッツポーズを決めた。どうだ。これがおれの戦い方だ。見たか。次のゲームも食らいつくから、覚悟しておけ。

食堂が歓声に沸いた。立ち上がって拍手する部員たちの中、雄貴ははっきりと能瀬の言葉を聞いた。必ず勝ってみせる。世界ランクを上げて、ナショナルチームの一員になる。オリンピックを目指すのだから。

「残念ながら、ダイジェストはここまでだ」

「能瀬さん、勝ったんですよね」

一年生が訊いた。真鍋が微笑み返す。

「当たり前だろ。これでめでたく能瀬も世界ランカーだよ」

箸を持つ指先が震えた。あいつは遠い世界の地で懸命に戦っていた。死に物狂いでボールに食らいつく仲間の姿を見て、心を揺さぶられない者は一人もいない。

自分に何が欠けているか。卓球への情熱では負けていないつもりだった。でも、足りていないものが確実にある。

雄貴の向かいに座っていた奥寺が、猛然と山盛りのライスをかきこみだした。こうしてはいられない。今日の敗戦は予想のうちでも、とことん悔しがらないで、どうするのだ。そう考えているのが手に取るように伝わってきた。

能瀬は本気で勝負に挑んでいた。負けてはいられない。あいつは心底からオリンピックを狙っている。

「最後にもうひとつ報告がある」

真鍋がテレビを消して一同を振り返った。

「残念ながら、能瀬は次の試合でストレート負けを食らった。それだけ世界の壁は分厚く高いってことだ。でも、そのおかげもあって、あいつは一人で帰国の途に就《つ》いた」

「じゃあ……」

後輩の一人が希望を託すような言い方をした。

「来週の後半戦には参加できる。そう監督に連絡してきた。あいつも我々明城大の一員だから、まあ、当然だよな」

食堂にまた拍手と歓声が湧いた。世界で懸命に戦っている能瀬がチームに戻る。これほど心強いことはない。

惨《みじ》めな敗戦から一転、期待に目を輝かせる部員たちを見て、雄貴は胸の底をあぶられた。誰もが能瀬を求めていた。その一人がいるだけで、チームが結束し、発憤できる。そうさせる力を持つからこそ、エースなのだ。悔しくても、認めるしかない。あいつの卓球への思いに負けている。

食事を終えて部屋に戻った。夜間練習の準備にかかると、ドアがノックされた。返事を待たずに、真鍋が人を食ったような笑顔を見せた。

「向こうであいつの試合が話題になってるなんて、まったく知らなかったよ」

「え……？」

意味がわからずに見返した。真鍋がサイトを見つけたわけではなかったのか。

「龍王大との試合が終わった直後にメールがきた。あのサイトをみんなで見るべきだってな」

部員は試合を観戦していた。あの時間に、能瀬の戦いぶりを知ることはできない。野球部やサッカー部の試合と違って、応援団が来ていたわけでもなかった。あの会場に顔を出していたのは……卓球部を担当する新聞部員ぐらいのものだったろう。

試合が終わったあと、雄貴は友美の姿を探さなかった。ストレートで負けた自分が不甲斐《ふがい》なく、観客席を見上げられずにいた。激励のメールも届いてはいなかった。でも、彼女は来ていたのだ。雄貴の戦いぶりを観戦しながらも、リーグ戦を欠場した能瀬の試合を気にかけていた。

だから彼女は、真鍋にメールを送った。敗戦のショックを引きずって惨めに肩を落とす、だらしない男ではなく、仲間を気遣う頼もしい男に知らせるべきだと考えた。そうすれば、雄貴の試合を見て自分が何を思ったのか伝わる。生半可ななぐさめでは、役に立たない。さらに言えば、彼女の真意を理解したから、こうして真鍋がメールの件を報告に来たのだった。

「羨ましいよ。よき理解者がついていて。礼のメールぐらい打っておけよな」

真鍋が笑みを浮かべた。雄貴は横を向いて言い返した。

「まったく……。卓球にかかわる連中ってのは、どうして人の胸の内を深読みしたがるのかね」

「そいつが卓球の面白さだ。夜の練習、やるんだろ。つき合ってやるぞ。その代わり、能瀬が帰ってきたら、うまくやれよな」

「余計なお世話だ」

雄貴はラケットを握り、立ち上がった。

9

ひとつのプレーからゲームの流れは変わる。卓球に限った話ではない。それほどスポーツの成績には心理面が影響する。

能瀬は帰国した初日から寮に入ると、夜の自由練習にも参加した。長旅でなまった体をほぐしておこう、という軽めの練習ではなかった。後輩二人を使って球出しをさせ、回りこんでフォアを強打してから飛びついてブロックするフットワークを何度も鬼気《きき》迫る形相《ぎょうそう》でくり返した。世界で戦うにはまだ守備に甘さがある。とことん自分を追いつめて体に覚えこませるしかない。そう我が身に言い聞かせるかのような練習ぶりだった。

一人の情熱がチームを変える。

能瀬は普段から多くを語ろうとはせず、ただ黙々と練習をこなすタイプだった。先輩たちへの遠慮もあったのかもしれない。

世界ランクを獲得したことで、さらに能瀬は寡黙《かもく》になった。人を寄せつけない雰囲気を放ち出した。頼むから練習の邪魔はしないでくれ。口にすることはなかったが、部員すべてがそう感じていたと思う。

練習中のチームから私語が消えた。ミスのたびに自分への怒りを大声で放つ者が増えた。惰性《だせい》で続けていたようなルーティーンワークのメニューはなくなった。全日学まではそれぞれ自分を追いこむ。能瀬の姿がチームの進むべき道を示したと言える。

夜のミーティングで、真鍋がチームの戦い方を能瀬に伝えた。

「なるほど……。礼儀正しくておとなしい者が多いうちには、面白いやり方に思えますね。わかりました、ぼくがトップを引き受けます。——それでいいんですよね」

最後のひと言は、真鍋に向けられながら、雄貴への宣言でもあった。エースはおれだ。成元さんは二番手をお願いします。

真鍋がそれとなく目で探りを入れてきた。雄貴はポーカーフェイスを貫いた。それがチームの総意であれば、受け入れるほかはなかった。

「よし、能瀬の意気ごみは監督に伝えておこう」

「でも、どうして真鍋さんがキャプテンみたいな役割を務めているんでしょうか」

素朴な疑問を投げかけたというより、納得ができずに発せられた言葉に聞こえた。近くにいた部員が気にして視線を寄せた。

「全日学に集中したい時だからな。さして用のない者が面倒事を引き受けるしかないだろ」

「チームの意見を集約して方針を決めていくのは、単なる面倒事じゃないと思いますけど」

深読みするわけではなかったが、真鍋への軽視が感じられた。なぜ実力に劣る者がチームのまとめ役を担うのか。

雄貴は能瀬を見つめた。真鍋が手で制してきた。

「そう、チームにとって重要な戦術にもなるからな。けど、言い出したのはおれだった。エース不在のチームを奮い立たせる方法をいろいろ考えてみたわけだ」

エースはおまえだ。真鍋が褒め言葉を交えつつ能瀬に告げた。

「奥寺にとっても最後の全日学になる。集中させてやりたいじゃないか。その意味はわかるよな」

能瀬が視線をそらした。ようやく気づくことができたらしい。奥寺がまだ進路を決めていないことに。全日学で結果を残し、自分の将来をつかみ取りたい。

能瀬本人は、進路に不安を覚えたことは一度もないのだ。卒業まで時間があるからではなく、自分に自信を持っているからだ。もっと実力をつけてスポンサーを獲得し、練習環境を整えていきたい。そう考えている。

「別におれがリーダーシップを発揮したくなったってわけじゃない。今後も奥寺を中心に、みんなで意見をまとめていくことに変わりはない。おかしな心配はしなくていい」

真鍋の遠慮がちな話し方を聞き、雄貴は確信した。

能瀬は、真鍋がキャプテンの代わりを務めることに不満を感じたわけではなかったのだ。本音は別のところにあった。奥寺であれば今までどおり、満遍なく部員たちを見て、監督と練習スケジュールの調整をしていくだろうから、不安はない。だが、真鍋亮平は成元雄貴と親しい。その彼がキャプテンの代わりを務めた場合、成元を優先した部の運営になりはしないか。だから、自分がトップを引き受ける。成元雄貴がエースではない。そう自ら主張してみせたのだった。

厚かましいやつだ、とは思わなかった。そう考えたからには、少しは雄貴をライバルと見ていることになる。NT候補の一員でもないのに。

光栄だと思わなくてはいけなかった。張り合う者が身近にいてこそ、きつい練習に耐えていける。雄貴は能瀬の横顔に向けて言った。

「いいぞ、その調子だ。憎たらしいほど強い選手でいてくれ」

「成元さんこそ、早く調子を戻してください、チームのために」

まだ本調子とは言えませんよね。NT候補でもない龍王大の三年にストレート負けするようでは。

明らかな挑発だった。ずいぶんと自信を取り戻している。雄貴は微笑み返した。

「見せてもらうよ、エースの戦いぶりを」

「期待してください。必ずストレートで勝ってみせます」

奥寺が気を利かせて間に入り、部員たちを見回して言った。

「その意気だ。二人でチームを引っぱってくれよな」

ゲーム運びには性格が色濃く出る。勝てなくなった者は、あえて強気に出て、自らの弱い心に打ち勝とうと勢いこむ。能瀬は迷いを振り切っていた。残りのリーグ戦は、彼のためにあったと思わせるほどの出来だった。ワールドツアーで一勝できたことが、ここまで人を変えるのだと知らされた。

宣言どおりに、能瀬はすべてストレートで勝ってみせた。しかも、前期四位の荒川《あらかわ》工業大学は能瀬にエースのＮＴ候補をぶつけてきた。が、ほぼ寄せつけずに完勝したのだ。

雄貴も意地でストレート勝ちを狙った。勝つには勝てたが、三戦で合わせて四ゲームを失った。ＮＴ候補との対戦ではなかったにもかかわらず、だ。反省点がまた見つかった。勝ちを意識して攻め急ぎ、コース取りが甘くなったところをカウンターで攻められるという悪い癖が出たのだった。

「成元、案外と人がよすぎるな」

真鍋には容赦なく指摘された。能瀬との差を認めざるをえなかった。まだ厳しさが足りない。

リーグ戦を終えて、明城大は四勝三敗。春からふたつ順位を上げての四位だった。学内で発行される新聞のスポーツ通信欄に記事が出た。

『エース能瀬選手の活躍で四位を勝ち取る』

そこに雄貴の名前は出てこなかった。記事を書いた者の無言の叱咤がこめられていた。

友美に感想は伝えなかった。余計なことを言えば、力あるカットマンのように回転数が倍になって返ってくる。

全日学の本戦まで、あとひと月。時間はいくらあっても足りなかった。雄貴は午後の講義をすべて休もうと考えた。いざとなれば、教職を目指す真鍋と一緒に留年するまでだった。

「アホか。単位を取れない留年じゃ、リーグ戦に出場できるかよ。大学が認めず、ほっぽり出すに決まってるだろ。もしそうなったら、おまえは海外リーグの口を探して休学しろ。どうも能瀬が監督に相談してるみたいだからな」

真鍋が練習に向かう廊下で極秘情報を教えてくれた。

NT候補の一員とはいえ、海外での実績が能瀬には欠けていた。海外リーグの二部や三部でもいいから、苛酷な環境で腕試しをしたいと考えているのだ。その条件をよくするには、全日学で結果を出す必要がある。

「本気で優勝を狙ってるな、あいつは」

おれだって本気だ。そう口に出して言うべきだった。大言壮語に聞こえようと、自分に命じておかねばならない。だが、雄貴は言葉を返さなかった。

目標は自分の中にあればいい。優勝を目指すのであれば、何が足りないか。強化のポイントをどこに置くか。たとえ寝ている時でも勝つための方策を探す。

本戦に出るすべての選手が、今は自分を見つめ、追いこんでいる時なのだった。

全日学を二週間後にひかえた木曜日の午後、トーナメントの組み合わせが発表された。

スマホで事務局にアクセスすれば確認できたが、雄貴はいつもと変わらずに講義を受けてから一人で寮へ戻った。

プリントされた組み合わせ表が食堂の壁に貼られ、仲間が集まっていた。

「おう、見たかよ。取り組み甲斐のあるブロックに入ったじゃないか」

腕組みしてトーナメント表を睨んでいた真鍋が呼びかけてきた。感想を言い合っていた後輩たちが口をつぐみ、前を空けてくれた。どうやら彼らが同情して黙りこむほど、強豪ぞろいのブロックに入れられたらしい。

端から確認していく。Cブロックで名前を見つけた。

初戦の相手は、九州商科大学の三年生だった。記憶にない名前だが、予選を勝ちぬいたのだから相応の力は有している。

ざっとブロックのメンバーを見渡した。反対側サイドのシード選手に、誰もが知る強豪の名前があった。

荒木田統《あらきだおさむ》。愛知理工《あいちりこう》大学の四年。世界ランク三十三位でNTの一員だった。百八十センチを超える長身で腕も長く、バックハンドから繰り出されるチキータの威力は世界でも指折りと言われる。今はドイツに留学中で、ここ一年半はリーグ戦に出ていなかった。大学に在籍はしているが、メーカー数社と契約する事実上のプロ選手でもある。

　仲間が同情するのは当然だった。

　雄貴が順調に勝ちぬけば、五回戦で当たる。ジュニア時代からずっと同世代の先頭を走ってきた男。過去の対戦は七度あった。高校時代に一度だけ勝っているが、向こうが怪我を抱えていた時のことだった。

　同じブロックに、もう一人のNT候補がいた。学生随一のカットマンと言われる菊池太司《きくちたいし》。秀峰産業《しゅうほうさんぎょう》大学の三年。高校時代に五回の対戦経験がある。こちらも一度しか勝てていなかった。大学はリーグ戦が違うため、練習試合での対戦は二度あったが、どちらも完敗だった。

　秋のリーグ戦でストレート負けした龍王大の三年生、伊藤克知もすぐ近くに名を連ねていた。お互い勝ち進めば、四回戦でぶつかる。

「成元さん。準決勝で対戦しましょう」

　声に振り返った。早くもジャージ姿に着替えた能瀬が立っていた。勝てるものなら、来てくださいよ。そうほのめかすに等しい言いぐさだった。

能瀬はDブロックにシードされていた。雄貴は目を見すえて言った。

「おまえこそ、取りこぼすんじゃないぞ」

「負ける相手はいませんよ、こっちの山には」

怖ろしいほど自信に満ちた声だった。彼のブロックにも二人のNT候補が入っていた。トレセンの合宿で手を合わせて、力のほどは承知ずみなのだろう。

絶対に勝つ。仲間の前で宣言し、自分に言い聞かせるため、雄貴は能瀬に言った。

「待ってろよ。必ずたどりついてみせるから」

「ええ、楽しみにしてます」

優勝を狙うのであれば、誰が相手だろうと倒さねばならなかった。Cブロックでは、すべての選手が荒木田を標的にして、対策を練ってくる。その戦いぶりを見ていくことで、荒木田の弱点を洗い出せる可能性はある。過去の映像を探してみるのもひとつの手だった。

NT候補の一員であれば、卓球協会がストックする映像資料を自由に見ることができる。だが、相手は荒木田なのだ。彼は海外でも戦っているため、多くの映像が世界のサイトにアップされている。

その日の練習を終えて部屋に戻ると、雄貴はスマホを確認した。友美からメールが届いていた。トーナメント表を彼女もチェックしたのだ。

メールを開いて、目を疑った。文面はほぼアルファベットだった。二十近くものURLがずらりと並んでいたのだ。その最後に日本語の文面が添えられていた。

『ここ一年のものを検索してみたよ。ブンデスは記録が充実してるね。ほかにもあるか、探してみるから。じゃあ。ガンバ！』

ブンデスとあるからには、荒木田の映像なのだった。トーナメント表を見ただけでなく、雄貴のために映像まで検索してくれた。何万語の励ましよりも心強く思えた。

家族ラインにもメッセージがきていた。

『悔いのない戦いをしてくれ。楽しみにしてる』

『お父さんと応援に行こうと思ってるの。いいかしらね』

兄と母からだった。当然、組み合わせは見たのだろう。二人とも、雄貴が勝ちぬけば誰とぶつかるか知っている。だから母は、応援に行くと言ってきたのだ。

雄貴は一人で笑った。母は少し誤解していそうだった。最後の戦いになる。大学生活を終えてラケットを置くことになるかもしれない。そう心配しているのだ。

二人に返事を送った。全力をつくす。どうか見にきてくれ。NT候補入りへの足がかりにしてみせる。はっきりと書いておけば、両親も兄も少しは胸をなで下ろす。自分に見切りをつけるつもりは、まったくなかった。

決意を新たにしていると、ノックと同時にドアが開いた。雄貴の返事を待ちもせず、iPadを手にした真鍋が当然のような顔で部屋に入ってきた。

「おいおい、九州の学生リーグじゃ、そこそこ成績上げてるやつだぞ。早速、作戦会議と行こうじゃないか」

雄貴が黙って見返していると、真鍋が不思議そうに首を大きくひねってみせた。

「あ、悪かったな、彼女と電話中か。じゃ、五分後にまた来る」

返事も聞かずに、一人で部屋から出ていった。

名もなき選手であろうと、多くの期待と支えを得て、試合に挑むのだった。

10

データはあくまで情報の断片にすぎない。サーブの好みや、どのコースに打ってくるか、という選手の癖は確かに存在する。が、多くは接戦になった時、という条件がつく。また、上位の選手は相手によって戦い方を変幻自在に変える。戦術の抽出《ひきだし》が多く、技を巧みに操る力を持つ者がトップに立てる。映像資料はあくまで選手の印象をつかむために利用するほかはないものだった。

過去に一度しか勝てていない相手、荒木田統。

去年の全日学の決勝はもちろん見ていた。世界選手権での戦いぶりも目に焼きついている。今さら彼のブンデスでの試合運びを見たところで、情報の断片を得るにすぎない。それでも、友美が教えてくれたサイトの映像はチェックした。

百八十四センチの長身を使い、全身のバネを解放するようにして打つドライブの威力は、この一年でさらに増していた。高校時代に対戦した時も、ネットを越えたところで高速のボールが急に沈み、エンドラインぎりぎりを深く突いてきた。気がつけば、台から下げられ、防戦一方に追いこまれてしまう。強靭《きょうじん》な手首を使ったフリックは回転数を意のままに操ってくる。たとえ前後に揺さぶられても、長い腕が伸びて台上ドライブのカウンターを決めてくる。

こういう相手といかに戦っていくか。

地力の差は確実にある。いくつか戦術を用意して、それぞれの技を磨きぬく必要がある。彼と対戦する五回戦まで勝ちぬいていくのも、そもそも楽な話ではなかった。上だけを意識していたのでは足をすくわれる。

念のために、過去の〝卓球ノート〟も引っぱり出してみた。対戦相手の特徴や、ゲームで気になった点をつづったものだ。小学生のころから、練習や試合での感想と課題、目標などを書いておけと、多くの指導者に言われてきた。荒木田はもちろん、能瀬や菊池の名も出てくる。昔の対戦を思い返すのには役立つが、選手の今の姿とはまた違ってくる。同じ戦い方にはならないだろうが、自分のミスは見直しておいて損はないと思えた。

「少しは対策を考えてみたかよ。四回戦までの対戦相手がどう荒木田に向かっていくかも、大いに影響してきそうだな」

朝食の時、隣に座った真鍋が切り出してきた。

「少しでも嫌がる素振りが見えれば、当然、誰もが同じ攻め方をする。そのうえで、相手の得意技を打たせて、一か八かで待ち受ける手も使おうとしてくるだろうな。餌《えさ》を撒《ま》いて打たすことができれば、コースはいくらか読める。おまえでも何とかカウンターで返せるかもしれない。っていうより、誘いをかけてカウンターで返す技を入念に磨くしか手はないかもしれないな」

言いたいことはわかる。あの荒木田でも、日本の学生相手に星を落とすことはあった。ただし、相手も世界水準の技術を持っている場合に限るのだが。

「あとは馬力勝負に持ちこめるか、だな」

「ほかに取り柄がないってわけか」

「たとえば、馬鹿のひとつ覚えのように、回りこんでフォアを打ちまくってみる。四分六分でもリスクを背負って攻めていくしかないだろうし」

「無茶な攻めが通じる相手じゃないぞ」

「確かに怪しいとは思う。けど、おまえの馬力は誇ってもいい。やつはダブルスでもトップを狙ってる。疲れは出るはずだ。ところが、おまえはシングルスだけだ。そこに勝機を見つけていければ、いいんだがな」

たった二週間で何ができるか。

強いチキータを打てる後輩に協力してもらい、カウンターを強化する。回転もスピードも荒木田の比ではないが、それでも完璧に打ち返すのは難しい。

相手の放つ回転次第でラケットの角度を変えねばならないため、実際に荒木田のボールを受けてみなければ強く返せはしないだろう。

映像で見た限り、ラケットを垂直近くに立てて手首を利かせ、ボールの横をこすり上げて、下回転に近い滑るようなチキータも打っていた。わざとラケットを寝かせて、伸びるチキータも混ぜてくる。上回転が強く、長い腕をいかしたバックドライブに近い打ち方だ。本当にため息が出る。

練習ぶりを横で見ていた真鍋が台に近づいてきた。

「問題はおまえのサーブ次第になってくるかもな」

要するに、チキータのコースを誘導できないか、と言っているのだった。

「右横回転系のサーブを出せば、当然、おまえのバックに打ちやすくなる。コーナーを鋭く切れてくるチキータが来てしまうから、常識として、やつに出すサーブじゃない」

　まあ、当然の話だ。コーナーを切られたら、返すのさえ難しくなる。

「ＹＧや巻きこみ系で鋭い逆回転をかけてサーブを出せば、少しはフォア側へボールは流れやすくなる。たとえバックを突かれようと甘くなりがちだから、今度は無理してフォアのほうへ打ちたくなる」

「だからこそ、あえて逆を突くバックもあるじゃないか」

　雄貴は言い返した。荒木田ほどのテクニックがあれば、そう狙いどおりに打ち返してはくれない気がする。

「だから、おまえのサーブ次第だって言ったろ。強烈な回転がかけられれば、無理して逆を突くのにはリスクがともなう。わざわざリスクを背負ってまで倒そうとしなきゃならない相手かと、向こうが考えるかどうかになってくるじゃないか」

　なるほど。リスクを冒《おか》さず、正攻法でも倒せる相手だ、と荒木田が踏んでくれれば、序盤はまともに攻めてくる可能性が高い。つまり、サーブ次第でコースは読みやすくなる理屈だ。

　そこをカウンターで狙う。

「けど、そのあとが難しいな。逆を突いてきたら、とにかく安全に返すしかなくなる」

雄貴が不安を口にすると、大きなうなずきが返された。

「もちろん相手の出方を見て、サーブの種類も狙うコースも適宜《てきぎ》変えていく。まあ、その適宜ってのが、最も難しい。それには、おまえが荒木田の考え方を読めるかどうかにかかってるわけだからな」

秋のリーグ戦で、雄貴が果敢な攻めを続けたことが、どこまで彼に伝わっているか。勝ち上がっていく際の戦い方も影響する。今の自分に、危なげなく五回戦まで勝ちぬく実力があるかどうかも疑わしい。何しろ難敵ぞろいなのだ。

「どっちにしろ、サーブのミスは命取りになると思え。基本を大切にしつつ、相手の狙いを読んで策を試していくしかない」

荒木田は単にチキータが鋭いだけの選手ではなかった。サーブもいい。レシーブ技術もある。さらにパワードライブは天下一品。

そのドライブ対策は、できる限りフォアで打ち返して力勝負に賭ける。コース取りで勝機を見出していく。

「待て待て、ちょっと待てってって……」

回りこみから素早く両ハンドで待つ多球練習に移ると、またも真鍋が割りこんできた。監督とコーチも静観し、好きなようにさせてくれている。能瀬もことさら雄貴を見ようとしてはいなかった。

「成元は確かに馬力が命だ。けど、高い打球点だけを気にして打つのはどうかな」

「何言ってんだ。フットワークの練習で、打球点を落とすなってのは常識だろが」

「そう。落ちてくるところを待てば、打つのが少しは楽になる。けど、その練習が染《し》みこみすぎると、一本調子になる」

「練習と本番は違うさ」

相手のボールとコースによって、高い位置で打ち返せないことは多いのだ。が、高いところで打てれば、ボールに最も力を伝えられる。

「いやいや、一本調子のラリーじゃ相手も打ちやすくなる。けど、気の利いたストップを混ぜようにも、返ってくるボール次第になるし、ラケットのさばきで予想もされてしまいやすい。なので、前後のフットワークを使って、わざとタイミングをずらしてやる手もあるんじゃないかな」

馬力頼みとはいえ、まともに打ち合ったのでは分が悪い。痛い指摘だった。

しかし、長年の練習で培《つちか》ってきた自分の打つタイミングというものはあった。身に染みついた動きを、二週間という短期間で変えるのは難しい。それをフットワークの意識を変えることで差がつけられないものか、と真鍋は言っていた。

後ろに下がって打つのでは、ボールに威力がなくなる。下がりかけたところを踏ん張って前に戻って打ち返してみろ。その姿勢は攻めにも通じていく。

タイミングのことだけを言っているのではなかった。安全策を採って台から下がって待とうという意識は捨てたほうがいい。賭けに近いが、攻めの気持ちを忘れてはならない。守るだけでは勝てない相手ばかりが待っている。タフな精神力が要求される。

「よし。相手を前後に動かしていく。そのためにも、自分から前に出るってことだな」

「いや、時には、あえて下がってのドライブも考えていい。カットマン対策になる」

雄貴はまたも感心した。真鍋は多くの状況を想定し、先を読んでいた。

カットマンはレシーブの際にボールの下を切るように打ち、強烈な下回転をかけつつ拾いまくってくる。上回転のドライブを出した場合、こちらのかけた回転を利用して、さらに鋭い下回転で返されてしまう。だから、ドライブに差をつけろ、その意識を忘れるな、というのだった。

カットマンは、鋭い下回転をつけるように見せておき、時にラケットを巧みに押し出して回転を甘くもしてくる。切れた下回転だと信じてラケットを持ち上げ気味に打ち返せば、ボールが浮いてしまう。そこをスマッシュで決めてくる。

カットの変化に対しては、ループをかけたドライブで前後に揺さぶるのが常道のひとつだった。そこに短いフェイントレシーブを織り交ぜつつ、ドライブの強弱で攻める。

自ら前後に動いて相手を揺さぶることで打開の道を探る。そのための練習にもなる。

汗をぬぐって能瀬を見ると、コーチとひたすらバックハンドの強化に専念していた。相手が誰に決まろうと、世界を見据えた練習をする。彼の信念は揺るぎもしない。間に合わせの練習はしない。心《しん》の強さを持たねば、できないことだった。

本戦が近づくと、午前中も講義を欠席し、練習場ですごす部員が増え始めた。奥寺もその一人だった。雄貴は気分を変えるためにもキャンパスへ通った。肩の具合も気になるため、オーバーワークは禁物だと田中コーチからも言われていた。

「本当は彼女に会いたいからだろ、こんちくしょーめが」

真鍋は意地の悪い言い方でからかってきた。が、まともに彼女の顔を見たら、ずっと話をしていたくなる。この時期に、会いたいと言ってくるほど彼女も子どもではなかった。

その夜、久しぶりに友美から電話があった。

「ちょっとしたお知らせ。あのね、事前の取材は二年の子たちに任せたからね」

「ああ、そのほうが周りの目を気にしなくてすむ」

「ねえ。強い選手になると、昔の負けた試合のことを覚えてるものなんでしょ」

「要するに、昔と同じ手を使ってみたらどうか、と言いたいんだな」

「だめかしらね。出だしは同じ手でくると思わせておき、機を見て逆を突く。先手を取るための奇襲になるんじゃないかしら」

いつしか一端《いっぱし》の卓球記者のようなことを言うようになっていた。

「なあ。おれが何を考えてるか、わかるよな」

「ひょっとして、今すぐ会いたい、なんてね……」

わざと彼女は笑い声を上げてみせていた。雄貴は言った。

「全日学で結果を残せば、選抜にも出場できる。年明けの全日本にもつながる。この道で生きていくしかないからな」

「……応援するよ、もちろん」

「見ててくれよな」

「大丈夫。必ず声がかかる。そう信じてる」

「さすが校内一の卓球記者だ。業界内のこともわかってるじゃないか」

「たぶん能瀬君は、ドイツへ行くんでしょうね。でも、道はひとつじゃないもの。日本でもプロリーグができるって話もあるし」

自分の道を進んでいくしかない。人それぞれに強くなるための道がある。本当に彼女はよくわかってくれている。

「必ず結果を出してみせる」

言葉にすることで自分に教えこむ。日々の練習と同じで、何万何千回とくり返すことで骨の髄《ずい》にまで刻まれていくのだった。

全日学を目前にした週末に、監督がかつて在籍した社会人チームとの合同練習が行われた。試合形式の練習を積むためで、それぞれ取り組んでいた課題を実戦で試す絶好の機会となる。

一ゲームマッチで、次々と対戦相手を替えていった。カットマンとパワードライブの選手を指名させてもらい、勝ち負けは頭の隅に置きつつも、攻めの姿勢を貫いて戦った。五勝二敗。能瀬は六戦全勝だった。

「今日の結果は気にするな。自分の技術を確かめたと思えばいい」

雄貴の表情を先読みしたらしく、真鍋が気安く肩をたたいて言った。二敗はいずれも日本リーグで活躍するベテラン相手だった。かつてのNT候補メンバーであっても、脂《あぶら》の乗りきった全盛期の選手とは言いがたい。それでも経験に裏打ちされた台上（ネット際）の技術は素晴らしく、前後に振られて失点を重ねた。

奥寺は三勝四敗だった。それでも悔しがる顔を見せはしなかったのだから、彼なりに課題を消化できたとの手応えがつかめたのだろう。

その翌日に、能瀬の姿が練習場から消えた。

「トレセンに行ったらしいですね」

後輩の一人が教えてくれた。もはや彼は、監督の管理下から離れていた。練習相手を探しに、どこへ出かけていこうと自由なのだ。特別扱いを気にしても始まらなかった。

夜は一人でサーブ練習を続けた。真鍋が言うように、逆横回転系のサーブがうまく決まれば、相手のチキータのコースをいくらか誘導できそうな目算が立つ。

「おい、もったいないから、おれにレシーブさせろ。いいよな」

奥寺も加わっての練習になった。雄貴が連続してサーブをくり出し、奥寺がレシーブのバリエーションを試していく。返ってきたボールを今度は雄貴が自由に打ちこむ。それをさらに奥寺が拾う。

「戻りが遅いぞ。だから成元は、おまえのバックを突いてきたんだ。自分でわかるはずだよな」

真鍋が遠慮ないアドバイスを送る。

「ほら、サーブが長くなったぞ。どうした、疲れてきたか」

「まだまだ。行くぞ」

大丈夫。肩は動いていた。おかしな兆候もない。息を整えてボールを高くトスした。巻きこみサーブをバックに短く出した。

なぜか中学時代の練習風景が思い出された。あのころと情熱は変わっていない。まだ卓球を続けていく。将来を固めるために集中してボールを打つ。三メートル先に、自分たちの未来を信じて汗を流し合う仲間がいた。

打ち続ける。一球も無駄にせず、全身全霊をこめて打つ。

時間は気にしなかった。この瞬間が明日を支える。ひたすら信じて打ち合った。

11

今年の全日学は愛知県民スポーツセンターで開催される。

開会式の前日、午後の練習を終えると、出場する選手と監督、コーチで名古屋《なごや》へ発った。新幹線の代金は部費から出るため、雄貴たちはまだ恵まれていた。予算が限られていて、自費で遠征に向かう大学は少なくなかった。

トレセンで練習を積んでいた能瀬は、昨日から部に合流していた。一部の下級生が寮の廊下でささやくのを雄貴は耳にした。

「例のワールドツアーの旅費って、半分は大学が出すって本当らしいな」

「用具はメーカー持ちになったし、もう半分プロみたいなもんだから、羨ましいね」

陰口で多少の憂《う》さ晴《ば》らしができたところで、自分のためにはならない。呑気に練習をしていたのでは、大学の四年間などあっという間にすぎてしまう。気がつけば、もう最後の全日学なのだ。

両親と兄からはこのところ電話もメールもきてはいなかった。母はたぶん応援に来るだろう。けれど、雄貴には声をかけず、そっと遠くから見守るつもりでいるはずだ。

息子に気を遣わせてはならない。家族の気持ちをありがたく受け取らせてもらい、自分からは連絡を入れなかった。

多くの四年生が、身内の切なる期待を背負って最後の大会に挑む。七歳の時にラケットを手にしてから、十五年。苦しい思い出しか残っていないが、まだやりきったとの実感はない。この先も卓球を続けていけるか。自分の力を嫌でも知ることになる。

名古屋に到着して、雄貴は驚かされた。能瀬一人がタクシーで別行動になったのだ。

「あれ、知らなかったのか、成元。用具メーカーの寮が近くにあるそうなんだ。一人分の宿代《やどだい》が浮くんで、監督も強く反対しなかったらしい。団体戦じゃないし、やつもシングルスだけのエントリーだからな」

「だったら、新幹線代も出してもらえばいいのに」

　奥寺の話を聞き、能瀬と同学年の雨宮がぼやいた。

「言うなって。やつの前で顔にも出すなよ。卓球選手の端くれなら、ポーカーフェイスを通せ。ほら、成元を見習え」

　胸をあぶるものはあったが、幸いにも表情には出ていなかったらしい。雄貴は雨宮に言った。

「そこがおまえの甘いところだ。悔しいなら、力をつけろ。心を乱すだけ無駄ってもんだ」

「成元さん、本当に変わりましたね。もちろん、強くなったって意味ですけど」

「まだまだおれも甘いさ。だから、意地でも能瀬に追いついてやろうじゃないか、なあ」

「――はい」

　雨宮も当然ながら狙っているのだ。世界で活躍できるポジションを。将来も卓球を続けていける環境を。願ったものは自らの手でつかみ取るしかない。

　翌日は午前十時から本会場での練習がスタートする。開会式のみで、試合はない。本会場に到着すると、奥寺たちとアリーナを歩いて、照明の位置や風の通り具合を確認した。

　その後、指定された時間にサブアリーナの練習場に向かった。各大学そろいの練習着にまず目がいく。愛知理工大学のジャージはすぐに見つけられた。奥の壁際で、手足の長い細身の選手が仲間とストレッチをしていた。

荒木田は時に笑い声を上げ、緊張した様子は見られなかった。大学一の実力者が前日から気負うはずもないだろう。

遅れて到着した能瀬も、目の端で愛知理工大学のジャージを探しているようだった。その能瀬も少しは知られた顔なので、各大学の選手から注目を浴びていた。

開会式を終えたあと、珍しく能瀬のほうから雄貴に近づいてきた。

「成元さん。策を考えましたか」

ふくみをこめたような目つきから、荒木田との対戦のことを問われたのだとわかった。が、雄貴は言った。

「初戦はまったく情報のない相手だからな、策も何もあったものか」

「奥寺さんとの練習を見れば想像はつきます。でも、あの人にチキータを誘うのは、リスクがありすぎるかもしれませんね」

雄貴はまじまじと能瀬を見返した。この二年間は、面と向かって戦術論を戦わせていなかった。

「覚悟はしてるよ」

「でも、誘いが通じなくなってからチキータ封じに出るのは、もっと難しい気がしませんか」

雄貴は黙って言葉を待った。

「フォアミドル辺りのボールも、チキータでストレートに打ってきたり、平気でしますからね、あの人は」

じゃあ、どうしろと言いたいのか。目で問い返した。

「バックハンドにも自信を持ってますし。だからでもあるんでしょうけど、フォアはほぼパワードライブ勝負にくる。その威力が並外れているんで、押しまくられてしまう。けど、外国人のパワー自慢が相手だと、あの人でもバックに頼ることが多くなるんです」

わかりますよね。意味ありげに目がまたたかれた。黙っていると、能瀬は続けた。

「成元さんならパワー勝負を仕掛けられる。体力に余裕のある序盤で、もし打ち勝つことができたら、相手は必ずバックハンドに頼ってくると思うんです。誘うまでもなく、無理してでもバックを多用してくるだろう、と」

待ち受けるのであれば、そこだ。能瀬が小さくうなずいてきた。

「おまえ、何を考えてる」

雄貴は能瀬の目を見返した。

「もちろん、荒木田に勝つための対策を考えてみたんです」

「おれを動かすのも策のうちか」

確証があるわけではなかった。けれど、なぜこの直前になって荒木田との戦い方を話題に出してきたのか。

二人が順調に勝ちぬいていけば、先に雄貴が荒木田と戦う。善戦してくれれば、次の自分が少しは有利になる。その戦い方を誘導し、同じ戦法を使ってくると思わせておいて、逆を突く。少しでも優位な展開に持ちこみたい。

「もっと我が儘になっていい。おれはおまえに言ったよな」

「……ええ」

「だったら、本番の直前になっておかしなことを言ってくるな。一緒に戦う手もある。練習をともにして、策を考えてみないか。そう声をかけてくるのが筋《すじ》じゃないのかな」

能瀬がぐっとつまり、奥歯を嚙むのが見て取れた。

「今になって、力を合わせて戦ってみようだなんて言ってくるなよ。勝ちたい気持ちは、もちろんわかる。けど、まだ来年もあるおまえが焦ってどうする。真正面からぶつかっていけよ」

まったく余計なお世話だった。けれど、最後の戦いに挑む四年生を直前につかまえて言うことではなかった。人を踏み台にするのも同じに思える。

能瀬は変わった。自分を変えていくことで、勝ちへの執念が培われていく。足踏みの時間を経て、考え方を変えることから始めてみようとしたのだろう。その気持ちはわかる。けれど、踏み台にされるのは我慢がならない。

「本気で成元さんと準決勝で戦いたかっただけです」

「なら、黙って待ってろ。おれは自分で決めた戦い方をする。おれの信じる卓球でぶつかっていくだけだ」

静かに言って背中を向けた。

軽い舌打ちが聞こえた。が、気にせず一人でアリーナのエントランスに出た。奥寺が心配そうな顔で近づいてきた。

「おい、何を話してたんだ」

「互いの健闘をたたえ合ってたんだ。顔を見りゃわかるだろ」

「見たから心配したんだよ」

こうも簡単に気持ちを相手に悟られたのでは、ゲームを支配できっこなかった。

実力は紙一重の者が集まっている。感情に波を立てた者が負けるのだった。

12

本戦の初日は、男女ダブルスの四回戦までとシングルス一回戦が行われる。シードされていない雄貴は、午後三時に対戦が組まれていた。

サブアリーナで練習をスタートさせると、真鍋が応援の後輩たちを率いて姿を見せた。旅費が出ないため、彼らは自腹で応援に来てくれたのだった。

「おう、肩の具合はどうだ。体だけじゃなく、頭のほうのアップも忘れるなよな」

「はいはい、鬼コーチに言われなくたって、わかってるさ。昨日も過去の大会の映像を見直してみた」

雄貴は憎まれ口をまじえて応じた。一回戦は出場する者が多いため、監督とコーチがすべての選手のベンチにつくことはできない。真鍋が臨時のベンチコーチを務めてくれる。

「聞いたぞ。能瀬とひと悶着《もんちゃく》起こしたそうじゃないか」

奥寺が心配してメールでも送ったらしい。雄貴は短く首を振った。

「おまえが授《さず》けた作戦に難癖《なんくせ》をつけてきたから、ちょっと言い返しただけだ」

「なるほど。だったら、大いに喜べ」

「え……？」

「能瀬は荒木田戦のことを言ってきたわけだよな。その前に、おまえはNT候補とも戦う可能性が高い。けど、あいつの目から見たら、おまえのほうが上だと判断したってことになるだろ」

そういう見方も確かにできた。

トレセンでの強化合宿で、能瀬は菊池太司とも練習を積んでいる。勝ち上がるのは雄貴のほうだと見たから、荒木田との戦い方を話題に出してきたと言える気はした。

「だからって、喜びすぎて油断はするなよ。あくまであいつの見立てだ。おれみたいな弱いやつは一人も出場してないからな」

「肝に銘《めい》じてるよ」

タイムテーブルの十五分前に会場入りした。まだダブルスの熱戦があちこちの台で続き、応援の歓声が沸き上がっている。観覧席を見上げると、半分ほどの入りだった。大応援団を率いてきたチームはまだ数少ない。

雄貴は観覧席から視線を下ろした。もしかすると、心配性の母は早くも見に来ているかもしれない。一回戦で敗退してしまえば、大学最後の公式戦になりかねないのだ。

新聞部は遠征費が出ないため、友美は宿代の節約もかねて、明日の朝に仲間と到着する予定だった。心配してないよ。二回戦には駆けつけるから。無理したように彼女は明るく言っていた。その思いにも応えたかった。

指定された台の近くで待機した。対戦相手の姿は探さなかった。自分の卓球をする。それだけを考えながら、軽く体を動かした。

前のゲームが終わった。時間が来て、審判に名前を呼ばれた。

「普段の力を出せばいい。手の内がわからないのは相手も同じだ。何があっても動じずにいけ。材料集めだと思って出だしはコースを振ることに専念しろ。今のおまえなら大丈夫だ。行け」

鬼コーチに肩を押されて台へと歩いた。

対戦相手は軽くジャンプをくり返しながら近づいてきた。雄貴のほうを見ようとはしない。わずかに上を向き、口を固く結び、自分の世界に入ろうとしている。

腕や足の長さをそれとなく観察した。ふくらはぎが太く、フットワークはよさそうな体型だ。ラケットはシェークハンドで両面裏ソフト。自分と似たタイプのようだ。

最後の全日学がいよいよ始まる。

大学の四年間でどこまで成長できたか。この大会で選手生活を終えるつもりはないが、節目となる大会だった。親や学校に守られた呑気な学生の立場ではもういられなくなる。自分の力で卓球を続けていける場所をつかみ、生活の基盤を築く。その一歩となる戦いが始まる。

ジャンケンで相手の先攻になった。呼吸を整えて、レシーブの構えに入る。

最初は無難に短いサーブをフォア前に出してくるか。まったくの初対戦なので、得意とするサーブの種類はわからない。序盤の探り合いから回転を読む、その見極めが肝心だった。

ボールが高くトスされた。相手の動きに目を凝らした。肘、手首、腰……。

敵が放ってきたのはYGサーブだった。秋のリーグ戦で龍王大の三年生にストレート負けしたことを知っているのだ。

が、予想はついていた。関東リーグには、全国から強豪が集まる。かつての知り合いが一部リーグの大学へ進み、そこから情報を得たに違いなかった。

あの試合は、横回転に見せかけたナックルに戸惑《とまど》った。が、切れる横回転があってこその話だ。伊藤ほどの鋭いサーブを打ってくれるのであれば、いい腕試しになる。

最初からナックルをくり出す戦略家ではないだろう。初っ端はやはり、フォアに短くきた。

伊藤との対戦がとっさに頭をよぎる。逆回転のボールをバックへ返せば、コースは甘くなりやすい。何しろ相手の回転数はわかっていない。

教訓から体が反応し、ツッツキで相手のフォアへ短く切って返した。

敵が素早く腕を伸ばした。やはり素直な逆回転だった。が、下回転が予想よりも少なかったため、球がわずかに浮いた。敵のラケットは楽に届き、フリックでバックを突かれた。

ラケットを振る余裕がなく、角度をつけたブロックで敵のバックへどうにか返球した。いくらか相手が逆を取られた形になった。戻りが遅い。

ボールは大きく左へそれた。一点先取。

レシーブが浮いたのは、自分のミスだった。いや……下回転が思いのほか弱かったからでもある。相手のサーブは、リーグ戦での伊藤よりは切れていない。そう思ったが、次のサーブもいくらか安全を考えて返した。試しにバックの奥深くを狙ってみた。さすがにドライブの効いたボールをバッククロスに打たれた。

慌ててラケットを合わせて返球したが、コースは甘くなった。フォアを強打で打ちぬかれた。そこそこパワーは持っている。

このワンオールの出だしは、よしとしなくてはならないだろう。

雄貴はボールを受け取った。強化してきたサーブをフォア前に出した。

手堅いツッツキがバックにきた。台上でラケットを上へ切るようにして、バックフリックを振りぬいた。狙いどおりにコースを突けた。届かない。二対一。

荒木田ほどではないが、チキータも練習を積んできている。これを見せておけば、バックは警戒してくれる。フォアのパワー勝負なら望むところなのだ。

次のサーブは、フォアに短いストップレシーブがきた。ミドル深くへ返球した。さあ、フォアドライブを振ってこい。

きた。予想どおりのフォアサイドだった。八二で待っていたので間に合った。バウンド後をカウンターで返す。スピード、切れ、ともに納得のいく一打だった。

バックをぬかれた敵は、悔しがる顔も見せず、素早くボールを拾いにいった。次のサーブを考えている。どこかで必ず逆横回転と見せかけたナックルがくる。

点を離されたくないと思えば、早めに仕掛けてくるか……。先ほどは強烈なチキータを見せておいたので、バックは深めに入れてきそうだ。となれば、上回転かナックルだろう。どちらがくるか、このサーブで相手の肝のすわりようがわかる。

ボールがトスされた。次もＹＧだった。

リーグ戦でのストレート負けを思い出させようという作戦だ。であれば、ナックルしかない。瞬時に思えた。

やはりバック深くに高速サーブがきた。待っていたので、一歩だけ後ろにステップを踏み、ハーフボレーで回転をかけつつ、ストレートに打った。

サイドを外れたコースから、カーブと下への弧線を描いてエンドラインのぎりぎりを突けた。敵がフロアを蹴って飛びついた。体勢は完全に崩れている。チャンスボールが浮いてきた。落ち着いて回りこみ、ドライブで仕留めた。これで四対一。リーグ戦の情報から組み立てた戦術は通じそうにない、と思い知っただろう。そうなると、セオリーどおりの攻めに変えてくるか、強引なフォア勝負か。どちらも望むところだった。

次のサーブはフォア前にきた。こちらも短くフォアに返した。フリックで返すと同時に敵が後ろへ引いた。お生憎様。また短くストップしてやる。

慌ててラケットを伸ばしてきた。ミドルに返された。が、フォアドライブを打つ余裕があった。五対一。

もちろん油断はしない。立ち直りのチャンスを与えるものか。次も少し無理してフォアを打った。相手はフィッシュで返してきた。もうここはパワードライブでの勝負だ。粘る相手を振り切るため、体重をかけて打ちこんだ。敵は一歩も動けなかった。

悪いが、リーグ戦の負けを引きずるほどナイーブな男であるものか。

「おい、ずいぶんと強引にフォアを打つな」

第一ゲームを取ったあとのインターバルで、真鍋が戒めてきた。

「たぶん次は、バックを前後に揺さぶってくるぞ。回りこみもフリックも打ちにくくしようとして、だ」

「予想はしてるよ。こっちも前後で攻め返すさ」

「だな。馬鹿力を見せといたから、ストップは効くはずだ。先に揺さぶれ」

「了解した」

敵は読みどおりの動きをしてきた。それでも拾いまくる粘りを見せた。九州の大学リーグで鍛えられている。

簡単には振り切れなかった。第三ゲームは八対八の同点まで迫られた。

相手は食い下がるうち、チャンスの目が出てきたと色気を感じていそうに見えた。

こういう時はフォアに出せば、逆を突こうと無理にストレートを狙ってくる。秋のリーグ戦での自分がそうだった。

ここでも教訓が効いた。七三で待っていたバックにドライブで打ってきた。引かずにフリックで相手のバックに打ち返した。うまい具合にサイドを切るコースを突けた。

負けた試合も生きてくる。自分の考え方次第で、無駄なゲームはなくなる。三—〇のストレートで初戦を勝てた。

すべての一打が経験として積み重なり、成元雄貴という卓球選手を作り上げていく。

13

明城大学のダブルスは、すべて初日で敗退した。

矢切監督と田中コーチは雨宮たちのコンビに期待をかけていたようだった。組み合わせに恵まれず、三回戦で昨年の準優勝ペアである海聖《かいせい》大のシードチームとぶつかった。

彼らは追いつめられてから二ゲームを奪い返す粘りを見せた。最後に小さなミスを重ねて振り切られたのは、やはり実力の差だった。それでも三年生のペアなので、来年のリーグ戦や団体戦への励みと足がかりにはなっただろう。

奮戦する仲間を応援しながらも、雄貴は隣の台での試合に目を奪われた。ダブルス第一シードの愛知理工大ペアが戦っていた。その一人が荒木田統だった。

去年も優勝しているペアなので、二人の呼吸にまったく乱れはない。パートナーへの返球を考えてショートサービスでコースをつき、パワードライブで三球目勝負をかける。レシーブは低く長短で返し、次のボールの打ちやすさを狙う。セオリーどおりの攻め方でありながら、コース取りと圧倒的なパワーの差で得点を重ねていく。二人とも明日はダブルスで四試合をこなし、シングルスも三試合に出場する。疲れをためないために勝負を早くする戦いを心がけてもいた。非の打ちどころのないゲーム運びだった。

その夜、友美からメールが届いた。

――明日を楽しみにしてるよ。ガンバ。

母が見に来ていたのかどうかはわからなかった。それを教えようとしてこない気遣いぶりに胸が痛んだ。が、今は試合のことを考えるだけで精一杯だった。

二日目は、ダブルスの決勝までと、シングルスの四回戦までが行われる。

午前中の二回戦を勝てば、シードされたNT候補とぶつかる。だからといって、体力を温存して勝てる相手がいるわけもない。

予選で負けた一年生が、対戦相手の映像を録画してくれていた。秋の関西学生リーグで二位になった大学の主戦メンバーでもある四年生だった。昔から名前は聞いていながら、一度も対戦した経験がなかった。確か最後の高校総体ではベスト8の一人だった覚えがある。映像で見た限り、守りには自信を持っていそうだ。長短の揺さぶりから相手のミスを誘って、一回戦を勝ち上がっていた。

「一昨年は二回戦、去年は一回戦で負けてる。だからって油断はするなよ」

真鍋がネットで仕入れた情報をメールで教えてくれた。彼らは自費なので、会場から少し離れた安いビジネスホテルに泊まっており、現地で集合する予定だった。

心配した肩に痛みはなかった。朝食を軽めにすませて、今日はタクシーで会場入りした。勝ちぬけば三試合をこなすことになるため、監督の許しが出ていた。もちろん、出場する奥寺たち三人での割り勘だ。一人千二百円ほど。これで体力を温存できれば安いものだ。中にはレンタカーを手配して、監督自ら運転して会場入りする大学もある。

県民スポーツセンターに到着すると、早くも真鍋と後輩たちが待っていた。

「相手はおまえの馬鹿力を怖れて、ミドルを突いたうえで前後の揺さぶりに賭けてくるだろうな」

「同感だ。いくら守りに自信があっても、こちらに気分よく打たせたくはないだろうからな」

「たぶんレシーブも微妙に回転をつけて返してくると思っておけよ。相手のラケットの動きに惑わされるな」

守りの得意な選手は、ブロックにもフェイクをかけてくる。相手の腕の振りやラケットの動きを見て、反射的にボールの回転を予測して打つと、ミスにつながりやすい。瞬時に回転を見ぬいて打ち方を変えるのは、至難《しなん》の業《わざ》だ。一回戦の相手はフェイクを見ぬけずにミスを重ね、そこを強打されたのだった。

「ちょうどいいじゃないか。次に向けての練習にもなるってもんだ」

この試合に勝てば、次はカットマンのNT候補が待つ。回転を操るカットマンに対する気の遣い方と少しは似た面がある。

「その意気だ。鍛えぬいたドライブで決めてやれ」

景気づけに背中をたたかれ、会場に送り出された。

二回戦がスタートした。最初はドライブでエンドラインの際を深く突き、相手を前に出させないようにする。レシーブでのストップを打ちにくくさせて、前後の揺さぶりを防ぐ。焦れて強打にくれば、ラリーに持ちこむ。

真鍋の読みどおりに、相手はミドルからのストレート打ちでバックを攻め、その後にストップして前に出させるという揺さぶりを仕掛けてきた。が、こちらも強者ぞろいの関東リーグで戦っている。相手の狙いがわかれば、封じる手はあった。

ドライブで弧線を上げずにエンドラインを攻めて相手を後ろへ下がらせておき、反対にこちらが短くストップしてやった。慌てて拾うだけのレシーブになり、甘いボールをミドルに打ち返す。相手の策をそっくり奪ってのミドル攻めを敢行した。

先手を取られた相手は、なおもミドルに強打を集めてきた。が、読んでいたので回りこんでカウンターを決められた。流石《さすが》に守りが固く、楽に振り切れる相手ではなかった。

雄貴は丹念にサーブとドライブでエンドラインを狙った。回転を加味《かみ》したレシーブをされたが、ミドルを狙って返球したので、うまい具合にボールのほうが散らばってくれる。が、甘くなると、すぐさま鋭いスマッシュを打ちこまれた。

　十一対七。まずは無難な立ち上がりだった。

　二ゲーム目に入ると、相手は左右にもボールを散らしてきた。策を変えてくるのだから、こちらの攻めを嫌がっている。深くミドルへ攻めて、返球が甘くなるのを待った。サーブは短いフォアも織り交ぜて、ロングを効果的に見せていった。十一対六。

　三ゲーム目は、開き直るようにボールをバックに集めてきた。フォアドライブを打たれたのでは不利と見たのだ。

　が、バックハンドのドライブも練習は嫌というほど積んできている。短いボールはフリックで素早く返し、長目のボールは腰だめにドライブを打った。台から下がれば得意のストップがくる。たとえミスが出ようと、こういう相手に引いたのでは不覚を取る。どんなコーチだろうと言うことは同じだ。戦い方はもう身に染みついている。

　十一対五。最後は相手の根気が続かなくなり、無理な強打でミスを重ねてくれた。

　疲れは感じなかった。問題は次だ。

　難攻不落のカットマン。高校時代からＮＴ候補に入る男との勝負だった。

14

サブアリーナの片隅にタオルを敷いた。アミノ酸補給サプリを飲んで横たわり、真鍋からマッサージを受けた。監督とコーチは能瀬や奥寺の試合が始まるため、雄貴にうなずいただけで本会場に戻っていった。

「今のおまえのドライブなら、カットマンを打ちぬいていける。過去の対戦成績は何の材料にもならない。自信を持っていいぞ」

秀峰産業大学の菊池と過去に戦った記憶はすべて頭から消した。思い返すのは、リーグ戦で見た彼のイメージだけでいい。

戦い方は高校の時からさして変わってはいない。あのころから完成されたカットマンだった。若くして自分のタイプを確立したため、大学時代の伸びしろは大きくない。だから世界ランクを上げられず、ナショナルチーム入りを逃しているのだ。彼も悩みの時期だと思われる。

「いいか。まずは基本だ。切ったツッツキでバック深くへ突っこみ、フォア前にループとストップで落とす」

カットマンはチャンスと見れば、すかさず両ハンドを強烈に打ってくる。その際は、まだバックへ送ったほうが打ち合いに持ちこめるだろう。

「今の試合でドライブのパワーはたっぷりと見せつけてやった。秀峰大の連中も絶対に偵察してたはずだ。だから、ドライブを打つと見せかけて、腰だめの大きな構えから素早くストップに変化させろ。そのストップは多少甘くなってもいい。狙いは次だ」

「わかってるよ。強く打つと見せかけて、ダブルストップを混ぜていく」

そのフェイントがうまくはまるかどうか、が序盤の鍵になってくるだろう。

次に、ツッツキで返すと見せかけて、相手を前に誘ったうえでの強打という逆のパターンも試していく。粘られたらドライブのループで前におびき出す。

策は頭に入っていた。相手もそうはさせじと、危険な強打を返されかねないフォアはさけて、バックサイドにボールを集めてくるだろう。すべては互いのコース取りと回転を読んでの返しにかかってくる。

「能瀬さん。三〇《サンゼロ》で完勝です」

まだ三十分ほどしか経っていなかった。早い。まったく相手を寄せつけなかったようだ。ワールドツアーで勝って以来、戦い方も変わってきている。

さして汗もかいていない能瀬は、サンドイッチをかじりながら戻ってきた。雄貴から離れた場所にタオルを置いて座り、音楽を聴きだした。

雨宮は同じ関東リーグの強豪を相手に一―三で敗退した。奥寺はフルゲームのすえ、地元名古屋電機《でんき》大学の三年生を振り切った。

「ずいぶん手こずったらしいな」

「本戦に出てくるやつは、みんな強敵だよ、おまえの次の相手ほどじゃなくたってな。誰かさんみたいなお調子者は、乗せたら怖いから、相手はかなり警戒してるだろうな」

「はいはい、お調子者で悪かったな」

与太話で笑い合い、緊張をほぐしながら次の試合に備えた。笑いながらも頭の中では、菊池太司の映像がくり返し流れている。

「そろそろ時間だぞ」

田中コーチから携帯電話に連絡がきた。軽く体を揺らしながら本会場へ移動した。ちょうど女子ダブルスの決勝戦が始まっていた。甲高《かんだか》い歓声が耳に刺さってくる。

観客席は見なかった。カメラを持った女性記者の姿も探さなかった。試合にだけ集中しろ。昔の自分とは違っている。戦術の抽出は増えた。パワーもついた。勝てない相手ではない。いや、必ず打ち倒してみせる。

名前を呼ばれた。相手は応援団を引き連れていた。濁声《だみごえ》の声援が頭上から降ってきたが、気にはしなかった。菊池が軽く手を上げ、余裕を感じさせるポーズを見せた。

雄貴は軽く一礼した。

幸いにも今回はサーブ権を取れた。出だしが肝心だ。

相手は秋のリーグ戦での雄貴の戦いぶりを間違いなく見ている。だから、最初はフォア勝負をさけてくるだろう。が、雄貴のフォアを怖れてばかりいたのでは、コースを読まれるうえ、勢いをつけさせてしまいかねない。案外、フォア前へ短くサーブを出せば、強気にフリック辺りでフォア深くを狙ってくるのではないか。

よし。バックへ誘うためのサーブと見せかけて、順回転系の短いサーブだ。

低いトスから素早くフォア前に出した。警戒していたと見え、迷いもなく菊池の腕が伸びた。やはりフォアへフリックしてきた。が、バックへの誘いではないため、コースがわずかに甘かった。狙いどおり。カウンターの勝負ができる。狙いはミドルだ。バックポケットを狙い打つ。

素早く半身になってブロックしてきた。が、さらに返球は甘く浮いていた。ストレートに打ちこんだ。相手は動けなかった。

よし。一点先取。

雄貴はじっと菊池の表情を観察した。こちらがフォアを待っていたとわかったはずだ。次は、同じフォアでも、短いツッツキでくるか……。

菊池は最初の一点などちょうどいいハンデだとばかりに涼しげな顔でレシーブの構

えを取った。食えない相手なのはわかっている。

今度はトスを高くして、同じサーブを放った。下回転を多めにして打った。

菊池が素早く反応する。レシーブに出してきたラケットの角度は、やはりツッツキだ。が、今度はバックに短くきた。同じくツッツキで相手のバック深くへ返した。さあ、いよいよカットがくるぞ。

菊池が肩を深く入れてラケットを引き、ボールの下を鋭く切ってきた。相手の切れた回転でボールは滑るようにバウンドする。その回転具合を見るため、下からあがいつつドライブでエンドライン目がけて返した。

当然ながら、またもカットで返された。台にバウンドしたあと、低く滑るように迫ってくる。さらに回転が増している。多少甘くなろうと、奥深くへ丁寧に返すしかない。

敵はまだ強く打ってこなかった。今度はフォアでカットしてきた。問題は回転数だ。ラケットを押したようには見えなかった。慎重に下から振り上げてループをかけた。が、やはり回転を抑えていたらしく、返球のドライブが浮いた。そこを狙い打たれた。

雄貴は一歩も動けずに、見送った。ワンオール。

やはり回転数を見極めるのが難しいカットだった。この回転差に惑わされて、誰もがミスを重ねてしまう。

雄貴は自分にうなずいた。この失点は計算のうちだ。仕掛けられる前に相手を揺さぶれるかどうかが、この先の展開を左右する。

相手のサーブは短くフォアにきた。最初なので回転は読みにくい。ツッツキでバックへ返した。いいコースを突けた。敵が下がってカットで返球してくる。と同時に、台へ張りつくのが見えた。ストップを警戒している。

ならば、と再びバック深くへフリックした。相手がつまるような動きになり、カットの返しが浮き球になった。ここは狙う。乗り出してバウンドの上がりっぱなを強くたたいた。

素早く下がった相手がまたもバックで切りにきた。が、ボールはネットにかかった。

二対一。

先手を取られたことで、相手もバックサイドに比重を置いてくるだろう。ならば、サーブで逆横回転をつけて、バックを狙う返球が少しは甘くなるように誘おうとしてくるかもしれない。そこを回りこんでフォアで打つ戦法か。

リスク覚悟でフォアへ短くレシーブした。やはり逆横だった。ボールはサイドに切れていった。

菊池のフットワークは軽かった。ひょいと一歩を踏み出して手を伸ばし、きついフリックでストレートへ返された。

精一杯にラケットを伸ばし、バックハンドでブロックする。ストップしたいが、深くへ返すしかない。フリックなので、下回転はさほど効いていない。

敵はサイドステップを踏み、フォアで切ってきた。しつこくバック狙いだった。足を使って沈みこんでから、ループを効かせたドライブで相手のバックへ打ち返す。

が、すでに待たれていた。回りこんでフォアを打たれた。

相手の思惑どおりのツーオールだ。強《したた》かな攻めに感心したくなる。

雄貴は冷静にここまでのゲーム運びを振り返った。今も敵はストップを警戒していた。三点目の時と同じ動きに見えた。後ろへ下がってのカットには絶対の自信を持っているのだ。だから、警戒するのは前だけになる。ダブルストップの策は使いにくい。こういうぬかりない動きができるからこそのNT候補なのだった。

さあ、どうするか。

ベンチは見なかった。ポーカーフェイスを装って戦術を立て直す。基本のドライブ勝負に出るしかない。もし相手が焦れてきたら、そこで初めてストップが効く。その先の策が出せるまで接戦に持っていくほか手はなさそうだった。

腹を決めた。相手にカットを打たせた。慎重にドライブで奥へ返し、短めのループを混ぜてチャンスを待つ。カットマン相手に焦れてはならない。

台をはさんで単調な打ち合いが続いた。互いが相手のミスを待っていた。切れたカットの回転を利用して、ループドライブが短く落ちてくれた。相手が前に出て、返しがわずかに浮いた。ここを決めるしかない。

勝負どころと見て、強気に打った。決まってくれ。

相手がフィッシュで返してきた。また深くドライブを振り切った。それでも菊池は粘る。ラケットが届き、今度は切られた（ボールの下をカットする）返球が戻ってきた。打ち負けてはならなかった。ドライブのコースを変えた。それでも敵は拾いまくってくる。唸りたくなるほどの守備力だ。

焦るな。力で振り切ろうとすれば、相手の回転にしてやられる。前後で攻めろ。バックの次はフォアだ。拾えるものなら拾ってみろ。

やっとサイドを切れた。

まだ三対二なのに、早くも息が切れていた。

一点をリードしながらも、相手のペースになりかけている気がした。菊池は汗をかいてもいない。だが、前後と左右に揺さぶって得点できたのは大きい。戦い方は間違っていない。

丹念にドライブを打っても、ミスなく粘られた。しつこく左右に振って、九対九まで持ちこめた。相手もここまで手こずるとは思っていなかったろう。が、表情は一切変えない。序盤の接戦は計算のうち。今は材料集めの時。そう考えているのか、淡々とカットで返してくる。このタフな精神力が、隙を見せない強さの根源なのだ。

次の一点をどちらが取るか。

雄貴は意を決してバック深くへフリックでナックルぎみに返した。こちらの回転がないので、たとえ切ってもボールの回転数は多くならない。こちらのフォアへ送るのではリスクが伴う。

ところが、敵は難なくカットでフォアへ返してきた。なぜだ。もう雄貴のドライブは見切ったという自信か。

一瞬の気後《きおく》れがミスを生んだ。バックを突いたつもりが、ミドルへ中途半端な長さになった。返しが甘くなった。回りこんでフォアを打たれた。

敵の応援団が奇声を上げた。菊池もガッツポーズを見せた。九対十。

勝負どころで、いかに踏ん張ることができるか。選手の度胸と読みの深さが勝敗を分ける。絶対に取りたい。どちらもそう考えている。

ここは攻める。

勇気を出してストップを試みた。後ろを警戒していた菊池が前にのめる。次はバックサイド深くへ忠実に攻めた。カットにはループで対抗する。下がらずに、甘いカットを待ち受ける。焦っては負ける。相手はリードしているから、無理には打ってこない。ミスを待つ余裕がある。

その読みが外された。

わずかに浮いたドライブを強く打たれた。ブロックしたが、返球はさらに浮いた。大きなミス。スマッシュを決められた。

まずい……。九対九まで競り合いながら、二点を連取されて第一ゲームを失った。

ベンチへ戻ると、真鍋が大きくうなずいてきた。

「いいぞ。攻め方は間違っちゃいない。相手をうまく振ることができてる。必ずストップが効いてくる。勝負を早く決めようと焦ったほうが負けると思え」

互角の勝負はできている。最後のつめで経験の差が出た。同じ轍《てつ》は踏まない。今の手痛い経験を必ず次のゲームに生かす。

レシーブはしつこくバック深くへ返した。相手はカットしてくる。その下回転を利用してドライブで返す。最初は奥を狙って相手を台から下げる。さらにカットされて下回転が増してくるので、今度はループドライブで前に落とす。その際、ボールが中途半端に浮こうものなら、敵はここぞとばかりに打ってくる。丁寧にネットから浮かないように気を配りつつ、ループで前に乗り出させる。そこをドライブの強打でミドル深くを突く。

身をよじってつまったようにカットした返球が、わずかに浮いた。チャンスだ——と力めば腕が滑らかに振れなくなる。攻め時であっても、相手はカットマンなので必ず拾ってくる。そう思ってかからないとミスを招く。この一球に泣かされてしまう。

案の定、菊池は後ろに素早くステップを踏み、低い体勢でボールを切って返してきた。この粘りに負けてはならない。決めてやるぞ、と気負うことなく、体重を乗せたドライブを打つ。相手のクロスを突けた。やっとのことで奪えた一点だった。

ミスを重ねたほうがこのゲームを失う。

相手のサーブは、ツッツキで下回転をつけてバック深くへ返して、カットさせる。その回転を使ってループをかけたドライブで前に寄せ、次をパワードライブで狙う。

相手はループを防ごうと、切ったように見せかけてナックル気味に回転を落としたボールを打ってきた。これをループさせようとすれば、回転が少ないぶん、返球が浮く。低いナックルは強打もできない。カットマンのお株を奪うつもりで、ひたすら粘り強く丁寧に返していった。

レシーブはツッツキだけだとバックを待たれるので、どうにか横回転をかけたフリックで短めにも返して、前後に揺さぶっていく。

三対三からリードを取れた。ここぞとばかりに大声で叫んだ。

菊池はまだ平然とした表情を保っている。が、内心は穏《おだ》やかではないはずだ。高校時代に一度しか負けていない相手に互角の勝負をされている。大学時代の対戦はすべて勝ち、一ゲームを与えたのみだったにもかかわらず……。

そろそろカットのほかにフリックでのストップを混ぜてきそうに思えた。攻撃型へ変貌したと見せておき、こちらが対応したところで再びカットで幻惑《げんわく》する。高校時代からいつも同じ戦法でやられていた。

敵は次第にボールをフォアの深くへ集めてきた。ここでフォアクロスへ返せば、強打してくる。カウンターを狙っている。その証拠にバックでカットを打ったあと、やや台に近づきながら返球を待っているのが見えた。

こういう時はバックミドルへ深いドライブで返す。相手を引かせたところでフォアへ振り切る。

菊池はまだ表情を変えない。浮いたボールを強打して得点しようと、ガッツポーズはひかえめだった。感情を表に出しては負けだと考えている。もし菊池が少しでも悔しがる素振りを見せたら、当てつけに雄叫《おたけ》びを上げて神経を逆撫《さかな》でしてやる。今はお互いまだ我慢の時だ。

焦れてはいないつもりでも、ネットにボールをかけてしまった。七対六。まだかろうじて一点をリードしている。だからといって、冒険には出ない。相手の嫌がる攻めを変える必要はない。ループで前におびき出し、ミドルへ打つ。サーブはフォア前に集め、時に素早いナックルでバランスを崩させる。

九対七。

急ぐな。ここで前のめりに攻めてはならない。自分に言い聞かせた。このままずんなりゲームを取れると思うな。ここから粘りぬくのだ。ベンチの真鍋も激励してはこなかった。まだまだ。彼も同じ気持ちでいる。勝負の先は長い。目先の一点に縛られるな。

菊池のサーブ。トスは低い。攻めの姿勢をサーブで見せる気だった。

ボールは低くネットを越えた。絶妙なハーフロングでバックにきた。チキータでは返せない。下がってバックハンドのドライブを打つ。が、打つ瞬間にボールマークが見えた。上回転ではなく、ナックルだった。

気づいた時には遅かった。菊池が前にせり出し、スマッシュしてきた。九対八。相手の姿が大きく見える。気持ちで負けてはいられなかった。

ゲーム終盤でリードされながら、サーブで攻めてくる強気の姿勢に感心した。

今度は高くトスが上げられた。サーブを変えてきた。そう見せかけて、また速いナックルもある。ここで同じサーブを続けるはずはない。待たれていたら、ゲームを失う。だから同じ速いボールでも回転をかけてくるのが常道に思える。その裏をかく。

強気な戦法だが、このゲームを落とせば、相手を乗せてしまう。勝負をかけてくるとすれば、ここなのだ。

安全に返せば、必ず強打される。

とっさに後ろへ引いた。速く低いボールが今度はフォアにきた。ナックルだ。そう信じてカウンター気味にドライブで打ち返した。下回転であれば、ネットにかかる。ボールはぎりぎりの低さでネットを越えた。相手の右ポケットのミドルに矢となって突進した。敵が下がる。が、ボールはラケットに跳ね返って高く飛んだ。

雄貴は力を入れて叫んだ。見たか。おれの読み勝ちだ。

ゲームポイントを迎えた勢いで、素早くサーブを打った。無難な返球だったので、強気にコースを狙えた。十一点。

このゲームで流れは変わるぞ。菊池を睨み、拳《こぶし》を固めて吠えた。

もう菊池は背を向けていた。はぐらかすつもりだろうが、悔しさを隠す仕草《しぐさ》にほかならない。ベンチに戻っても、雄貴は菊池に視線をそそぎ続けた。

「まだお互い一ゲームだ。次も粘るしかない。最初から打ち合いにくるケースもあるぞ」

「わかってる。力勝負と見せかけて、逆に向こうがストップで前に揺さぶってくるっていうんだろ」

「そこまでわかってりゃ、対応できるな。よし、行け」

一気に引き離せる相手ではなかった。もしリードを奪われても、カットにはループで前後に揺さぶり、フォアの強打を防ぐ。回りこんできたら、とにかく拾う。たとえ強打に出られて失点しても、相手が焦ってきた証拠と思って耐える。弱気になったほうが、この勝負は負ける。

菊池は次々とサーブで目先を変えてきた。

何が効くか。不得手《ふえて》なレシーブを探る気なのだ。

とにかく深く返し、機を見てループで短めに落とした。が、またもYGサーブでコースを狙われた。光栄なことだ。大学随一のカットマンが、秋のリーグ戦での情報を集めてくれていた。自分たちのリーグ戦での戦い方が間違っていなかった証拠でもある。真鍋の戦術が相手に影響を及ぼしている。本当にあいつは素晴らしいコーチだった。

六対五にして雄貴がリードを取ると、強引に回りこんでのフォアを打ってきた。が、失点しても決して慌てず、バック深くへ返した。ループで前に誘う。焦れてくれれば、NT候補の実力者だろうと、多少はミスを犯す。

七対八と逆転された。そこで初めて菊池が雄貴を睨みつけてきた。どうだ、ここからが本当の勝負だぞ。三メートル先から喧嘩腰の眼差しをぶつけられた。

雄貴は無理して微笑み返した。この程度で熱くなるなよ。もっとゲームを楽しもうじゃないか。高二の時から何度も戦い、ずっと苦しめられてきたが、ようやくおまえに近づけた。さあ、本当の力を見せてくれ。おれも全力で立ち向かう。ボールにおまえの魂を乗せてくれ。

リードされても攻め方は変えなかった。嫌がるからこそ、フォアで打ってきたのだ。執拗《しつよう》にカットを打たせて、ループで揺さぶる。回りこんでくるとわかれば、ブロックでがら空きになったフォアへ送る。返球が浮いてくれれば、こちらのもの。

九対九。

追いつくことができても、同じ策をくり出した。短くフォアにサーブを返し、次はバックを突く。相手のフットワークが少し乱れてきた。こいつはほかの攻め方を知らないのか。そう嫌気が差してくれれば、幸いだ。勝機をつかむためであれば、粘着質な偏執狂《へんしゅうきょう》にもなってみせる。

十点目を奪えた。ボールを拾わず、二人で睨み合った。

菊池の肩が大きく上下していた。汗が首へと滴《したた》り落ちている。視線はそらさなかった。二秒は睨み合っていたと思う。おまえ、いつ腕を上げたんだよ。なに怪我のブランクがなければ、もっと早く追いついていたさ。菊池の視線に目でうなずいてから、雄貴はボールを拾いにいった。

相手のほうが汗をかいている。いい兆候だ。心の乱れは胸を締めつけ、さらに発汗をうながす。動揺は筋肉を強張《こわば》らせてミスを呼ぶ。

まだ勝ちは意識しない。けれど、慎重になりすぎては、相手に余裕を与えることになる。雄貴は攻めた。この一点は絶対に渡さない。相手の回転を信じて――今日まで培ってきた自分の技術を信じて――ドライブを放った。相手より先に回りこんで強打した。

十一点。

勝負が決まったわけではなかった。手応えを感じるのは早い。勝つために次はどう攻めるか。相手の変化に集中した。

卓球台とボール、三メートル先にいる菊池太司の姿しか見えなかった。体は動く。肩は痛んでいない。リードされても落ち着いていられた。チャンスと見た時の菊池のフォアは強烈だった。打たれたのは仕方ない。そうさせてしまった自分が悪い。

一点ずつ積み重ねていくしかないのだった。一打を無駄にしない練習をどれだけ重ねてきたか。相手のボールを返しながら、そう自分に問いかけた。この一打を打つため、多くの悔し涙を流し、苦しい時間に耐えてきた。練習は絶対に嘘をつかない。

八対六。

まだ喜ぶな。落ち着け。胸に語りかけたが、天井へ向けて大声を発していた。体の中で暴れる闘志が、のどを伝って放出された。

九対六。急いではならない。粘ってループで攻めろ。焦って勝負に出る時ではない。まだ四ゲーム目。負けられないのは相手のほうなのだった。

次の一点が遠い。菊池はカットマンの意地を見せ、初心に戻って拾いまくってきた。さあ、これを打ち返してこい。ミスしたら遠慮なくスマッシュを打たせてもらう。回転を操ってきたから、今の自分がある。存在証明を賭けたかのような鋭い切れのあるボールが、この土壇場に打てるのだから舌を巻かざるをえなかった。

だが、相手をリスペクトしすぎては気迫で押されてしまう。幼いころからラケットを握り、ボールを打ってきた時間の長さは決して引けを取らない。無駄な練習はしてこなかった。この一球に自分の生きる道がかかっている。

体をひねってボールを呼びこんだ。右足を沈ませてパワーをため、巻き上げた全身のバネを一気に解放して腕を振る。だが、ためた力を上へ逃がしては意味がない。ボールをつぶす勢いでアリーナの天井目がけてこすり上げてやる。

これがおれの卓球だ。さあ、この渾身のドライブを拾ってみせろ。

さすがは技巧派の強者だった。下がってボールを切ってきた。ストップに備えて前のめりに足を使ってきた。そこを見逃さなかった。体を沈ませて股関節《こかんせつ》に力をためこむ。次はストレートだ。返せるものなら、返してみろ。

菊池が飛びつき、うめき声がアリーナに響き渡った。ボールが高く跳ねた。が、ネットを越えてはこなかった。

十一点目。菊池が台の向こうでひざまずいていた。

どうやら勝てたらしい。不思議とガッツポーズは出なかった。

やっと倒せた。けれど、気まぐれな勝利の女神が今日はたまたま自分に微笑んでくれたのだ。こちらの戦術が当たったとはいえ、次も同じ策が通じる保証はない。五ゲームズマッチなので、相手に立て直しの時間がなかった。そう冷静に受け止められた。

次も勝てるように努力する。その思いをこめて、雄貴は菊池太司に深く一礼した。

15

タオルを受け取ると、汗をぬぐうのももどかしく、奥寺の試合を見に走った。最終ゲームまでもつれた熱戦になっていた。相手は関西リーグの強豪で、雄貴も過去に二度戦って星を分け合った記憶がある。

ともに両面裏ソフトのドライブ型なので、サーブが無難に処理できるとラリーになって、そのコース取りが得点に直結した。奥寺は果敢にストレートを打ちにいった。

が、相手は下がらずにバックハンドで固くブロックしてミドルを突き、ミスを誘う形を崩さなかった。

仲間に声援を送りながらも、雄貴はふたつ左の台に目を引かれた。秋のリーグ戦で苦杯をなめさせられた相手――伊藤克知が戦っていた。

相手は地元中京大学リーグのカットマンで、こちらも激しい鍔迫《つばぜ》り合《あ》いになっていた。三回戦まで勝ち上がってくる者は、たとえ名を広く知られていなくとも、弱い者などいるはずもない。各世代に実力者がひしめいている。

切れたサーブを誇る伊藤であっても、相手は丁寧にツッツキとカットで拾ってしまう。ループやストップで前後に揺さぶりたくても、エンドラインにドライブが決まらず、相手の回転に翻弄されてのミスが増えていった。

「おい。ひょっとすると、次もカットマンになるかもな」

真鍋が希望を託すような言い方をした。

「いや、伊藤がくるさ。あいつのサーブを夢の中で何度打ち返してきたと思ってる。今度こそぶちぬいてやらなきゃ、気がすまない」

「その意気だ。どっちがきても厳しい戦いになると思え」

伊藤よ、勝て。奥寺の試合をそっちのけで、仲間でもない男の勝利を念じて観戦した。

二―二で最終ゲームに入ると、三対四から相手のカットがネットにかかった――かと思うと、ぽろりと伊藤の側のコートに落ちた。ネット・インだ。

相手が礼儀として頭を下げたが、この一点はとてつもなく大きいと雄貴には思えた。流れを変える節目になるかもしれない。

伊藤はなおも強気にドライブを打っていった。が、弧線が高くならないように警戒しすぎて、ネットにかけるミスを犯した。ボールはそのまま無残にも彼のコートに落ちた。

「これで決まったかもな」

真鍋が小さく言った。ネット・インやエッジボールの不運は誰にも起こりうる。長く卓球を続けていれば、大事な局面で不運な一球に泣かされた経験は持つものだ。が、ツキのなさを嘆《なげ》いたところでゲームの流れは好転しない。相手に幸運が舞い下りたのなら、自分にも必ずチャンスが訪れる。ツキに恵まれたのではなく、ぎりぎりの際を相手が狙ってきたから、ネット・インやエッジボールという運を引き寄せたのだ。相手の執念がほんのわずかに上回った。今度は自分が次の一打にこだわり、流れを引き戻してみせる。そう強く念じて戦わないと、ツキのなさを引きずりかねない。

終盤までもつれたゲームはメンタルの強いほうが勝つ。

目の前のコートで歓声が湧いた。奥寺がドライブの打ち合いを制して相手を振り切り、勝利をつかみ取ったのだった。

仲間の勝利に拍手を送った。ふたつ左隣のゲームにすぐ目を戻した。伊藤のプレーに焦りが見え始めていた。無理なストップが高く跳ねた。そこを狙い打たれた。

たまたま今日は運がなかっただけ。力で負けたのではない。三年生の自分には幸いにもまだ来年がある。そういうなぐさめの気持ちが少しでも心に根を伸ばそうものなら、もう勝負にはならなかった。ボールを拾いにいく動きの中に、執着心が消えたようで、足の動きが目に見えて鈍《にぶ》りだしていた。

目を見張らせる技を持っていながら、大事なところで勝ちきれない選手は少なくなかった。勝ちにこだわるあまり、冷静さを失って攻めが単調になる選手も多い。冷静に、だが貪欲《どんよく》に、いかに自分を律しながらボールに魂をこめていけるか。練習の一打を絶対おろそかにしてたまるかという集中力が、大事な局面に出るものなのだ。

最後は完全に足が止まった。ボールを追えずに呆然と見送って、伊藤は負けた。この敗戦をどう受け止めるかで、今後の彼の卓球は変わってくる。

雄貴は観客席から一階のフロアへ下りた。ちょうど伊藤がコーチに何か言われながら通路へ出てきたところだった。

雄貴は待ち受けて、伊藤を見つめた。彼の足が止まった。コーチも気づいて、雄貴を振り返った。

声をかけずとも、彼にはわかったはずだ。待っていたのに、なぜ負けた。雄貴を見る彼の目が大きく見開かれた。まさか菊池相手に勝ったんですか。もう大学リーグで対戦はできない。けれど、自分たちの卓球人生はこの先も続く。今の試合で新たな課題がみつかったはず。それを克服して、また必ずどこかで戦おう。

伊藤の目に光るものが見えた。コーチに肩をたたかれて、歩きだした。次は負けない。にじんだ涙の奥に強い気持ちが感じられた。それでいい。おれも負けずに戦う。次の試合を見ていてくれよ。

伊藤が目でうなずいてきた。立ち去るライバルの一人を見送った。

次の試合に備えるため、雄貴も本会場をあとにした。

四回戦からは七ゲームズマッチになる。出足の勢いで振り切ろうという勝負はできない。ダブルスにも出場した選手には、よりきつい戦いとなってくる。

雄貴はシングルスのみの出場だったが、楽な試合にはならなかった。大学一のカットマンを倒し、実戦のゲームで特訓をさせてもらったも同じだ――そう自分に言い聞かせて、決して油断はせず全力でカット打ち（相手のカットを攻撃して倒すこと）に徹して戦った。

二ゲーム目を粘られて落としたが、慌てはしなかった。前後に揺さぶり、ドライブにも強弱をつけて返した。ミスを多く出したほうが負ける。安全策に縛られて、チャンスボールを見誤っても負ける。培ってきたゲーム力がこの一戦に出る。

フォアドライブを打ちきって三ゲーム目を取ると、相手は急にバックを切らず、ラケットを反転させてドライブを打つという新たな手に出てきた。が、構えを見れば予測はできたので、幻惑はされなかった。カットを織り交ぜられても、冷静に対処できた。力勝負ならば、望むところなのだ。あの菊池を倒した相手なのだから、早めに仕掛けるしかないと考えたらしい。

焦ってくれたことが幸いした。去年痛めた肩が、終盤に重く感じられてきた。痛みは出なかったが、相手にしつこく粘られたら、肩を気にして強打をためらっていたかもしれない。

四―一で振り切れた。

この勝利で来月に開催される学生選抜の予選リーグに出場できる。首の皮一枚で卒業後の未来が少しはつながってきたように感じられた。

「奥寺はどうなった？」

「まだ粘ってます」

一年生の出迎えを受けて、真鍋と小走りに応援へ向かった。奥寺の相手は去年もベスト8に入ったNT候補の強豪だった。

固く守るところは強化したブロックでしのぎ、しつこくミドル攻めを敢行した。引き離されても食らいつき、三ゲーム目はジュースの末に思いきったストレート狙いでもぎ取ったという。

雄貴たちが駆けつけた六ゲーム目も、一進一退の展開になっていた。だが、フルゲームの戦いを続けてきた奥寺の足に疲れが見え始めていた。相手も感じ取ったのか、大きく左右にボールを散らしてきた。フォアとバックへ交互に返したところで、前にストップがくる。鋭く止まるボールではなかったが、奥寺は拾うのに精一杯だった。そこを打ちぬかれた。

ここで奥寺は、果敢に前陣での勝負に出た。台から下がらず、カウンター狙いにきたのだ。が、バックサイド深くを執拗に攻められ、守勢に回らされていった。相手のゲーム運びのほうが上だった。

それでも奥寺は食い下がった。やむなく台から下げられても、フィッシュでつないだ。疲れた足で踏ん張って返し、すぐ中央に戻ってチャンスをうかがう。一球打つごとにうなり声がほとばしった。相手も力を振りしぼって攻め続けた。

ここでもジュースまで持ちこめたのは、まさしく奥寺の執念だった。が、そこで痛恨のレシーブミスが出た。いや、ミスというより、相手が冷静にフェイクをかけてサーブの回転を殺してきたのだ。対処ができずにボールが浮いた。

最後の一点は、落ち着き払って左右に振られたあげく、フォアのサイドを切る強打で仕上げられた。

奥寺は天を長く見上げてから、深々と一礼した。ベンチに引き上げてきた彼の目に涙はなかった。やりきったという充実感があったのだろう。

善戦はした。果敢に攻めることもできた。疲れが出なければ、もっといい勝負になった気はした。だが、実力に大きくはないが確かな差はあった、と言える。今の試合を、実業団リーグの関係者はどう見たろうか。

この一試合のみで奥寺という選手の将来を計れはしない。だが、残された結果は重い。四回戦負け。ベスト32にしかなれなかった選手。有望な若手は多い。日本リーグの上位で争う強豪チームは、スカウトリストからまず外すだろう。

明日から奥寺は履歴書を持ち、日本リーグに加盟する企業を回るだろう。監督やコーチも知り合いを通じて奥寺を強くアピールしていくはずだ。キャプテンとしてチームをよくまとめてくれた。リーダーシップを発揮できる男なのだ、と。

「能瀬はどうなった」

まだキャプテンとしての務めがあると信じる男が、集まってきた部員の顔を見回した。

「勝ちました。ストレート勝ちでした」

後輩に続いて、真鍋が皮肉っぽい口調でつけ足した。

「もうさっさと一人で宿に帰ったらしいよ。何だか誰かさんにますます似てきた」

「やつと一緒にするな。おれはしっかりと奥寺の集大成を目に焼きつけさせてもらった」

「勝てよな、成元。明城は能瀬一人じゃないってことを見せてくれ」

汗だくの奥寺に言われて、うなずいた。

明日の最終日、願っていた相手――大学一の強豪、荒木田統とついに戦えるのだ。

16

最終日の朝、雄貴は六時前に目が覚めた。

まず肩の具合を心配した。幸いにも痛みはなかった。重く首筋に凝りのようなものが感じられる。頼む。今日一日、保ってほしい。荒木田との真剣勝負ができなくては、何のために勝ちぬいてきたのかわからない。

疲れがまだ体の芯に残っている。たぶん誰もが同じだ。昨夜は家族や友美からのメールはこなかった。今日の試合に集中させるためなのだ。トップの選手になればなるほど精神力の勝負になってくる。そういう環境で試合ができることに感謝しながら、シャワーを浴びて筋肉をほぐしていった。気休めの塗り薬で、じっくりとおまじないもかけた。

朝食は軽くサラダですませた。田中コーチとタクシーで出発した。サブアリーナに到着すると、先に能瀬がストレッチングをしていた。さほど目は合わせず、軽くうなずくのみの挨拶をしてきた。その後はスマホから伸びたイヤホンを何度も両手で押さえる振りをした。そのぎこちない動きから、雄貴を意識する心の揺れがわずかに見えた。

雄貴も体を軽く動かした。男女のベスト16に入った選手が次々と練習場に姿を見せた。サポートの仲間と笑い合う者。横になってマッサージを受けながら目を閉じる者。試合を前に、それぞれのルーティーンにしたがって内なる闘志をかき立てていく。

遅れて到着した奥寺と軽く打ち合った。まだわずかに肩が重く思えたが、やがてそれも消えた。

目の端で対戦相手を探すことはしなかった。いかに平常心を保って戦えるか。この日のために積んできた練習を思い返し、用意してきた戦術を頭の中で一から整理していく。

サブアリーナを出て、本会場に入った。

最終日とあって観客席は七割近くも埋まっていた。カメラや記者の姿も目についた。だが、雑念は消した。後先を考えず、この一試合に集中する。自分の信じた卓球を最後まで貫きとおす。たとえ大きくリードされるようなことになっても、信念を持って自分の技術をぶつけて戦いぬく。悔いなき一球を打っていく。

名前を呼ばれて、審判の前へ歩いた。

絶対王者と言われる男が、いかにも悠揚と落ち着き払った足取りで近づいてきた。横に並ぶと身長の高さがよくわかる。雄貴とは十五センチ近くの差がある。手足の長さも違う。

大学二年の夏に、リーグを超えた合同合宿があった。その際に三ゲームズマッチの練習試合で対戦し、見事なストレート負けを喫した。正式な試合は、高三のインターハイ以来になる。あの時は雄貴の調子がよく一ゲーム目を勢いで取れた。が、地力の差を見せつけられ、大差での敗戦になった。以来、ほぼ四年ぶりの真剣勝負だった。

その間、荒木田はナショナルチームに入り、世界選手権にも出場した。今はブンデスリーガ一部チームの主要メンバーでもある。世界のトップと戦って彼の技術はさらに磨かれた。が、負けられないという重圧は彼のほうが強い。昨日のダブルスでは決勝戦まで進みながら、敗れていた。心身ともに疲労はあるはずだった。

ジャンケンで荒木田のサーブになった。序盤は食らいつく。点を離されようと、練ってきた戦術をひとつずつ試していく。

おそらく向こうは、無難に立ち上がりたいと考えている。地力の差を信じながらも、こちらが最初から果敢に飛ばしてくるのを警戒しているはずだ。もし仕掛けてこないようであれば、冷静に振り回して料理しようと目論《もくろ》んでいるだろう。彼としては決勝までを見すえた戦いになる。わずかな隙が出るとすれば、そこしかなかった。

こちらは長期戦に持ちこみたい。長引くのを嫌がれば、無理な攻めにも出てくる。

相手を慌てさせることができれば、たとえ王者といえども、心に乱れは生じる。チャンスの目がふくらむ。そこに賭ける。この一戦に、自分の卓球を出しきるのだ。

台の前で軽くジャンプをくり返した。心拍数を高めてから、レシーブの構えを取った。高校時代から彼のサーブは有名だった。三球目の強打を狙って、巧みに誘いのサーブを打ってくる。フォア前であれば、逆横の回転を加味させて、バックへの返球が甘くなるようにしてくるだろう。予想はできても、切れのあるサーブは返球しにくい。

荒木田は向かって左に立った。ボールがトスされた。高くはない。が、肘が素早く上がり、ラケットが内側に振られた。ＹＧサーブだ。

彼ほどの男までがリーグ戦で伊藤にストレート負けしたことを知ってくれていたのだ。ネットを低く越えたボールが短くストレートにきた。

ツッツキでストレートへ送るように見せかけてラケットを出す。上から下へ切ると同時に手首を利かせて、あえてバックを狙った。

逆を突いたつもりでも、荒木田の体勢はまったく崩れなかった。が、こちらの狙いどおりに、返球はストップ気味に勢いがなくなってくれた。

長い腕がスッと伸ばされた。ラケットを突き出すようにバックフリックを打ってきた。短い返球なので、ストレートには返しにくい。このための練習を嫌というほど積んできたのだ。バックを待ち受けた。

映像で見るのと体験するのとでは、大違いだった。チキータのカーブの曲がりとスピードがえげつなかった。コースを読んでいたのでラケットは差し出せた。ブロックでストレート——相手のフォアア——を狙った。敵のボールの速さを利用してコースを突くしか手はない。それほど強烈なチキータだった。

相手のボールが切れているので、こちらのバックにも逆回転が強烈についているはずだった。ストレートを狙ったボールはコートの真ん中へ寄りやすい。サイドを外すつもりで狙ったが、わずかに甘くなった。

相手は足も腕も長い。飛びつくでもなく、軽快なサイドステップでラケットを振ってきた。身を屈《かが》めて強烈なドライブを放つほどの余裕はなかったらしい。

前の返球のコースを雄貴は読んでいたため、体勢は崩れていない。中央で待ち受けた。後ろに引いた腕の振りと左肩の開き具合から、直感的にフォアクロスと判断した。と、そこに素早いドライブがきた。

打てる。クロスに返せばフォアでのラリーになる。とっさに逆を突け、と叫ぶ自分の指示どおりに手足が動き、ストレートのバックを狙った。

ところが、まるでコースを読んでいたかのように荒木田が横に動いた。バックドライブで強烈に打ち返された。気負ってストレート狙いをしたので体が流れてしまい、戻りが遅れた。バック深くに飛んできたボールにラケットが届かなかった。

出だしの一点を奪われた。

今のはミスに近い……。

打てるとジャッジしてストレートを狙った時、勢いあまって右肩を深く引きすぎたのだ。半身になって待ち受けていた雄貴の動きから、ストレート狙いだと見ぬかれた。あのサイドへ出したボールに間に合ったからには、ストレートにくると過去の経験の蓄積から瞬時に体が反応したのだろう。ため息が出そうなほどの判断力と、ボールの速さだった。が、敵のチキータへの対応はできていた。勝負にはなる。

よし。今のチキータをブロックできたことで、こちらが充分な対策を練ってきていると敵もわかったはずだ。次からは、単純なバックへの返球をさけて、ストレートやフォアミドル辺りを深く突こうとしてくるだろう。なぜなら、フォアへの鋭い返球もあるのだぞ、と雄貴に悟らせることができれば、チキータのみの警戒は難しくなるからだ。そう荒木田はさせてくると思われる。

こちらとしては、チキータとバックドライブでコースを自在に操られたのでは苦しい。バック深くへの返球は、なるべくさけておくべきか……。

ボールがトスされた。また似たようなコースにサーブが出された。

何を考えてのことか。逆横回転と見せかけて、今度は下回転のみとも考えられる。同じサーブはないはず。その判断から、先ほどと同じバックへ返球した。

ところが、まったく前と同じ逆横回転のサーブだった。切るようにして打ったつもりでも、相手の回転のせいでボールは右へ弾んでいった。コースが甘くなった。そこを待たれていた。

先ほどよりはスピードのないチキータだった。が、コースを優先してのことで、あっさりとサイドを切られた。ラケットを伸ばしても、まったく届かなかった。見事な狙い打ちだった。

そう考えてくるのか……。

雄貴はボールを拾いにいきながら自分に大きくうなずいた。荒木田はチキータに自信を持っている。同じボールを出せば、相手はまたチキータ狙いで返球してくる。ならば、望みどおりのボールを返し、雄貴の技術を計ろうとしてきたのだ。

ところが、同じサーブがくると思わなかった雄貴が、疑心暗鬼《ぎしんあんき》から甘いレシーブを返してしまった。強打するまでもなく、コースを狙えばいい。そう瞬時に切り替えて、サイドを狙ったチキータを打ってみせた。自信とプライドが打たせた一打と言えた。

雄貴は気を落ち着けて、台の左に立った。

荒木田の位置を確認する。バックのチキータに自信があるので、ほぼ中央に構えていた。腕が長いので、フォア前は楽に届いてしまう。サーブを出すコースがないように見えてくる。そう相手に思わせるための立ち位置でもある。

つまり、フォア前は出しにくいので、チキータを警戒してバックの深くへ打つしかないように思わせてしまう。そこを待ってバックハンドドライブで打ち返す気なのだろう。

さあ、どうするか……。

相手を前にして、迷いが生じた。目を閉じて、考え直す。策は用意してきたではないか。要は、こちらのサーブ次第だ。練習は裏切らない。そう信じて打つ。

短めのトスからYGサーブで逆回転をバックに出した。

荒木田の腕とラケットが鋭く伸びる。スライド式の高枝《たかえだ》切り鋏《ばさみ》か、マジックハンドかと思いたくなる滑らかさだ。チキータであれば、もっと引きつけてから打つはずなので、ここはハーフボレー気味に返してくる。バックへ正直に返せば、こちらの回転の影響で甘くなりやすいと判断し、安全に打ってくるつもりだ。ならば、ミドルかフォアだろう。そう体が対応して待ち受ける。

ところが、押し出し気味に手首を利かし、バック深くを突いてきた。さすがにサイドを切るほどのコースではなかった。後ろへ下がりながら踏ん張りを利かせて、ラケットを合わせられた。

フォアへ返したので、ドライブの強打で深く打ち返してくるだろう。そう思わせておいて下がったところをストップされたのではまずい。台から引かずに、すぐ体勢を立て直す。

荒木田の長身が深く沈んだ。ラケットが天高くへ打ち出された。ボクシングで言う強烈なアッパーカットに近い。フォアクロスに強烈なボールが迫ってきた。

ブロックするしかない。差し出したラケットに角度をつけて、せめてもの抵抗を試みた。ミドルへ飛んでくれ、と神頼みする。

少しは狙ったコースへ返球できた。やればできる。身をそらした荒木田が左足を軸に自ら回転するかのように、立ったままフォアを振ってきた。体重がまったく乗っていないにもかかわらず、手の長さがあるためにボールのスピードが尋常《じんじょう》ではなかった。

またラケットを差し出すのみのブロックで返した。コースは当然ながらバックだ。

相手は後ろへバランスを取りながら打ち返したので、素早くフォア側へ体勢を立て直していた。つまり、その動きの逆を突くのだ。何とも弱々しくあてがうだけのブロックだったが、コースはバックへ向かってくれた。

荒木田が半身になってラケットを伸ばす。普通なら届くわけはなかった。が、体勢を崩しながらもバックでフリックを打ってくるのだから、並みの反射神経ではなかった。

こちらのバックに打ち返された。強くドライブを振れそうになかった。苦しまぎれに下から合わせた。せめてもの悪あがきにと、ストレートを狙った。猫パンチのように力のないフリックでも、相手のボールにスピードがあるため、カウンターのように勢いがついていた。

荒木田がフォアへ飛びついた。あのボールを拾ってくるのだから、怖ろしいまでの守備範囲だ。が、ストレートに返す余裕はない。甘いフォアミドルにボールが来た。スピードはあったが、回りこんでラケットを振り切れた。もちろん、体が自然とストレートへ打っていた。いくらスパイダーマンの異名を取る荒木田でも、さすがに反対側のサイドにラケットは届かなかった。

やっと一点……。

まだ始まったばかりなのに、もう息が苦しい。荒木田のほうは何事もなかったみたいに、サーブを待っていた。涼しげな顔で見つめてくる。ほんの準備運動を終えたところだ。さあ、そろそろエンジンをかけていこう。そう体で語りでもするように、構えはびくとも揺れ動いていない。

先ほどのバックへ出したサーブは、押し出しを効かせたハーフボレーで返してきた。もっと引きつければチキータで応じられたはずなので、別の返球で様子を見てきたと考えられる。チキータを待たれているとわかり、少しは警戒してくれたかと思うものの、コースが甘くなれば、遠慮なく打ってくるはずだった。

まだ早いかもしれない。だが、バック深くへ速いナックルを打つと決めた。またトスを低くして、ＹＧで逆回転を出すと見せかけつつ、ラケットの先端で強く弾いてやった。後ろへ下がりながら返球してくれれば、それほど強いボールになりようはない。そこをカウンターで狙う。

荒木田は軽く後ろへステップした。バックドライブでフォアに打ってきた。後ろへ下がったぶん、タイミングが少し遅れたので、バックには返しにくいはず。

が、ドライブではなかった。肘が上がって内側に振りしぼられたかと思うと、目の前の空間を一瞬で切り取ってみせるかのように、ラケットが猛スピードで鮮やかに動いた。

気づいた時には遅かった。バックのコーナーを切る強烈なボールが、うなりを上げて飛んできた。

何だ今のは……。

台上の変則的なバックフリックをチキータと呼ぶが、今のは台から引きながらの素早いバックフリックだった。手足が長く、ボールを呼びこんで打つことができる荒木田だからこその打ち方だった。

凄《すご》い！

あっさり三点目を取られたというのに、雄貴は世界に通じる技術に感嘆した。一切の手加減なく、荒木田は打ち返してきた。雄貴を認めてくれた証拠だ。そのことを喜ばないでどうする。世界と互角に戦う者が本気の一打を見せてくれた。

なあ、成元雄貴よ。おまえは、こういう強い相手と戦いたかったんだろ。もう一人の成元雄貴の呼びかけが耳元で聞こえた。それはたぶん、今目の前でサーブに入ろうと動きだした男の心の声でもあった気がする。

武者震《むしゃぶる》いが湧いた。心が震えた。今、自分は世界と戦っている。

食らいつけ。ネットで見た能瀬のワールドツアーでの戦いぶりを見習え。形振《なりふ》り構わず、相手が音《ね》を上げるまで拾いまくり、チャンスを見出していけ。持てる限りの力をそそぐのだ。

さあ、こい。成元雄貴がおまえの前にいることを知らしめてやる。

今度はサーブを変えてきた。セオリーどおりの攻めをしていたのでは手こずる、と思ってくれたのならありがたい。高いトスが上がり、ネットすれすれの速いサーブがきた。ナックルに見せかけた下回転だ。そう覚悟を決めた。回りこんでループをかけた長い球足のボールを返した。さあ、パワー勝負にこい。

悪いコースではなかった。が、荒木田の腰から下が台の下に隠れて見えなくなった。ここまで体重を乗せた打ち方が瞬時にできる。どっちにくるか。腰の動きが見えず、判断がつかなかった。

ラバーの色が見えないほどの速さでドライブが打ち放たれた。どうにでもなれ、とフォアに比重を置いて待った。

やはり、フォアにきた。なのに、出遅れた。それほど高速だった。台から下がってラケットを合わせ、どうにかフィッシュのように返せた。向こうは楽な体勢で待っている。今度はバックにくるか。

左右の揺さぶりできた。拾え。意地でも間に合わせろ。届いてくれ。

歯を食いしばって伸ばしたラケットの先で、奇跡的にも拾えた。何でもないチャンスボールになろうとも、抗う気概を見せることが、この先のゲーム展開に効いてくる。自分の戦い方を信じるほかにできることはない。

またもバックに強打された。逆を突かれて届かなかった。一対四。

一気に攻めてくる気だ。

苦しまぎれのフォアでは、強烈なパワードライブで揺さぶられる。打ち合うなら、先手を取らねば絶対に通じなかった。レシーブはバックに集める。それしかないだろう。半端なミドルでは回りこまれる。

今度はフォアへ短く出された。ツッツキでバック深くへ返した。待たれていようと、しばらくは続けるのみだ。

今度は下がり気味にバックハンドドライブがきた。七三でバック側だと考えていた。読みは当たったものの、象のたくましく長い鼻のような腕からくり出されたボールは、アリーナに気流を巻き起こしそうなほどの勢いがあった。

どうにか返せた。ラケットに角度をつけてかぶせたつもりが、予想以上の上回転で高くボールが跳ねた。回りこむ余裕を与える結果になった。

だが、拾ってみせる。下がって待った。エンドサイドぎりぎりに着弾したボールが、自らの意思を持ってジャンプしたかのように跳ね上がってくる。これもかぶせてブロックし返した。

幸いにも今度は低くボールが飛んだ。そこを今度は、ちょこんとあざ笑うようにストップされた。慌てて前へ跳ね飛んだ。拾うことはできた。が、相手の狙いはこのあとなのだ。わかっていても、返すことしかできない。子どもにでもスマッシュできるチャンスボールになった。ありったけの体重を乗せた打ち方に、踏み出した足がフロアを大きくたたき、軽くもない台までが身を震わせた。呆気《あっけ》に取られて眺めるしかなかった。

これで、一対五。

ゆっくりとタオルで汗をふいた。ベンチの真鍋は落ち着け、とジェスチャーで言ってきた。雄貴は慌ててなどいなかった。冷静に対処したつもりでも、軽くいなされ、遊ばれていた。だが、相手のバックハンドの攻めには、何とかラケットを届かせることができている。あとはコース取りだ。そう前向きに考えを練り直した。

バックを深く突いた場合、下がり気味のドライブなのでどうにか返せているのだ。その策を続けるのが常道だろう。だが、サーブでの誘いに乗ってくるほど軽率な相手ではない。その点がこれまでの相手とは違う。

ゆっくりとボールを受け取り、コートに弾ませた。

サーブはフォア前に決めた。三球目でバック深くへ送る。そこを待つぐらいしか今は打つ手が見当たらなかった。

強めのフリックが短くきた。これでどうだ、と見え見えに切ったツッツキでバックへ送り返した。やはりドライブを振ってきた。さっきフォアに返されたので、同じコースはないと楽天的に考えて待った。うなりを上げるほどの強いボールが迫ってきた。ラケットをあてがってカウンターを狙うしかない。爪も立ちそうにない固い壁に向かって、ラケットを振った。狙いはしつこくバックだ。こちらも負けじとラケットを差し出しながら手首を使った。どうにかボールに少しは回転がついただろう。相手の右サイドを突けた。

手堅いブロックで返された。次もバックへの返球だった。フォアで先手を取られるのを嫌がっている。回りこむ余裕はない。さらにしつこくバックを突いた。

意外にも、荒木田が逆を突かれた。自分でも驚く結果だった。二対五。

雄貴は少し考えた。こうもしつこくバックを狙ってくるとは思ってもいなかったらしい。

揺さぶるほかに、自分を乱すことはできない。そういう自負があるからなのだ。相手に過剰な自信があったため、たまたま読みを外すことができた。もしそうであれば、この先も似たチャンスが芽生えてくる。ならば、しつこくバックを攻めてみるしかない。

速い逆横回転でバック深くへサーブを出した。これをバッククロスへ返してくるなら、コースがいくらか甘くなってくれる……。

甘いのは雄貴の考えだった。得意のバックフリックもドライブも打ってこなかった。ちょこんとツッツキでバックに返された。読みが外れて反応が遅れた。とっさにフリックで返すのは難しいと思い、ツッツキでバックへ送り返した。が、相手は台に迫って待っていた。今度こそチキータがくる。

　またも読みを外され、ためたドライブがストレートにきた。焦って手を伸ばしてブロックし、しつこくバックに送り返す。

　相手はもう台の右半分に寄っていた。次を何とかフォアへ返せればチャンスが生まれる……。が、自分の体勢も崩れていた。やや下がりつつ左へステップを踏んで待ち受ける。

　バックハンドの強烈なドライブが体めがけて襲ってきた。

　少し下がっていたのが幸いした。右足をさらに引いて半身になり、ラケットを合わせにいけた。まともに返せた。奇跡だ。体が左へ流れたので、ラケットの動きにつられてボールも左へ向かった。相手も同じように体勢が左足のほうに傾いていて、フォアはがら空きだった。

　ぬける。そう思った瞬間、右にあるはずもない壁を蹴って三角跳びでもしたかと疑いたくなるスピードで、荒木田の長身が左へ跳んだ。まれに見る反射神経。手薄なフォアにくると読んでの動きにしても、超人技だ。世界レベルの練習量をこなしてきた男だからこそのフットワークだった。

下がりながらのフィッシュで返してきた。感心ばかりもしていられない。大きく弾んだボールが雄貴の側のコートに戻ってきた。その上がりっぱなをとらえて、バック側へたたきつけた。弾んだボールは黒豹がジャンプしようと届かない高さになって、相手ベンチの前まで飛んだ。

何とか三対五。

まだ二点の差はあったが、自然とガッツポーズが出た。最後の返球には驚かされたが、この三点目は大きい。大げさに喜ぶことで、相手に焦りを感じさせたい。

荒木田はまだ涼しい顔のままだった。平然とボールを受け取り、サーブの位置へと歩いた。この程度のラリーを取ったぐらいで喜ぶなよ。世界に行けば、序盤からもっと激しいラリーが続くのはざらなのだ。

今度は高いトスを出してきた。長い腕を利用した巻きこみサーブだ。

素早く右に切れながらフォア前にきた。バックへ返せば、サーブの回転に影響を受けて甘くなる。つまり、フォアを待っている。とっさに判断できたが、鋭くコースを突かれたため、距離のあるクロス側のフォアに返すしかなかった。

やはり待っていた。短く返したつもりでも、荒木田の長い腕が胸の前に引き寄せられた。一気にバネが解放されて、強烈なフリックでストレートのバックを狙われた。

身をひねってラケットを差し出した。ぎりぎりで届いたが、相手のフリックは斜めに角度をつけて逆回転をともなっていた。その影響を受けてフォアへ力なく飛んでいったボールの先に、荒木田が立ちはだかっていた。沈んだ体が、波を分けて水面からジャンプするイルカのように跳ね上がる。胸が先に回転し、そのあとから長い腕がさらに上空へと伸び上がっていく。あきれるしかない速さのパワードライブだった。

一歩も動けなかった。ボールを目でとらえた時には、もうリニアが通過駅を通りすぎたのかと疑いたくなる風が巻き起こっていた。

会心の一打だったはずだ。けれど、荒木田はポーカーフェイスを変えなかった。まだまだ力の差を見せつけてやるぞ。淡々とした動きと表情が、そう雄貴に語りかけてくる。

次も、まったく同じサーブがきた。が、下回転のほうが強そうだった。無理してツッツキでバックへ返した。フォアは待たれている。

ところが、下回転は強くなかった。つまり、またしても同じサーブだったのだ。こちらの考えすぎで、下回転に備えてラケットを出したため、予想以上にボールが浮きながら相手コートへ向かった。浮いた分、弾みも高い。待っていないサイドだろうと、余裕が生まれる。

狙いは、どっちだ。荒木田が押し出し気味にラケットを動かしてきた。フォアだ。と判断した瞬間、手首が動いた。こんな単純なフェイクに騙されて、体重が右へかかった。しかも、ラケットの先端で強く弾いたため、ナックル気味に伸びてきた。慌ててレシーブしたものの、返したボールはネットにかかった。

早くも三対七だ。

あっさりと続け様に二点を奪い返された。そのどちらとも、こちらの気負いとバック攻めを読んで左右に振られた結果だった。

ボールを操るとは、こういうことだよ。チキータに備えた練習はしてきたようでも、バックばかり攻めるのでは、いくら何でも単純すぎるね。ほら、こうしてすぐ対応はできる。まだバックを狙うつもりかな。余裕に満ちた態度がそう言っていた。

サーブが替わる。

雄貴は相手のフォアサイドにしつこくサーブを出した。ストップ気味にフォアへ短く返された。短い手を伸ばしてツッツキでバックへしつこく送った。さあ、打ってこい。この攻めが効かないと、もう勝負にならない。

チキータに備えて、七三でバックを待った。ところが、抑えたフリックでフォア深くへ返してきた。けれど、これなら届く。

フロアを蹴ってフォアへ跳んだ。腰溜《こしだ》めに打つ余裕はなかったが、強気にドライブを振れた。コースは当然バックだ。こちとら執念深い性格なんだよ。

いいコースへ打てた。荒木田は下がらずにブロックしてきた。エンドラインを深く突けたので、チキータは打てない。こちらのボールの勢いが少しは勝っていた。ミドルを狙ってきたが、余裕を持って回りこめた。体重を乗せて力任せのドライブを放つ。まだ序盤で力はみなぎっている。次もミドルだ。

相手が下がった。身を揺らすようにフォアでドライブを打ち返してきた。が、先ほどの強烈なボールほど体重は乗っていない。しかも、甘めのフォアにきてくれた。雄貴のパワーに押された結果だ。

ここは慌てずにコースを狙った。もちろんしつこくバックだ。荒木田が身をひねったが、ラケットの先に当たって高く跳ねた。

よし。パワーで勝てた。

これでフォアの先手は取られたくないと、ますます思ってくれる。

ただ……。不思議なのは、バックへボールを送ってもドライブの強打を打ってこなかったことだ。裏をかいたつもりが成功しなかったのだとわかるが、次はどう出てくるつもりだろうか。

荒木田が初めてわずかに視線を天井へと上げた。表情に変化はなかった。が、悔しさを表に出すまいとして、つい顔を振り上げたようにも見えた。

いい兆候だ。裏をかけなかったことを少しは悔いてくれている。

ここでバックへの長いサーブはどうだろう。コースがよければ、強くは返してこられない。試してみる価値はある。

雄貴は右に立ち、低いトスで素早くナックルを打った。

荒木田が瞬時に下がって身を沈ませ、大きく右肘を振り上げた。そこを支点にしてラケットで大きな円を宙に描いた。強烈なバックドライブだった。しかも、チキータ並みにボールの左上半分をこすり上げていたので、逆回転がついていた。バックヘカーブを描きながら鋭く切れこんできた。

レシーブエースだった。雄貴は呆然と見送った。

あんなふうに下がりながらの強烈なドライブがなぜ打てるのだ。もちろん、腕が長いうえに関節が柔らかいため、肘からボールを迎え打って上っ面を強くたたくことができるからだ。

荒木田はもう雄貴に背を向けていた。見たか。これが世界の技だ。

たった三メートル先に立つ男の背中が大きく見えた。ついに本気を出してきた。つまり、全力で立ち向かわねば勝てない相手だ、と序盤から思わせることができたのだ。嬉《うれ》しくもあるが、早くも窮地に追いつめられた気にさせられた。

どうやら長いサーブを読まれていたらしい。コースを待たれたのでは、強烈に打ち返されて、拾うことも難しくなる。パワーで勝てたと手応えを得た途端、技術の差を見せつけてくる。そのために山を張ったとも考えられる。

技術と経験に差はあった。ならば、フォアにおびき寄せて強引にパワー勝負を仕掛けるか。本気のバックドライブを見せられてフォア攻めを考えるのでは、相手も読んでくる。しつこくバックを攻めるか。その度胸が今の自分にあるか……。

タオルを使って時間を稼いだ。けれど、策がまとまらなかった。

迷ううちにYGサーブが放たれた。

フォア前だった。手探りする思いでバックへレシーブした。荒木田の姿がそのまま横へ瞬間移動したかのように見えるほど素早いフットワークだった。空間ごと右に体がずれたかと思う間もなく、バックハンドが胸元に引きつけられた。

こちらの返球は悪いコースではなかった。台上でボールは低く沈んだ。そこを上からたたいてきた。狙いすましたチキータだった。

練習は積んでいる。受け止めるぐらいはできる。自分を信じてバックを待った。

ところが――ボールはストレートにきた。

肘をさらにしぼって突き出しながら、打つタイミングを遅らせてのストレート攻撃だった。バックは待たれていると読みきって、巧みにコースを変えてきた。

逆を突かれて動けなかった。逆回転がかかっているので、ミドルのほうに曲がってきた。手を出していれば間に合ったかもしれない。だが、逆を突かれたとわかり、体のほうが頭より先にあきらめていた。

四対九と引き離された。

間を置かずに、サーブがきた。一気呵成にこのゲームを仕上げる気だ。

苦しまぎれにフォアへ返した。だが、煩悶《はんもん》する胸の内を悟られていた。荒木田の腰が台に隠れて見えなくなり、天狗《てんぐ》が大団扇《おおうちわ》を払って烈風を巻き起こすかのように、大きくラケットが振り回された。

フォアクロスへ動きだしたが、ボールはシュートしながらバックに飛んできた。打ち返せない。

気がつけばもう四対十で、ゲームポイントを迎えていた。強打のミスがまったくなかった。だから日本のトップでいられるのだ。ため息が出る。

あきらめてはならない。まだ第一ゲームだ。ここで粘れば、相手もいくらか慎重になる。落ち着いてサーブにかかれ。

ゆっくりと間を取ってから、短いトスでサーブを打った。バックへのナックルを試みた。

チキータ誘いの裏をかいたつもりだったが、荒木田にあっさり見ぬかれていた。素早く回りこまれた。体勢が崩れるのを気にもしないパワードライブだった。この一打を誰も返すことはできない、と信じての強打だ。

またもバックを狙われた。あてがうだけのブロックになった。コースは狙えなかった。甘くフォアへ飛んでいった。

　今度はフォアに打ってくる。動きかけると、しつこくバックにきた。もはや返せなかった。

　最後は連続して点を奪われ、あっけなく第一ゲームを失った。ほぼ雄貴の動きの裏にボールを打ってきた。鼻っ柱をへし折って、さらに押しつぶすような試合運びをされた。が、虚勢を張って、肩は落とさずにベンチへ歩いた。

「よし、いい出足だぞ」

　意味がわからず、タオルを差し出してきた真鍋を睨み返した。

「フォアもバックもおおかた見せてもらえたじゃないか。おまえならタイミング次第で返せるようになる。まだ最初のゲームだ。あと二ゲームを落とせると思え。その間に敵の動き出しをよく見ておけ。フォアハンドは無理してコースを変えてくる技術がある。けど、バックは余裕がないとみたらクロスにきてる。ここからだと足の動き出しが見やすいから、おれにはそう感じられた。おまえの感覚としてはどうだった？」

　真鍋は台の上ではなく、下を観察していたのだ。そこから導き出した希望的観測かもしれない。けれど、参考にはなる。ありがたい。

「フォアを先に打たれたくないと思ってるのか、かなり気を遣ってきてたぞ。先に打てた時はいい勝負になっている。けど、安易に狙いには行くな。次はたぶん、強引にでも打たせようと誘ってくると思え」

雄貴も同じ意見だった。心強く思いながら、タオルを置いた。

コートとサーブがチェンジする。

敵は後半にバックサイド深くを狙ってきた。ブロックの際にラケットを操り、角度をつけて相手のバックへ切れていくような回転を心がければ、カウンターとまではいかなくとも、相手も少しは打ちづらくなる。

よし。バックは右下から左上へ流れる動きを加えてのブロックを心がける。当面の狙いは変えず、しつこく敵のバックを攻める。できればフォアを自分から打ちにいく。どこで勝負に出るか。うまく読みが当たればいいが、山勘に頼った強攻策も必要になってくる。サーブは回転よりもコースとスピードを優先させる。機を見てフェイクで回転を操り、相手を揺さぶる。

ボールを受け取り、戦術を胸に言い聞かせた。

高くトスを上げた。スピードは考えず、フォア前に短いサーブを出した。低いボールでコースを突ければ、フリックでは返しにくい。予想どおりのツッツキで、バック深くへ返された。素早く半歩下がって、ラケットを腰の下から振り上げる。バック側へと切れていくドライブを放つ。

相手はブロックしてきた。こちらの回転が上回った。跳ねた返球を回りこんで、フオアドライブを振り切った。

まずは一点先取。やればできる。

次はタイミングを少し変えて、小さなモーションで速めのサーブを打った。狙いはバックのサイドラインだ。狙いどおりのハーフロングが、台から出そうなところへ滑るように飛んでいった。

相手はラケットの角度で合わせるように見せて、打ち際に押し出す技を使ってきた。レシーブの抽出が多い。フォアを先に打たれたくなければ、バックへ返してくる。読みは当たった。

こちらもブロックし返した。バックへ切れるようにラケットも押し出せた。すると、今度は切るツッツキできた。なぜ打ってこないのだ。読みを外され、体が前にのめった。返せたが、甘いボールになった。当然ながら、そこを決められた。

ワンオール。

本当にミスをしてくれない。あれほどのバックハンドを持っていながら、巧みにストップするという悪知恵もある。

こういう相手ともっとゲームを積んでおきたかった。今ほど怪我を恨んだことはなかった。一年を無駄にしなければ……。だが、リハビリ期間に体力増強を図れたから、相手に警戒されるフォアが打てるようになったのだ。ただの転びっぱなしではない。

次の相手サーブで、残念ながら先行された。

コースを狙ったつもりのレシーブが、逆回転の餌食になり、甘い返しになった。先にミスをしたのでは話にならない。

ここは粘ってついていく。バックへの返球で回転をうまくかけることができた。荒木田が珍しく甘いフリックを返してくれた。

一進一退。どこでフォア勝負に出るか。チャンスをうかがっているうち、相手の点が積み重なっていく。

六対七。追いつけそうなところで、引き離されてしまう。

自分がもどかしく、迷いが動きに出た。ミスから強打されて、二点差をつけられた。このまま逃げ切られてしまいかねない。

せっかく粘れているのだ。このゲームは石にかじりついてでも奪い返したい。

ここが勝負どころだ。絶好のレシーブがフォアに返ってきた。このスピードなら打てる。切望する勝ちへの意識に誘われて、強引に打っていった。

無慈悲《むじひ》にも、ボールはエンドサイドを割った。アウトだった。

荒木田が大きく拳を握るのが見えた。点差をつけられずにいて、敵も苦しい時だったのだ。打ち急いでのミスで、みすみす二点差を献上したのだから、相手が派手に喜ぶのは当然だった。

落ち着け。ミスを引きずるな。冷静に攻めろ。

言い聞かせたが、体のほうが気落ちしていた。相手のボールを追えなかった。バックでストップしてきたのを急いでラケットで迎え打ち、チャンスボールを与えてしまった。六対九。三点差。

この終盤でのミスは命取りも同じだ。

一点しか返せず、七対十一で二ゲーム目も奪われた。相手の強さを見せつけられた。

「攻めていってのミスなら仕方ない。引きずったのがまずかったな。焦ってどうする」

真鍋はまだ冷静だった。せっかくのチャンスを決めきれず、逃した魚に心を奪われたのでは、悔いしか残らなかった。

「聞け、成元。ミスを悔やむより、次の一手を考えろ」

何か打開策があるなら教えてほしい。ほぼ手づまりの状態になっていた。目で助けを求めた。

「気のせいかな。バックの強打が少なくなってきてる。最初にチキータを待って打ち返したのが少しは効いてるんだろうな」

確かにその傾向はあった。最後もバックのブロックでストップされて前に出されたところを、ミドル深くに決められた。もちろん、そこを逆手に取ろうとすれば、機を見て強打を打ってくる。その境を見極めて攻めろ、というのだった。

「あきらめるなよ。最初のゲームよりは接戦になってきてる。勝ち目はあるぞ。次の出だしは三球目と四球目でまたバックを狙っていこう」

それしか手はなさそうだった。さらに粘ってゲームを取ることができれば、荒木田といえども一昨日からの連戦で動きに影響が出てくることも考えられる。細い藁《わら》にすがって戦うのみだ。

「よし。行け！」

第三ゲームの出だしは、真鍋の指示どおりに再びバックへボールを集めた。

すると、チキータとは言えないごく普通のフリックで強くストレートを狙ってきた。予想はしていた。色気は出さずに、コースを狙って打ち返した。シュート回転のドライブで粘着質にバックを攻めた。

珍しくも荒木田が大きくボールをサイドにそらした。ほとんど初めてと言っていいミスだった。

相手も人の子。しつこく攻めればミスを犯す。一点目からガッツポーズを作って叫んでやった。さあ、頼むから少しは焦ってくれよ。

次はフォアへ短めに返し、なおもバックを攻めると見せかけて、ミドルを突いた。簡単に打ち返された。が、こちらもブロックでしぶとくバックへ送った。回りこめそうもない右のサイドを狙ったつもりが、相手の回転でわずかに甘くなった。強烈なバックドライブを打たれた。さすがに同じ策は通じなかった。だからといって、狙いを変えたのでは相手の思う壺となる。

攻め方は悪くなかったはずなのだ。

荒木田は台の右へ重心をかけ始めていた。だからといって、安易にフォアへは逃げられない。ミドルとバックへボールを出す手順を踏んでこそ、フォアを突いていける。何という基本の攻め方しかできないのか。

それでも、再び追いつ追われつの勝負になった。ミスを重ねたほうが負ける。安全策を採っても、先に強打を浴びる。

荒木田はもう台の右に陣取っていた。甘いコースならいつでも回りこむぞ。それでもバックを打つ度胸があるなら、きてみろ。

物は試しにカーブをかけたドライブを打ったが、シュート回転ほど強くは打てなかった。長身を倒すようにして荒木田が拾ってくる。しかも、こちらのサイドを切るようなドライブでくるのだから、腰砕けに返球するしかなかった。

荒木田が急いで体勢を立て直してバックに備えるのが見えた。お互い、じりじりと台から下がり、ドライブの打ち合いになった。相手の上回転が強烈なので、ボールが浮きやすい。そこをすかさず狙われた。

荒木田が初めて大きく吠えた。身をのけぞらせて言葉にならない声を発した。闘志むき出しに拳を固め、自分のエリアを歩き回った。

五対六。ここで離されるわけにはいかなかった。

今までコース狙いを優先させたが、回転のみを考えて、YGサーブを思いきり切ってバックへ出した。

今までのフォームとの微妙な差を荒木田なら感じ取れる。ボールは逆回転の影響でフォア側に流れやすくなるので、あえてバックへ返そうとしてくれれば願ってもない。相手の目と技術を信じて、バックに比重をかけてボールを待った。

ここでもチキータを打ってこなかった。コースを優先させてのツッツキだ。相手が慎重になっている――となればバック深くを突こうとしてくる。

ここは打つしかない。そう決断して回りこんだ。自分を信じてフォアハンドを振った。さあ、返してみろ。これをレシーブされたら、打つ手がなくなる。

荒木田が飛びついた。が、足がついていかなかった。それでも長い腕を精一杯に伸ばし、ラケットの先で拾ってきた。おまえを調子づかせはしない。大した強打じゃないので、ほら、追いつけたぞ。そう荒木田が全身を使って叫び、不規則な回転のボールを返してきた。その無駄口を封じてやるため、右の股関節に乗せた体重をボールにかけて、打ち返した。技術に劣るぶん、こっちは全身全霊をこめてラケットを振るしかない。これで、どうだ。力勝負なら負けるものか。

後ろへ素早く身を戻した荒木田が食らいついた。だが、ボールはサイド深くへ決まって跳ね飛んだ。

「よっしゃーっ！」

腹の奥底から声がほとばしり出た。これで同点だ。全身の血が駆け巡り、闘志となって手足の筋肉を震わせた。

視線を床に落とした荒木田の肩が上下に揺れた。してやられた悔しさも、その動きを大きくしていただろう。荒木田が顔を振り上げた。雄貴を真正面から見つめてきた。

少しはやるじゃないか。ここからが本当の戦いだぞ。そう語るように眼差しは落ち着いていた。世界に出れば、揺さぶられての失点は日常茶飯事。気持ちを立て直せないメンタルの弱さでは勝負にならない。

雄貴も荒木田を見返した。本気を出してくれてありがとう。世界レベルの実力を、もっともっと見せてくれ。おれをさらに驚かせてほしい。あらゆる知恵と体力をしぼりつくし、全力で立ち向かってみせる。

荒木田が小さくうなずき返した。自身に何かを言い聞かせたのでなく、雄貴の視線に応えての仕草だったように思えた。

考えてみれば、お互い小学生のころから戦ってきたよな。最初の記憶は、全日本カデットの二回戦だった。雄貴もうなずき返した。

そう。君は十二歳のころから自分の戦いができる名選手だった。神童などではなかったろう。誰よりも厳しい練習を積み、絶えず卓球のことを考えていたから、凄いボールが打てるようになったのだ。

あの時のおれは、ただスピードのあるボールを打ち返すのが好きな、どこにでもいる卓球が好きな少年にすぎなかった。調子に乗って全国大会まで勝ち進み、戦術というものを初めて知らされた。手も足も出ず、完膚《かんぷ》なきまでに負けて、夜まで大泣きしたことを、今思い出したよ。そうだった。あの時も君が本当の卓球を教えてくれたのだった。だから今も、世界の力を教えてくれ。いつも君は、乗り越えられない壁としておれの前に立ちふさがってきた。

でも、卓球への気持ちでは決して負けない。磨いてきた爪を君という分厚い壁に突き立てて、よじ登っていってみせる。さあ、ボールを通しておれの思いを受け取ってくれ。

荒木田が低いトスからフォア前に短いサーブを出してきた。

手を伸ばしてフリックでシュートをかけたボールをバックへ送る。ミドルを狙ったつもりだろうが、素早く回りこんでフォアを打つ。これしか君と戦う術が今の自分には見つからない。

悪くないボールだけど、回転が甘いな。だから、より強い回転で返されてしまうんだよ。もっと足を使って打たないと、世界では通じないぞ。そういう気持ちのこもったボールを打ちこまれた。

ならば、これでどうだ。君のお株を奪って台の下から振り上げてやったぞ。コースよりスピードを見てくれ。少しはましなシュート回転もかかっているはずだ。

悪いが、しつこいバック攻めは、もうわかっているさ。力みすぎているから、腕の振りでコースが読めるぞ。スピードもまだまだトップクラスにはほど遠い。ほら、これを返されたぐらいで、台から下がってどうする。

一打一打にそれぞれ意思と意味があり、その思いに応えてボールを打ち返した。

回りこむつもりが、チキータ並みのカーブドライブを食らって空振りした。今、大事な局面で失点したのに、悔しさは感じなかった。自分は猛烈に強い男と戦えている。それが楽しくてならなかった。こういう強者と競い合えていることを、心の底から嬉しく思えた。

この一打が世界を知る足がかりとなる。

九対九から、意外にも荒木田がミスをした。

雄貴の放ったボールの回転が勝っていたとは思えなかった。単純なパワー勝負に、何か裏があるのでは、と考えすぎてくれたようだ。疲れもあるかもしれない。

驚いたことに、最後もあっけなかった。荒木田の打ったバックのドライブが伸びすぎて、エンドラインを割ったのだ。

ついに一ゲームを奪い返せた。

雄貴は荒木田を見た。つい先ほどまでは、闘争心に満ちた目で見返してきたのが、今はもう背中を向けてベンチへ歩いていた。

何かが違う。違和感がぬぐえなかった。

「いい勝負になってきたが、最後のはラッキーだと思え。いけると勘違いしたら、絶対にやられるぞ」

真鍋は慎重だった。彼の目にも、最後のミスは技術や読みで勝ったわけではないと見えたのだ。

「肝に銘じるよ」

相手は早くも疲れを覚え始めているわけか。執念深いバック攻めからクロスを増やし、左右に振る手はあった。が、こちらの思うように揺さぶれる相手ならば、そもそも策に困りはしない。とにかく粘りだ。相手の足を止めるためにも、勝負を長引かせていくに限る。

17

勝負の第四ゲームが始まった。

フォアに短くサーブを出した。フリックで速いボールをフォアサイドに返された。例によってバックを攻める。が、敵も待っていたようで、バックハンドの強烈なドライブではなく、瞬時に回りこんでのフォアだった。

絶対にバックを狙ってくる。そう信じていないと打てないボールだった。仕切り直しのスタートから、博打《ばくち》とも言えそうな攻撃を見せてきた。

しかし……。バックへくると読んでいたのなら、ほかにも打つ手はあったはずだ。リスクを冒してでも、このゲームは取る。そういう強い意志を見せつける一打に出てくるとは思ってもいなかった。

この相手の気迫に押されては、まずい。だからといって、こちらもリスクを冒した攻めをするのは難しい。荒木田はゲームをリードしているから冒険ができるのだ。

息をついて考える。ここでフォアへ逃げて大丈夫か……。

不安があった。一打で局面は変わる。第三ゲームを取り返せたとの高揚感は消え失せた。まだ出だしの一点ではないか。気を取り直せ。

次は、先ほどの後半で効果的だったYGサーブで、回転を優先させてフォアに出した。

コースは二の次だったが、そう悪くなかった。荒木田が左へ体勢を移した。と同時に、右肘が高く突き上げられた。フォアへ出したというのに、あえて移動してバックフリックを打ってきた。

チキータだ！

これも予期していなかった。多少コースは甘かったが、フォア前へ移動してのチキータは初めてだった。あえて抽出の奥に切り札を隠す余裕があったのだ。

頭の隅に置いておくべき技だった。ミドルを突かれた。せっかく回転を強くつけたが、チキータはボールをやや斜めから打つため、少しは相手の回転による影響を減らすことができる。強く切ってきたと見たから、素早く動いてチキータに切り替えたわけだ。当然と言える策だが、それを実行できる力が、やはり並外れていた。

体目がけてボールが鋭くカーブしてきた。ラケットには当てられた。が、ボールはネットを越えなかった。

してやられた……。出端をくじかれるとは、このことだった。〇対二。

せっかく相手のミスで奪えたゲームが、帳消しになってしまう。

全身から汗が噴き出した。これが荒木田の底力だ。自分のミスで落としたゲームを取り返すべく、勝負に打って出ようと腹をくくれる精神力の強さがあった。トップ選手は誰もが一流の技術を持つ。勝負を左右するのは、心の強靭さだ。見たか。全身を震わせて荒木田が叫んだ。雄貴に重圧をかけるためのポーズだった。

相手にサーブが移る。

間を置かずに低いトスで速いボールを打ってきた。バックへのナックルだ。前に出してから強打で攻めてくると読んでいたので、対応が遅れた。動揺が腕を縮こまらせ、レシーブが甘くなった。バックへ返したが、あっさり回りこまれて強打された。

動けずに見送るしかなかった。立て直す間もなく、〇対三。

どうする……。このままでは、さらに引き離される。獲物を狙う獰猛《どうもう》な野生動物を思わせる強気な攻めに呑みこまれていた。策が見つからない……。

迷っていると、ベンチで真鍋が立ち上がった。

「タイムアウト！」

一試合の中で一度、一分間の作戦タイムが許されている。

雄貴は救われた思いでベンチに引き上げた。差し出されたタオルを受け取り損ないかけるほどに、うろたえていた。

「ついに牙《きば》をむき出してきやがったぞ。でもな、強気に打ってこられたのは、出だしで回りこんでのフォアがどんぴしゃで決まったからだ。あとの二点は、そのお釣りみたいなもんだ。次もまたリスクを背負った攻めをしてくるようなら、相手もかなりテンパってる証拠だ。早く勝負を決めたがっている。そうじゃないかな」

真鍋の意見に納得できた。

確かにそうだ。力に差があるのだから、荒木田があえてリスクを冒す必要はない。彼はたぶん決勝戦までを見すえているのだ。こんなところでいたずらに体力を消耗したくない。だから、早く決着をつけたがっている。

「こういう時こそ粘りだぞ。相手を苛つかせろ。いつものふてぶてしく嫌らしいおまえの姿を見せりゃあいいんだ。しつこく攻めて、嫌われろ。得意技のひとつだろ？」

荒木田との過去の対決を懐《なつ》かしく思い返していたのがいけなかったのだ。感傷にひたろうという甘さがあった。たまたま相手がミスを重ねて第三ゲームを取れたにすぎない。こちらはチャレンジャーなのだ。敵の喉笛《のどぶえ》に嚙みつくべきなのは、自分のほうだった。肉を食らいつくすつもりで挑まないでどうする。

絶妙のタイムアウトだった。よし。いける。

世界水準を教えてもらおうとして、下手に出る必要はなかった。日本の同世代にも強い選手はいる。そう思い知らせてやるのだ。予選と今日の最終日まで、多くの挑戦者が敗者となり、涙を呑んできた。いつも勝つ者が同じでは、大学選手権のレベルが知れる。たぶん観戦者の多くが、荒木田よ、負けろ、と念じている。その怨念に魂を売り渡すつもりで戦うのだ。この一戦に自分の未来がかかっている。あきらめてなるものか。

台へ歩いて、荒木田を見た。向こうも視線をすえてきた。何をこそこそ相談しようと無駄だぞ。まごうことなき威嚇の眼差しだった。

ここで必ず流れを変えてみせる。

粘って拾った。フォアでの打ち合いを先に仕掛けた。強引にバックを狙った。すると、荒木田の放ったドライブがまた伸びすぎてエンドラインを割った。力が入りすぎているのだ。意識過剰になってくれている。

よし。雄貴は叫んだ。この一点は大きい。逆襲への一打になる。

さあ、再スタートだ。

頑固にYGサーブをくり出した。インパクトすると同時に、後ろへ引くようにフェイクモーションをかけてやった。横回転より下回転を多くしてバックへと送り出す。

相手も見ぬいたようだ。角度をつけたツッツキで返してきた。わずかにネットからボールが浮いた。微妙なハーフロングの長さで迫ってきたが、ここは断じて打つしかない。シュート回転を効かせるべく、ラケットの先でこすり上げた。沈むように跳ねてからエンドライン深くへ飛んでくれた。荒木田がラケットを出す。が、ボールは大きくそれた。

これで、どうにか二対三。

必ず勝つ。そう念じながら次のサーブをどこに出すかを懸命に考えた。

18

第四ゲームは追いすがれた。が、あと一点が届かず、ジュースには持ちこめなかった。九対十一で逃げ切られた。

惜しくもゲームは落としたが、まだ負けたわけではない。相手はかなり焦ってきている。無理してフォア勝負に出てくるケースが多くなった。悪くない展開だった。

「次の出だしはまた思いきって打ちにくるぞ」

自分でもそう考えていた。相手はまだ出していないサーブで、戸惑わせようとしてくるかもしれない。

読みが当たった。フェイクをかけた上回転を初めて出された。が、警戒していたので、惑わされはしない。

フリックでバックへ返した。回りこめるコースではない。荒木田のラケットが胸の前で一瞬動きを止める。ドライブの打ち方ではない。となれば、カット気味にシュートをかけたフリックでストレートを狙ってくる気か。

またも読みが当たった。相手の動きからコースが読めている。充分な間合いでドライブを打てた。今度はカーブをかけて相手のフォアへ打ち返す。荒木田ほどのフットワークでも返すことはできなかった。

最初の一点。これを叫ばずにいられるものか。

荒木田はラケットを胸に引きつけておきながら、瞬間的に躊躇《ちゅうちょ》していた。ゲームの出だしは、あれほど強烈なバックハンドを振っていながら、あてがうようなフリックを使ってきた。

彼は腕が長く、懐が深い。ボールを呼びこんでおいて、肘を支点に前腕を強烈に振ってくる。腕が長く関節が柔らかいからこそ、強い球が打てる。が、支点となる肘にかかる負担も大きくなる。もしや……。

一昨日からの連戦の影響か……。ボールを引きつけて肘をひねりながら打つことにためらいたくなる理由があるのかもしれない。

自分も肩を壊した時は、振り切るつもりで打ちにいっても、体が拒否反応を示して、思うように打てないことがあった。

これは案外……。

確かめるために、なおも執拗にバックを攻めた。

ところが、こちらの深読みをあざ笑うかのように、強烈なバックハンドのドライブを打ち返された。荒木田が拳を固めて声を上げる。

無理して打ったようには見えなかった。躊躇したのは雄貴の放ったボールのコースがよかったせいだったか……。

たとえ思いすごしであろうと、こちらの作戦は変わらなかった。バックを攻めて、相手の体を寄せてからのフォア狙いだ。それしかない。

やはり、荒木田の返しが甘くなってきていた。肘に不安はなくとも、踏ん張る左足のほうに異変が出始めたか。だから強引にフォアでの仕掛けが多くなったとも考えられる。いずれにしても、しつこい攻めがボディブローのように効きだしているのだ。

自分を信じて打つしかなかった。

中盤でリードを取れた。簡単にはバックを攻めさせてはくれない。互いにバックへボールを集め、ミスしたほうが失点していく。

十対七。ここで攻め急ぐな。うまくすればこのゲームを取れる。そう思って単調に攻めては墓穴を掘る。あらゆる過去の対戦を思い返して、次にどこへボールを打つかを考えろ。

ずっと読みに力を入れてきたので、頭の中が疲れきっていた。だが、コース読みを面倒がれば、必ず相手に裏をかかれる。将棋やチェスと同じで、次の一打に備えた対応策を用意しておく。そうしないと、体はうまく動いてくれない。返しの手数を多く持つほうが勝つ。考えるのをやめたら、攻めこまれる。裏づけのあるボールでなければ、荒木田から点は奪えなかった。

フリックのインパクトでぶつけるようにして、ナックルを打ち返した。いくらかでも幻惑してくれれば願ってもない。荒木田が上半身を折るようにしてラケットを持ち上げ気味に打ってきた。上手い具合にバウンド後の伸びが大きくなったため、レシーブが跳ねてくれた。ネットを越えて弾んだところを、上から思いきりねじこむようにたたきつけた。

十一点目。

ついに二ゲームをもぎ取った。

喜びたいのに小さなガッツポーズしか出なかった。体中に重い疲れがたまりつつある。あと二ゲームを戦えるか、不安になるほど右肩から腕の先に重みを感じた。相手も同じだ。そう思って立ち向かうしかない。

次のゲームも、荒木田は最初から仕掛けてきた。

強引にチキータを打ってきた。肘に不安があるとは思えなかった。どこかに油断があった。強烈なバックはない、と勝手に思いこんでいた。

どうにか返せた。練習の賜《たまもの》で、ラケットの角度を合わせせられた。同じくバックへ、そこそこ速いボールが向かっていった。荒木田がラケットを胸元に引き寄せ、身を沈ませた。力をこめたドライブがくる。体が反応して、下がりながらストレート側に体重をかけた。

なぜかボールが返ってこなかった。

荒木田がラケットの先端で打ち損ねて、ボールはサイドラインのさらに右へと飛んだのだった。

雄貴の動きが目に映り、ストレートを警戒しているとわかったため、シュート回転をかけようとボールの内側を打ちすぎたためのミス、と思われた。

彼も疲れているのだ。もしくは、やはり肘に不安を覚え始めているか、だった。

とにかく雄貴は声をしぼり上げ、気合いを入れた。この一点は大きいぞ。次も見ていろ。プレッシャーを与えるためにも、身ぶり大きく拳を振って走り回った。

このゲームも荒木田は強引にフォアドライブの勝負を挑んできた。速く重いボールを続けられた。雄貴は台から下げられたうえ、左右に振られて失点した。

だが……どこか、おかしい。

バックへ出したサーブを、得意のチキータやドライブで返してくることがなくなっていた。最初の一打をのぞくと、前のゲームの後半から急に数が減ってきている。

やはり何かある。雄貴は再び敵のバックにボールを集めた。七対五と二点をリードできたところで、相手ベンチがタイムアウトを取った。

「いいぞ。向こうは焦りだしてる。けど、ちょっとバックを狙いすぎて単調になりかけてる気がするな。向こうはまだゲームをリードしてるから、また回りこんで勝負をかけてくるかもな。警戒しとけよ」

真鍋の目には、相手の肘に不安があるとは見えていないのだ。怪我で一年を棒に振った自分だから、そう思いたがっているだけなのか……。

アドバイスの意図はわかった。が、さらにバックを攻めていく必要があると思えた。

フォアへ短くサーブを出してからバックを攻める戦法が続いていた。ここはバックに速いボールを出してみる手もある。真鍋が睨んでくるだろうが、相手がバックを嫌がっているのはもはや疑いないのだ。

ナックルを素早くバックへ送り出した。

荒木田は引かずに右肩をしぼるように肘を突き上げてきた。高い打点でのバックドライブだった。

ミドルめがけて飛んできた。フォア勝負だ、と身を沈ませて半身になったが、鋭くカーブを描き、切れこんできた。合わせることはできた。が、ボールは相手のサイドラインの左へ飛んだ。ミス……。

　荒木田が身をのけぞらせてガッツポーズを決めた。

　おまえの一本調子な攻めなど怖れるに足りない。どうだ、次も打ちぬいてやる。そう叫ぶようでありながら、雄貴は見逃さなかった。左拳を頭上に振り上げながらも、ラケットを握った右手は腰の下から動かずにいた。

　やはり痛みを堪《こら》えて強打を振りにきたのだ。そうとしか思えなかった。もう演技ではない。

　よし。次もバック狙いだ。

　今度は下回転でサーブを出した。低くコースを突けた。荒木田は無理には振らず、角度を合わせたフリックで返してきた。雄貴は回りこんでドライブを打った。もちろん狙いはしつこくバックだ。待たれていようと、怖れてはいけない。

　コースは少し甘くなった。が、荒木田は振ってこなかった。ブロックでフォアに速いボールを返してきた。セオリーどおりの返球なので、体が先に動いた。右にステップを踏み、今度はクロスに振った。

　荒木田が飛びついて、フォアに身を引き戻す。これを拾ってくるのだから感心する。フォアサイドを切る返球だったが、ボールは完全に浮いていた。待ち受けて身を沈ませた。

ところが――なぜか、ボールが目の前から消えた。

エッジボールだ。

サイドの角に当たったボールが大きく右に跳ねた。あるべきところにボールがないので、雄貴は空振りして前につんのめった。その横へボールが転々とフロアを弾んでいった。

荒木田がほっとしたような顔を見せながらも一礼してきた。

いくら頭を下げられようと、取り返しはつかない。この土壇場でエッジボールが出るとは、運のなさを呪《のろ》いたくなる。

なぜだ。神に悪態をついて、フロアを蹴りつけた。

これで同点。せっかくのリードがなくなった。

焦るな。まだ同点なのだ。荒木田は肘をかばいだしている。相手が懸命に拾ったからエッジに飛んだのであり、運ではなかった。彼の執念にしてやられたのだ。そう思いはしたが、この局面でのエッジボールは重く応えた。しかも、サーブが相手に替わる。

流れを渡すな。いくら嘆こうとも時間は戻らない。単なるラッキーで点が取れたにすぎなかったのに、荒木田は早くもトスを上げる体勢を取っていた。小狡《こずる》い真似をするな。怒りを感じた。けれど、彼はルールを破っているわけではない。

相手のコースを読む間もなく、サーブが飛んできた。けれど、見え見えのコースだった。飛
馬鹿《ばか》のひとつ覚えで、バック深くに返した。楽々と回りこんでパワードライブを打たれた。身動き
んだ先に荒木田が待っていた。楽々と回りこんでパワードライブを打たれた。身動き
ひとつできずに、ストレートをぬかれた。
七対八。連続失点で逆転された……。
立て直すための時間がほしい。けれど、タイムアウトはもう使えなかった。タオル
で汗をふけるまでも、まだ三点あった。その三点を立て続けに失えば、ゲームを取ら
れて負けてしまう。絶体絶命。
なぜ負けることを考えているのだ。目を覚ませ。相手はもうサーブにくるぞ。気を
強く持て。すぎたことを考えてどうする。
今度は焦ってフォアに返した。切ってシュートをかけたつもりでも、腕の長い荒木
田はあっさりと左に動き、打ってきた。クロスを切られた。腕の短い自分では、無念
ながら届かなかった。七対九。
だが、サーブが替わる。今度は時間が取れる。ゆっくりとボールを拾え。
肘に不安があろうと、あと二点で勝てるのだから、ここは絶対に強打してくる。い
いや、コースを突ければ、いくら荒木田でも安全に返すしかなくなる。堂々巡りの思
考に、どこかで決着をつけねばならなかった。悔いを残すような戦いはできない。

こういう時は、基本だ。フォア前へ逆回転のサーブを出した。ストップ気味に返された。ツッツキでバック深くへ返すしか、技の抽出がなかった。またも待たれていた。今度はバックに打たれた。ブロックできたが、ボールの勢いに押されて、大きく跳ねた。

悔いを残したくはなかった。フォアで打ち合って負けるのであれば、あきらめはつく。そこへ持っていくために、と願ってサーブを打った。

角度を合わせてフォアに短く返された。先ほどと同じ手だ。ツッツキで返球するしかなく、雄貴は中央で待ち受けた。

ミドルがきた。本当ならフォアで打ちたい。だが、ここから打てば、相手のバックは突きにくい。そう読まれているはず。雄貴は逆に動いて、バックフリックでカーブの回転を狙った。チキータのように曲がってくれたら、儲けものだ。そのあとをフォアで狙う。

自分でも感心したくなるコースへ切れこんでいった。曲がりは甘かったが、サイドを突けた。

これを返球されるのは、相手の技量から織り込みずみだ。けれど、コースは限られている。半身になりながらフォアに打った。相手は動けなかった。

よし。一点を取り返せた。

まだあきらめてたまるか。不運に足を引っ張られたにすぎず、実力では劣っていない。次ももぎ取ってやる。さあ、こい。

ＹＧサーブがフォア前にきた。肘を上のほうへぬくような打ち方だった。逆回転と見せかけての下回転か。

安全にツッツキでバックを狙った。が、モーションはフェイクだったらしく、素直な逆回転だった。ボールは左回りのスピンを受け止めて、左へ——コートの真ん中付近へ——それてしまった。荒木田が中央へ身を寄せる。

そうだったか……。肘をぬいたのはフェイクではなかった。肘に痛みがあるのだ。だから、つい庇うような打ち方になった。あるいは、こちらがそう読むと信じて、賭けに出てきたか。

とっさに下がった。拾うしかない。受け止めてみせる。

ところが、絶妙なストップだった。体重を後ろにかけていたので、慌てて前に跳んだ。下からあてがうだけのレシーブしかできなかった。下がれ。前に乗り出したので、バックにくる。

荒木田がフォアを振りぬいた。読みは当たった。頼む。届いてくれ。まだ戦いたい。

先端で拾えた。今度はフォアががら空きだった。左足を踏ん張って右へ体重を乗せる。

ボールがまたクロスにきた。あざ笑うような短い返球だった。なぜ強く打ってこない。もちろん、このほうが点につながるからだ。最後だから強打で勝ちたいという考え方は、驕《おご》りと見栄に引きずられた愚かな戦法だった。リードした者の強みで、弱いボールを打つことができる。

まだ負けたくない。手を伸ばして拾いにいった。

時間よ、止まれ。頼む、止まってくれ。

コン、と弾んだボールがラケットの手前で失速した。腰から台にぶつかった。が、間に合わない。

その瞬間になって、遅ればせながら時間が止まった。そう思えた。一瞬にして、この数ヵ月の練習が脳裏を通りすぎていった。観客席から見てくれている母の目をつぶる姿や、若いころの兄の笑顔まで見えた気がした。多くの仲間や友美の顔も瞼の裏をよぎった。

弾んだボールが無情にもフロアへと落ちていった。

……終わった。

負けた。大学の四年間で何ひとつ実績を残せなかった。

三メートル先を見ると、勝ち誇っていいのに荒木田は喜んでいなかった。肩を落とし、うつむいていた。

あのエッジボールがなければ勝てなかった。強く打たずに、いなすようなボールで最後の点を意地汚く毟《むし》り取った。形振り構わぬ自分の攻めを、どこかで恥じているような態度だった。決して王者の勝ち方ではない。けれど、ここで勝ちを逃したのでは、大学チャンピオンの称号を手にできない。

荒木田が姿勢を正し、一礼してきた。

雄貴は動けなかった。悔し涙を堪えた。無理して頭を下げたが、何も考えることはできなかった。

19

「ナイスファイトだったぞ。今の戦いぶりなら、絶対に見てくれてる人がいる。よくやったよ」

真鍋がタオルを差し出してきた。雄貴は受け取らずにアリーナの壁に貼られたタイムテーブルのほうへ歩いた。近づこうとしない後輩たちのほうを振り返った。

「能瀬はどうした。もちろん勝ったよな」

「……はい。ストレート勝ちでした」

アリーナを出ると、客席への階段の前に友美が待っていた。彼女は赤くなった目を隠さず、雄貴を見つけて歩み寄ってきた。慌てたような笑みを無理に作ってみせた。

「お母さんも二階に来てたよ。行ってあげて……」

雄貴は短く首を横に振った。友美の目が驚きにまたたいた。

「その前に、話をしておかなきゃならないやつがいる」

友美の後ろへと階段を下りてくる男がいた。二階から今の試合を見ていたのだとわかる。気を利かせたつもりなのか、雄貴と友美から顔を背けて、通りすぎようとした男を呼び止めた。

「おい、ちょっと待てよ」

能瀬雅弘が足を止めて振り向いた。彼は汗をかいてもいなかった。あっさりとベスト8入りを決めたのだから、もう汗は引いていて当然だった。

「すまない。おまえとは戦えなくなった」

「いえ。凄い試合でした……」

「綺麗事《きれいごと》はいい。今の試合を見て、おまえは気づいたか?」

能瀬はうなずきも首を傾けもしなかった。雄貴は言った。

「ひょっとすると荒木田は、肘に不安を抱えてるのかもしれない。そう考えないと納得しにくいプレーが多かった。おまえもそう思えたろ」

能瀬が視線を外した。ゲーム展開を振り返っている目だった。

「おまえを引っかけようなんて思っちゃいない。とにかく自分で判断してみろ。それと、あいつのサーブは強化合宿で見てきてるはずだよな」

「ええ、少しは……」

「逆回転に見せかけての下回転が特に切れてた。見分けられるか？」

「いえ……」

正直にも目が泳いだ。互角に戦えないことを覚悟している。その気持ちを恥じているのだった。

「後半はなぜか肘をぬくように打ってきてた。不安があるからだとすれば、手がかりのひとつになるかもしれない。もちろん、必ずおまえが勝ち上がってくると見て、餌を撒いておいた可能性は考えられる。けど、荒木田もそれほど余裕の持てる戦いじゃなかった。だから、試合の中でよく見極めてみろ」

「あ、はい……何とかやってみます」

雄貴は語気を強めた。

「何とか、じゃないだろ。死力をつくせ。必ず勝てると思え。ほかにおれから情報を引き出しておきたいことはないのかよ」

「いえ、ないわけでは……」

まだ戸惑いが声に出ていた。雄貴は能瀬につめ寄った。

「石にかじりついてでも、荒木田を倒してタイトルを取れ。オリンピックを目指してるんだろ。おれも必ず追いついてやる」

道は遠く険しい。けれど、絶対にあきらめはしない。あきらめた時は、ラケットを置くしかないのだ。

「……はい」

見つめていると、ようやく決意をこめたうなずきが返ってきた。

20

早朝の練習場にボールを打ち合う音が響く。体は動いた。昨日の敗戦は引きずっていない。肩の痛みも消えていた。

「おーおー、二人とも感心、感心。休みの日だってのに、こんな朝っぱらから、もう汗をかきたがるとはね」

声に振り返ると、新米鬼コーチが立っていた。その手にはｉＰａｄがあるので、また新たな情報を仕入れたか、雄貴たちの弱点を映像にまとめておいてくれたのだろう。

「お早うございます」

真鍋の後ろから、ひょこりと真面目くさった顔がのぞいた。雄貴と打ち合っていた奥寺が、わざと彼の胸元目がけて強くボールを打ち返した。

能瀬が軽く右手でつかみ取った。雄貴は言った。

「何がお早うなものかよ。もうおれたちゃアップを終えたぞ。ほら、早く来いって」

「ったく、ホントうるさい先輩たちだこと」

ぼやくように言いながら、能瀬がジャージを脱ぎ始めた。その横で、真鍋がわざとらしく白い目を作って言った。

「そういう心がけだから、チャンピオンの座を逃すんだぞ」

「わかってますよ。も少し気を遣ってくれたっていいじゃないですか」

能瀬は昨日、準決勝で荒木田を倒した。あいつはベンチに戻ってくるなり、赤い目で雄貴に頭を下げた。おかげで初めて勝てました、と。

雄貴と真鍋で戦術を授けてはいたが、それを貫きとおしてゲームを逆転できたのは能瀬が力をつけたからだった。十五年ぶりに明城大学から学生チャンピオンを出せる。監督とコーチは大いに期待を寄せた。

ところが、能瀬は決勝でフルゲームの末に負けた。相手は、NT候補でもない地元大学の二年生だった。

　卓球界の裾野は広い。広すぎる。次から次へと新たな逸材が現れ、群雄割拠《ぐんゆうかっきょ》の時代になっている。

　能瀬は帰りの新幹線の中で、ずっと子どものように泣いていた。部員たちの前で初めて、自分の弱さをさらけ出してみせた。

「いつまで泣いてるんだよ。二位になったんだから、来月の選抜にも出場できるんだ。リベンジのチャンスじゃないか。荒木田だって、そう考えてるぞ。明日は朝から特訓してやる。わかったか。

　真鍋の叱咤に能瀬は涙を拭ってうなずき返した。

　雄貴も来月の選抜に向けて、奥寺は来年の頭に開催される全日本選手権を目指すため、予選に備えた練習を積まねばならない。

「ほらほら、打ち合え。この一打を無駄にするな。一球の積み重ねが、おまえたちを作り上げていくんだからな」

　鬼コーチが一喝した。

　卒業まで五ヵ月を切った。もう時間は残されていない。

　必ずこの先も卓球を続けていく。そのために全力をつくす。そして、いつか……。

　夢をあきらめずに、打ち続けていく。

競　歩

1

能登《のと》の雨空に号砲が鳴った。

午前七時三十分。スタートのピストル音を聞くと、白岡拓馬《しらおかたくま》はスポーツウォッチのボタンを押して濡れたアスファルトを柔らかく蹴った。小雨《こさめ》を引き連れた風がまともに正面から吹きつけてくる。

日本陸上競技選手権大会50㎞競歩、と書かれた横断幕の下をくぐり、三十人の選手が一団となって周回コースへ飛び出していく。旧のと鉄道輪島《わじま》駅だった〝道の駅〟のロータリーから出発し、北陸《ほくりく》銀行前で折り返して輪島市文化会館を回りこむ二キロのコースを二十五周する。マラソンより長い五十キロという長丁場《ながちょうば》のレースが始まった。

雨をさけるために、今日は多くの選手が帽子を被《かぶ》っている。拓馬はあごを引いて風から鼻孔を隠し、呼吸を守る姿勢を保《たも》ちながら歩を進めた。雨が鼻に入ってくるのを気にしてリズムを乱せば、ピッチまでが狂ってきやすい。体力の消耗をわずかでも抑えたいので鼻呼吸がベストなのだが、序盤のうちはいくらか唇《くちびる》を開けて楽に息を継いでいく必要がありそうだった。

「日本選手権競歩男子五十キロレースのスタートです。沿道の皆様、温かいご声援をお願いします」

本部席からのアナウンスがコースに響き渡った。まだ朝が早いために関係者のほうが多いものの、地元の見物客から拍手が起こり、選手たちを送り出してくれる。多少の声援も飛んでくる。

「みんな、ガンバレよ」

「ファイトーっ！」

声をかけられずとも、誰もが力を出しきるに決まっていた。このレースでオリンピックへの切符が決まる。

昨年の世界選手権で五位入賞を果たした一名が、すでにオリンピック行きを決めていた。残る切符は二枚。この大会で三時間四十五分の派遣設定記録を突破して優勝した者一人が、代表選手の座を獲得する。

残る一枚は、陸連幹部の匙《さじ》加減《かげん》になるやもしれず、実績の乏《とぼ》しい拓馬としては、このレースで二位に入らなければ、事実上オリンピックへの道は断《た》たれる。

気がつけば、三十二歳。過去にどれほど代表入りを逃してきたかわからなかった。タイムで劣る者は皆、最後のチャンスと肝《きも》に銘《めい》じて、このレースに臨《のぞ》んでいる。が、いくら勢いこもうと、スタートから猛然と足を速める選手は一人もいない。レースは五十キロと先が長い。練習を積んで身に染《し》みこませたペースを守っていかないと、ゴールにたどりつくことすらできなくなる。

過去の苦い記憶は頭から振り払った。雨と風とレース展開のみを考えて、一歩を積み重ねていく。ライバルたちのペースはおおよそ見当がついていた。彼らの動きと派遣設定記録を両睨みしながらのレースとなる。

気温は十五度。雨なのに、例年よりは暖かめだ。午前七時の時点で、北東の風五・八メートルと発表されていたが、また少し強くなってきたようだ。低気圧が発達しながら能登半島沖を通過中で、早朝から市内には暴風、波浪警報までが出されていた。

集合前のアップ場所は決められていたものの、拓馬は早めに動きだして、気になっていたコースの具合を自分の目で確かめてみた。河原田川《かわらだ》に沿って風が通るため、河《か》川敷《せんしき》脇の道に出ると立っているのもつらく感じるほどだった。

能登半島の北端に近いコースなので、ほぼ毎年、強い風が選手を悩ませる。陸連の幹部たちはきっと、苛《か》酷《こく》な気象条件を乗り越えて勝利をつかんだ者のみが日本一の栄冠に輝くべき、との強い信念を持っているのだろう。だから、シーズン最後のレースを毎年このコースで開催しているとしか思えなかった。

大会本部に近いコースの両側は、昔風の日本家屋《かおく》が多い。上半身をほぼ垂直に近く保ち、腰に重心を置いて歩を進めていく。

前傾の角度は五度。前に傾けすぎると体重を支えにくくなり、着地した前脚に負担がかかる。上下動が大きくなれば、無駄《むだ》に体力を使ってしまう。ストライドは確保できるが、悪くすると路面から両足が離れてしまい、〝ロス・オブ・コンタクト〟の反則を取られる。

腕は前後それぞれ四十五度に振りを留《とど》める。肩には力を入れず、腰の回転によって足を引き寄せ、ストライドを伸ばしてやる。身長の七分の四の歩幅が最も疲れにくいと言われている。頭と胴の上下動を抑えるため、額《ひたい》の位置を路面と一定の高さに保つつもりで足を前に出していく。

重心を前へと移す際に支持脚が曲がると、走りの形に近くなって、〝ベント・ニー〟の反則を取られる。左右の膝がぶつからないよう、カヌーのオールを漕《こ》ぐような回旋運動で骨盤をスイングさせ、その腰の動きの延長でスムーズに脚を前に送り出す。

着地した前脚はやや外側に傾けることで、動きの無駄をはぶいていく。後ろ脚は膝を内側に絞るようにしながら素早く前へと運ぶ。基本の動きを果てしなく延々とくり返す。じりじりと丁寧に一歩ずつ、五十キロ先のゴールを目指す。

十六年の競技生活でフォームに磨きはかけてきた。五十キロレースは四時間近くを歩くため、エネルギーのロスを徹底的にそぎ落とした完璧なフォームが求められる。スタートから五百メートルも進むと、選手おのおのが設定したペースによって、少しずつ集団が分かれてくる。

銀行前の折り返し地点が近づいている。拓馬は腕のスポーツウォッチと周りの選手を確認した。何度も歩いたコースなので、スタートから五百メートル地点は頭に入っている。

ここまで二分十四秒。ほぼ設定したペースできていた。順調だ。

雨が体温を奪おうとしてくるが、体は動いている。呼吸も歩幅も足運びのリズムも乱れてはいない。自分をうまく制御できている。

早くも五メートルほど先に、沼尻耕太《ぬまじりこうた》のゼッケンが揺れていた。世界ランク三位の選手で、優勝候補の筆頭と誰もが見ていた。昨年の世界選手権でドリンクをつかむ際に転倒していなければ、本来は彼が真っ先にオリンピック行きを決めていたと思われる。

身長百八十センチの恵まれた体格で、一歩のストライドが拓馬より五センチは長い。前を行く背中との距離から見て、最初の五百は二分十二秒ほどか。おそらく今日の天候も考えて、一周二キロを八分五十秒のペースで歩くつもりでいるのだろう。

昨日の前日会見で沼尻は、天候さえ崩れなければ日本記録を狙うつもりだ、と言ってのけた。この大会を三度も勝っているという自信と、あえて自分を鼓舞《こぶ》するための発言とわかるが、勝って当然と言わんばかりの口ぶりだった。三年前には、日本記録にあと十秒という好タイムを出し、アジア大会でも銅メダルを獲得していた。今日の選考会のために、この一年は五十キロ大会への出場を見送り、競《せ》り合いに備えたスピード訓練をひたすら積んできたと聞く。

当然、今日のレースは沼尻耕太を中心に進む。

だが、彼は日本選手で世界ランクの最上位にある。派遣設定記録を切りさえすれば、オリンピックへの出場権を、間違いなく手にできるはずだ。二キロ八分五十秒のペースで歩けば、三時間四十分五十秒でのゴールになる計算なので、楽に設定記録を切れる。

おそらく、このペースで中盤まで歩き、周囲のレース運びを冷静に見ながら、柔軟に戦略を変えていくつもりだろう。代表選考レースでありながら、彼一人が余裕を持って臨める立場にあるのだった。

その沼尻が、スタートから早くも一人で先頭を歩いている。

つまり、自分をふくめたほかの選手が、三時間四十五分という派遣設定記録を強く意識している裏返しでもあった。

今日のエントリー選手は三十名と少ない。その中で、四時間を切るタイムを持つ者は、わずかに七名。実力ある者は限られている。それほどに五十キロレースは苛酷だ。

過去には、完歩者が十名に満たなかった大会さえある。一昨年は、アジア大会の代表選考レースながら、四時間を切れた者が三名しか出なかった。レース後半に陽が照りつけて気温が上がり、拓馬もペースを落とさざるをえなくなり、四時間九分四十五秒の六位という結果に終わってしまった。

あの時も、あと少しのところで代表の座をつかめずに敗退したのだった。

前を行く沼尻の、優雅ささえ感じさせる滑《なめ》らかで力強いフォームを見つめながら歩を進め、拓馬は密《ひそ》かに唇を噛《か》んだ。背後には狡賢《ずるがしこ》くも三人の選手がぴたりとついてきている。

振り返らずとも、気配で誰かはわかる。

世界ランク六位で、多くの優勝経験を持つ久保山洋《くぼやまひろし》。彼は拓馬の二学年上に当たり、何度もその背中を見せられながらレースをしてきた。今年三十七歳になる大ベテランの大島順一《おおしまじゅんいち》もいる。ともに二大会連続のオリンピック出場を虎視眈々《こしたんたん》と狙っているので、二人はいたずらに沼尻を追ったりはしない。設定記録を切って二位に入れば、過去の実績から切符を手にできるとの目算が立つからだ。

彼らは二位グループを保って歩き、終盤に勝負をかける気でいる。

そして、残るもう一人が上林《うえばやし》　竜太《りょうた》、二十六歳。二十キロと五十キロの両種目で学生記録を持ち、若手のホープとしてメディアにもてはやされてきた男だ。先月に行われた全日本競歩能美《のみ》大会の二十キロ代表選考レースにも出場し、二位に入っていた。終盤のスピードには定評がある。若いために世界での実績は少ないものの、実力は指折りだった。二十キロで惜しくも代表入りを逃した彼としては、このレースでオリンピックをつかみたいとの気持ちはより強いだろう。

短い距離のレースであれば、馬力や瞬発力での勝負もできる。が、五十キロ競歩は、最もエネルギーロスの少ない完璧な歩型が求められる。持久力はもちろん、レースを見通す戦術面の力も必要で、経験が重要になってくる。そのため、三十歳すぎに競技者としてのピークを迎える、と言われてきた。

ところが、今や技術とメンタル双方の指導法が確立され、大学生までもが続々と五十キロレースに挑み、好タイムを出してくる。若いからと侮《あなど》れはしないのだった。

彼らのほかにも二名が、設定記録に迫るベストタイムを持つ。ともに最近は調子を落としていたが、今日の天候ではレースが荒れることも考えられる。上位陣が記録と順位を意識しすぎてペースを乱す競り合いを演じた場合、ダークホースに一発逆転を喰《く》らう可能性もある。油断は決してできなかった。

拓馬は実績とベストタイムで、後ろにいる三人にやや劣る。たとえ二位に入れても、設定記録を切れなかった場合は、代表に選ばれる保証はない。切符を確実につかみ取るには、記録と順位がともに必要だった。

「いいか、白岡。沼尻の背中は追わなくていい。マークするのは三人――久保山、大島、上林だ。その三人も、たぶん同じことを考えているだろう。設定記録を確実に切れるペースで中盤までは粘っていく。早めの仕掛けに出てくる者がいるとすれば、多少スタミナに不安のある大島だろう。けど、その揺さぶりには乗るな。三十五キロまでなら、先に行かせても、おまえなら絶対に追いつける」

小貫《おぬき》監督とは今日まで幾度も話し合ってきた。

二十キロでオリンピックを目指していた後輩が、怪我《けが》のために選考レースを欠場し、チームの期待は拓馬一人に向けられていた。それでも、最後の決断はおまえに任せる、と監督は言ってくれた。

三十二歳。今年を逃せば、次は三十六歳になってしまう。世界に目を広げれば、四十代でも現役の選手はいた。けれど、一度も代表入りした実績のない拓馬が、このまま会社に残って競技を続けていけるかどうかはわからなかった。

最後のチャンスになるかもしれない。

文化会館の前に差しかかり、早くも二キロ地点が近づいてきた。

沼尻の背中は、すでに十メートルは離れていた。後ろからは三人の息づかいが追ってくる。誰一人としてペースは乱れていない。

このまま行けば、最初の二キロは八分五十五、六秒辺りだろう。十キロでは、四十四分三十秒前後になる。五十キロに換算すれば、三時間四十二、三分。誰もが勝負を優先して設定記録に近いペースを保つ作戦を考えている。

問題はこの雨と風だ。天候が回復してくれれば、気温は上がる。そのタイミングで必ずレースは大きく動きだす。

拓馬はゆっくりと道の右寄りへコースを変えた。後ろに続く三人のうちの誰かが先に立ってくれることを期待してのことだ。が、その駆け引きに乗る者はいなかった。

仕方ない。みだりにコース取りを変えれば、ほんのわずかでも体力を消耗する。コースには横風も吹くため、マラソンでトップを走るほどに向かい風の影響は出ない。リズムを崩すほうが怖《こわ》かった。

いつ、どこで、誰が、仕掛けてくるか。それまでは我慢の歩きに徹するのみだ。

代表選考レースとあって、大会本部を離れた沿道にも、ちらほらと観客の姿があった。この大会は四十年の長きにわたって輪島市で開催されてきた。北陸の篤《あつ》い支援によって支えられている。

「上林君、頑張って！」

コーナーを左に曲がってメインストリートに入ると、若い女性ファンの声援が耳に届いた。

つい視線が沿道の人々へと向きかける。だが、拓馬はレースに意識を戻した。沿道は見るな。小貫監督にも言われていた。

この大会は二キロのコースを周回する。五十キロレースなので、沿道から声援を送る観客の前を二十五回も通りすぎる。熱心なファンには応援し甲斐《がい》のあるレースだった。

——必ず応援に行きます。いろいろあって大変だと思いますが、夢のオリンピックをつかみ取ってください。

先週、拓馬あての手紙が会社の陸上部に届いた。封筒と文面のどこにも差出人の名が見当たらなかった。

「気にするな。どこから見ても、ファンレターだよ」

監督は無理したように笑いながら言った。過去にファンと名乗る人から手紙をもらったことは何度かあった。大学時代には、有望選手の一人として陸上雑誌に取り上げられもした。が、三十すぎの、さして実績もない競歩選手に、ファンレターが届くのは珍しい。

過去の経緯を知る同僚たちは、あえて名無しのファンレターを話題に出そうとはしなかった。その沈黙が、かえって胸の不安をかき立てた。

「言いたいやつには、言わせておけばいい。おまえは罪を犯したわけじゃない。力のないやつに限って、人を蹴落とそうと、薄汚い手を使ってくるものだからな」

監督の言うとおりだろう。拓馬は罪を犯してはいなかった。だが、業界のルールを破ったことにはなるらしい。

陸上雑誌には、拓馬の移籍の仕方を問う記事が載った。監督と部長は陸連の幹部から電話で事情を訊かれたという。

選手が自分の可能性を求めて、より良い環境を得ようとするのは当然で、その何が悪いのだろうか。

鐘ヶ丘《かねおか》工業には、八年もの長きにわたって世話になり、心から感謝はしていた。けれど、長く見てもらってきた陸上部の競歩コーチが病に倒れた。代わりにコーチへと昇格した先輩は、熱心ではあったものの、選手としての実績に欠けていた。練習法をめぐって意見が衝突した。

拓馬はただ自分で納得《なっとく》のいく練習をしたかったのだ。ようやく五十キロレースでタイムが出始めていた。会社もコーチも結果を求められていたのはわかる。けれど、出場するレースを強制されるのはたまらなかった。

選手の総意を会社に告げたつもりだったが、運動部を統括する人事担当の役員が勘違いのような怒りを拓馬にぶつけてきた。たいした実績もないくせに、わがままを言うとはあきれたやつだ、と減給を命じられた。

練習環境は整っていたが、午後三時までは事務職をこなすサラリーマンだった。仕事にも手を抜かずに取り組んできたとの自負はあった。ところが、練習にだけ熱を入れ、勤務態度にも問題がある、と言いがかりに近い指摘を受けた。

短距離のコーチでもあった監督は、拓馬をかばおうとしてくれた。けれど、同じサラリーマンという立場は変わらず、陸上のことを何も知らない役員の前では、結果を出せない一人の課長にしかすぎなかった。

あとになって裏事情を知らされた。保身を図《はか》った新米コーチが、すべての責任は拓馬にあると役員の前で言っていたのだった。

本社の業績もよくない時期であったのが影響していたのだろう。練習に集中できる環境ではなくなってしまった。会社に嫌気がさして、拓馬は辞表を出した。その時点でよそへ移る当てはなかった。

全日本の合宿にも呼ばれる有望選手を手放したくなかった監督は、引き留めようとアパートまで説得に来た。けれど、拓馬は戻らなかった。地元の縁から会社と合同練習をしてきた大学の陸上部に頼み、施設を貸してもらった。意地になって一人で練習を続けた。

　そこに手を差し伸べてくれたのが、全日本の合宿で顔馴染《かおなじ》みになっていた小貫監督だった。

「悪いが、君の意見は聞かずに、会社を先に説得させてもらった。配送管理の見習いなら、仕事はある。うちの選手も、ほぼ誰もが似たような仕事をしている。とにかく今は何も言わず、明日から練習に来い」

　輝かしい実績はなかったが、見てくれている人がいたとわかり、拓馬は胸を熱くした。翌日から、ヤマキタスポーツの一員となった。横浜での生活拠点が確保できるまでは、社員寮のゲストルームを利用させてもらえた。

　ヤマキタスポーツの陸上部は、多くの有望選手を持つ名門実業団チームのひとつだった。大学を卒業する際、声をかけてもらえなかった会社で競歩を続けていく道が、幸運にも拓《ひら》けたのだった。

　ところが、そのひと月後に、思いもしなかった事態が起きた。

　スポーツ新聞と陸上雑誌の編集部に、拓馬の移籍を問題視する匿名《とくめい》の手紙が届いたのだった。

『白岡拓馬は鐘ヶ丘工業の正社員であり、辞表は受理されていない。今回の移籍は、最初から白岡とヤマキタスポーツの間で裏取引ができていた、強引極まりない選手の引き抜きにほかならない。スポーツ界のルールを破る移籍を認めていいのだろうか』

新聞社から取材を受けて事情を知り、唖然《あぜん》となった。

記者は鐘ヶ丘の関係者からすでに話を聞いていた。身勝手な辞表は受理できない。あの人事担当役員が言い放ったという。陸上部の監督はまたもノーコメントで保身を図ったらしい。

どこから見ても逆恨《さかうら》みだった。

人事担当役員は、コネを駆使して陸連に提訴までした。そのせいで拓馬は、元の職場との契約が切れる翌年の三月末まで、あらゆる競技会に参加できなくなった。

「悔《くや》しいが、長いものには巻かれろだ。この半年でみっちり鍛えて結果を出していけばいいんだからな」

小貫監督に励まされた。新たな部の仲間も、理不尽《りふじん》な話に憤《いきどお》り、拓馬を快く迎えてくれた。

半年間を耐えれば、晴れて競技生活がスタートできる。そう信じていたが、またも怪文書が出回った。

『白岡拓馬のあきれた女関係。大学時代は某コーチの娘と半同棲となり、生活費を賄《まかな》ってもらうヒモ状態を続けていながら、鐘ヶ丘工業に就職が決まると、一方的に別れた過去を持つ。その際、コーチの娘は妊娠していたという。鐘ヶ丘工業で選手生活を続けた際も、経理の女性と深い仲になりながら、一切の責任を取らず、彼女だけが三年後に退職している。スポーツマンの風上にも置けない卑怯《ひきょう》な男を許していいのだろうか』

部員の一人から手紙を渡され、拓馬は怒りのために目が眩みかけた。そこには二人の女性の名前までが書かれていたのだった。さらに手紙は続いていた。

『しかも白岡は、鐘ヶ丘の陸上部で、将来を嘱望《しょくぼう》された仲村英史《なかむらえいし》に対して執拗《しつよう》ないじめを続けて、会社と陸上界から追いやるという暴挙に出た過去もあるのだ』

嫌がらせにもほどがあった。鐘ヶ丘の陸上部員であれば、女性二人の名前を知る者がいてもおかしくはなかった。仲村とのいきさつも彼らであれば承知している。

スポーツ界には、時に怪文書が出回る。ライバルの足を引っぱり、有望選手のスカウト活動を邪魔するため、それらしき話を書き連ねた手紙が各方面に届けられる。最近は、フィギュアスケート界で個人を中傷する手紙がメディアに届き、話題になっていた。陸上界でも、ドーピングにまつわる密告文書が寄せられたとの噂を聞いたことがある。が、さほどメジャーとは言えない競歩の世界で、これほど露骨《ろこつ》に個人を貶《おとし》める文書が出回ったケースはなかった。

「おれとしても、こういう悪質な行為は許しがたい。けど、犯人捜しはやめておこう。君が何かすれば、またあらぬ過去をほじくり返そうとしてくるかもしれない。

我々が不利になるだけだからな」

「ご迷惑をかけて申し訳ありません」

「うちの部長も同じ意見だ。ほとぼりが冷めるのを待ったほうがいい。とやかく言いたがる連中を黙らせるためにも、レースで力を見せていくほかはない」

驚いたことに、手紙は実家の母にまで送りつけられていた。

「あんな手紙、もちろんわたしは信じちゃいないわよ。でもね……競技に打ちこむのはいいけど、そろそろ拓馬も身を固めていい歳じゃないかしらね」

実家に帰ると、このところ母は必ずその話題を出す。二十九歳になる妹もまだ独身だった。日本のトップに近づけないまま、スポーツ選手としては旬《しゅん》をすぎたように思える歳になった息子が心配でならないのだった。

「五十キロ競歩は、三十すぎが脂《あぶら》の乗りきった年代なんだ。必ず結果を出してみせるから、見ていてくれよな」

周囲の雑音を振り切るためにも、拓馬は練習に専念した。

言いがかりでしかなかった半年間の謹慎期間が明けて、最初のレースが去年の輪島での日本選手権だった。

拓馬は、過去最高の四位をつかみ取った。移籍が間違っていなかったことを、実力で証明してみせることができた。全日本の合宿にも呼ばれた。だが、代表入りのかかったレースでは結果を残せなかった。

今年こそは……。

オリンピックという夢にまで見た最大の目標が、目の前に見えてきていた。着実に近づけている。今度こそは必ず結果を手にしてみせる。

二月に行われた日本選手権での二十キロ代表選考レースには、スピード強化もかねて出場し、五位でゴールできていた。もとよりスタミナに自信はあった。課題は終盤のスピードだった。その成果が実を結びつつある。

あと少しなのだ。今度こそは……。

選考レースを目前にひかえた水曜日に、また匿名の手紙が拓馬あてに届いたのだった。

2

——必ず応援に行きます。いろいろあって大変だと思いますが、夢のオリンピックをつかみ取ってください。

文面だけを読む限り、ごく普通のファンレターに見える。だが、自分に応援の手紙を出そうとするほど熱心なファンがいるとは思えなかった。そもそも、よほど競歩に関心を持つ者でなければ、白岡拓馬の名を知るはずもないのだった。

オリンピック代表を決める選考レースの前に、匿名の手紙を送りつける。かつて拓馬にまつわる怪文書が出回ったことを知る者は少なくなかった。この時期に匿名の手紙を送りつければ、拓馬の心を乱すことができる。

疑ってかかれば、きりがなかった。どこから見ても怪しい手紙であれば、拓馬とヤマキタスポーツが問題にしようとするかもしれない。が、ファンレターとしか思えない文面であれば、悪意を秘めた手紙であると証明するのは難しい。陸連が調査に乗り出すことはありえない。そう狙って、曖昧《あいまい》な文面にしたとも考えられた。

必ず応援に行く。そういう手紙を拓馬に出しておき、かつての怪文書に登場した者には別の手紙を送る。ぜひ見に来てほしい。過去を詫びるとともに、必ずオリンピックの切符を勝ち取るので応援に来てくれ、と書いておく。輪島までの航空券も同封すれば、足を運んでみようと考えてくれる者がいるかもしれない。

過去に確執のあった相手をレースの場に呼べば、必ず拓馬の目に留まる。レースへの集中力を削《そ》ぐことができる。ライバルの一人を確実に蹴落とせる――。さもなくば、拓馬への恨みを晴らそうという魂胆《こんたん》か……。

「考えすぎるな。おまえはレースに集中すればいいんだ。沿道は絶対に見るな」

監督は言葉を変えて当然のアドバイスをくり返した。

レースは同じコースを二十五周する。嫌でも観戦する者の姿が視界に入る。こうしてレース以外のことを考えているのだから、手紙を送った者の狙いはすでに成功したと言えそうだった。

いけない……。

レースに集中しろ。まだ出だしの二キロを越えたばかりなのだ。あと三時間半もレースは続く。後ろには、絶えず三人の足音が追ってきている。

一周目のラップタイムは、八分五十五秒。このペースを保っていければ、設定記録を二分は切れる計算だ。

前を行く沼尻は八分五十秒前後だろう。一位を確保して歩き、余力があれば日本記録の三時間四十分を狙う。まさしく宣言どおりのラップを刻んでいた。やはり彼を追うことは考えないほうがいい。

後ろにつく三人の動きが問題になってくる。五キロをすぎれば、誰もが水分補給に動く。ドリンクを取り損なうわけにはいかないので、集団は縦に伸びる。そのタイミングで仕掛ける者が出やすい。ドリンクテーブルに用意された水とスポーツドリンクの使い分けも考えたほうがいい。

フォームに気を配って歩を進め、カーブの際に視界の端でまた後ろを素早く確認する。

二位グループは、やはり四人。

その後方十メートルほどに二人が続く。彼らはぎりぎり設定記録内を狙っていると思えた。この天候なので、上位陣から脱落者が必ず出てくる。終盤になれば、スピード勝負になって反則を犯しやすくもなる。その時には、二位を目指してピッチを上げる。他力本願に近い戦法でも、派遣設定記録を切った経験を持たない者には、もとより博打《ばくち》に近い戦術も必要だった。

二位グループの誰もが今、おそらく同じことを考えている。もし終盤まで四人が誰も脱落せず、一団となって進めば、最もスピードのある上林が有利になる。三十歳を超えた拓馬たちでは、彼のパワーに屈しかねない。

近ごろの若い競歩選手は本当に恵まれていた。拓馬が学生のころは、優秀なコーチが数えるほどしかいなかった。今では自分の歩きを録画して陸連に送れば、アドバイスを得られるし、理想のフォームとパソコンの画面上で重ねることができて、欠点を簡単に見つけられる。その違いを念頭に置いたうえで、自分の体型に即した歩きを磨くことができる。大学や実業団の合宿に、全日本のコーチが顔を出してくれるようにもなっていた。

昔は、中長距離の選手が伸び悩んだ末に、競歩へ転身することが多かった。拓馬もその一人で、高校一年の時に記録がまったく縮まらずに悩み、競歩に取り組みだしたのだった。

今は中学生でも、競歩をやりたいからと陸上部に入る者がいた。特に、競歩の盛んな石川県では、多くの中学高校で体育の時間に競歩が取り入れられているほどなのだった。

中学時代に、拓馬は五千メートル走で関東三位の成績を収めた。陸上では名の通った高校に進み、インターハイ出場を目指して練習に励んだ。が、記録はぴたりと止まり、地方大会の予選すら突破できなかった。翌年になれば、力ある後輩が続々と入部してくる。

頭を抱えた。このまま地道に努力を重ねて、駅伝チームの一員を目指すか。長距離に転身したほうが、まだ望みはあるかもしれない。悩みながら競技場の観覧席で先輩たちを応援している時、競歩のレースを初めて目にした。

出場選手は二十人に満たなかった。予選もなかった。

これだ、と思えた。

調べてみると、陸上競技の中で、当時は十種競技と並んで選手層が薄いと言われる種目だと知った。高校生では三キロと五キロが、二十歳以下のジュニアでは十キロが、日本選手権の種目になっていた。

世界の中距離レースは、アフリカ勢が圧倒的な強さを誇る。が、競歩でならアジア人選手も活躍していた。可能性が感じられた。努力に見合った成果が自分も得られるのではないか。

純粋にスポーツを極めていくべき選手として、真っ当な考え方とは言えなかったかもしれない。だが、結果を求めたがるのは、競技者として当然の感情だ。チャレンジしてみる価値はある。そう考えて、陸上部の監督に訴え出た。競歩をやってみたい、と。

「逃げで言ってるんじゃないだろうな」

二十年も高校生を指導してきた名伯楽《めいはくらく》の目は欺《あざむ》けなかった。伸び悩んだ者の多くが、他種目への転身を申し出てくる。

あのころは、学校の方針として、駅伝に力をそそいでいた。

「おまえなら、練習次第でレギュラーになれる。そうおれは信じてるがな」

監督が言ったとおり、心血そそいで努力を重ねていけば、レギュラーにはなれたかもしれない。だが、名のある大学で駅伝チームの一員になれる可能性は少ない気がした。それなら、一人で勝負のできる競歩のほうが魅力的に映った。結果を手にしたくてならなかった。

ただ残念ながら、拓馬の高校で過去に競歩選手として活躍した者はいなかった。けれど、地元のクラブチームに競歩の選手がいると聞き、練習に参加させてもらった。

拓馬が図書館で仕入れた基礎知識を超えるアドバイスは得られなかった。

見かねた監督が卒業生を頼り、東和《とうわ》大学に話をつけてくれた。ユニバーシアードに出場した選手を有し、コーチとともに全日本の合宿にも呼ばれたと聞いたからだった。

夏休みの十日間、大学陸上部の密度の濃い練習を体験できた。全国的にはまだ無名に近い選手でも、初心者の拓馬には願ってもないお手本だった。ビデオで自分のフォームを録画してもらい、コーチの指導も得られた。練習はきつかったが、タイムを計るごとに結果が目に見えて出た。

この時の経験が大きかったと思う。その後は練習メニューをもらい、部の仲間と離れて一人黙々と歩き続けた。秋の県大会に、拓馬は腕試しのつもりでエントリーした。すると、二年生以下に限られた三キロの部門で、県の高校記録を十秒近く更新し、優勝できたのだった。

その勢いに乗じてインターハイにも出場し、八位入賞という自分でも信じられない結果を得られた。

今まで悩みを語り合っていた部の仲間たちが、急に羨望《せんぼう》の眼差《まなざ》しを向けてきた。中には、自分も競歩を始めたい、と監督に相談する者も出た。

最も喜んでくれたのは、練習に参加させてくれた東和大学のコーチだった。

「正直、君の覚悟をなめていたところがあったよ。でも、うちの学生とほとんど変わらないメニューをやりとげたんだものな。君に負けてなるかって、みんな目の色を変えだした。これからも一緒に練習をしていこうじゃないか、なあ」

日曜日に大学のグラウンドへ通う日々が続いた。いつしか高校の部内にも、競歩を始める者が増えていった。その仲間を率いるつもりで練習に打ちこんだ。タイムを伸ばすことが楽しく、確かな自信にもなっていった。

三年のインターハイにも出場し、全国三位を勝ち取ることができた。

「おめでとう。みんな、待ってるからな」

レース直後の夜に東和大学のコーチが電話をかけてきて、疑う様子もなく言った。

その三日後には、陸上部の顧問から職員室に呼び出された。

「白岡、おめでとう。特待生枠に入れそうだって連絡が東和の監督さんからきた。入学金は免除で、学費の半分は奨学金で賄える。ご両親も喜んでくれるぞ」

初めて聞く話に戸惑《とまど》い、声が出なかった。拓馬の頭越しにすべては進んでいたのだった。ずっと指導を受けてきたのだから、東和大学へ進むのは既定路線。両親も拓馬の気持ちを疑いもしていなかったらしい。

「ちょっと、拓馬……。あんた、何を言いだすのよ」

家へ帰って正直な思いを打ち明けると、母が慌《あわ》てたように言った。父はソファで座り直し、深刻そうな目で見返してきた。

「今になって突然そんなこと……」

「悪いけど、おれ、東和大学に行くつもりはないんだ。インターハイに出て思い知らされたからね。本気で競歩をやっていくなら、もっと素晴らしい指導者のいる大学へ進むべきだって」

インターハイ三位は胸を張っていい成績だった。が、二位とは十五秒も離されていた。先を歩く二人が反則で失格になっていなければ、二年の時と代わり映《ば》えのしない成績だったのだ。

力の差を肌で感じさせられた。拓馬の前を歩いていた選手のうち三人は、競歩の盛んな北陸地方の高校生だった。彼らは幼いころから実績を持つ指導者の下で練習を積んでいた。残る一人も、選手時代に名を馳《は》せた教諭が監督を務める強豪校の選手だった。

東和大学のコーチは、全日本の合宿に呼ばれてはいた。が、力をつけつつあった選手の将来を考えて、指導者もともに鍛えておく必要があると見なされたからにすぎなかった。そういう陸連の方針を、新聞や雑誌の記者から取材を受ける際に聞かされていた。

拓馬は合同合宿や各大会で、同年代の選手と知り合った。本気で競技を続けていきたいと考える者は、練習メニューや摂るべき食事などの情報交換に余念がなかった。東和大学のコーチから与えられたアドバイスは、ごく基本的なものばかりだったと知らされた。もっと自分に合った練習法を学んでいかなければ、選手としては大成しない。

「もう一度よく考え直しなさい。おまえのために、東和大学の人たちがどれほど頑張ってくれたと思ってるんだ。おまえは、その人たちの気持ちを踏みにじる気か」

顧問の先生は、生活指導の担任よりも厳しい顔つきになって言った。

「ぼくは競歩を続けていきたいんです」

「東和大学は席を空けて待ってくれてるんだぞ」

「でも、東和に競歩の実績はありません」

「ちょっといい成績を上げたくらいで、我《わ》が儘《まま》を言うな」

生徒の将来を真剣に考えてくれている人の言葉ではなかった。本人の気持ちを確かめもせず、大人たちの都合で話が進んでいた。東和大学に感謝する気持ちはあったが、もっと実績のある陸上部で裏づけのある練習を積んでいきたかった。

「あのな、白岡。全国三位になったからといって、自分を誤解するな。将来性のある選手だと関係者が見こめば、インターハイの直後に有名大学から誘いの話がきてもよかったはずだ。正直言えば、先生も期待はしてた。でも、声はかからなかった。なぜだか、わかるよな」

トップを争う者が相次いで失格していなければ、五位に終わっていた。しかも、実力者がひしめく北陸の大会では、拓馬より速いベストタイムを持つ者はまだ何人もいると聞いた。

だからこそ、なのだった。

名のあるコーチの指導を受けていけば、自分にもきっと未来が拓けていく。東和へ進めば練習環境は保証されるが、力をつけられずに終わってしまうと思えてならなかった。

東和のコーチからは再び家に電話がかかってきた。一度、会って話せないだろうか、と。拓馬は正直な思いを告げた。

「申し訳ありません。本当に今までありがとうございました。インターハイで三位になれたのは、間違いなくコーチのおかげだと思っています」

「だったら、うちに来るべきじゃないのかな」

「星都学院《せいとがくいん》大学ほど恵まれた環境はないと思うんです」

前々から考えていた大学の名を伝えた。コーチの実績が違いすぎる、とは言えなかった。申し訳ありません。そうくり返していると、横で心配そうに見ていた母が受話器を拓馬の手から奪って言った。

「息子を引き上げてくださったことは、家族一同、心から感謝しております。けれど、息子は一度も、東和さんに進学して、お世話になると言ってはいなかった、かと……」

言葉を継ごうとした母が息を吞《の》み、顔色を変えた。拓馬の耳にもコーチの罵声《ばせい》が聞こえた。

「ふざけるな。子どもに世間の常識を教えてやるのが親の務めだろうが。世の中をなめた口をたたいてばかりいたら、どうなるかわかってるのか」

おそらくあの時は、コーチも追いつめられていたのだと思う。大学を説得しておきながら、肝心の生徒に逃げられた。責任を追及されていたのかもしれない。

けれど、拓馬は口約束ひとつしてこなかった。インターハイの直前からは練習メニューも受け取らずにいた。間違いなくコーチは拓馬の気持ちに気づき、だから、先手を打って大学を説得し、拓馬が断れないように話を進めていったのだ。

大人のやり口は狡《ずる》い。そのあげく、説得できないと見るや、親まで恫喝《どうかつ》してくる。教育者の態度ではなかった。

自分の考えは間違っていない。東和大学には進めない。

拓馬は迷わなかった。多くの強豪選手を輩出してきた星都学院大学の陸上部を一人で訪ねた。

「一般入試で入ってきた者でも、入部を認めてもらえるでしょうか。ぼくは競歩を続けていきたいと考えています」

　スポーツで名高い大学では、競技部と一般の部を分けているところが多かった。実力に乏しい者は、入部さえ認められない現実があった。

　事務室で名前と競歩の成績を記した履歴書を提示すると、陸上部が練習するグラウンドに通された。星都学院大学には、かつての卒業生でもある実業団チームのコーチが競歩の指導に来ていた。守谷勲《もりやいさお》という、日本選手権二十キロで三度の優勝経歴を持つ往年の名選手だった。

「そうか、君がインターハイで三位に入った子か」

　守谷コーチは指導の合間に、拓馬と会う時間を作ってくれた。

「うちには、あのレースで優勝した佐藤《さとう》君が特待生で来ることになっている」

「はい。聞いています。守谷先生に教えていただければ、彼には負けません」

「その心意気は認めよう。でも、部員をライバル視するのは、なしだ。うちでは、仲間とうまくやっていけないやつは辞めてもらっている。結果が出ない時は、チームのサポート役を務めてもらう決まりもある。生半可な覚悟じゃ、四年間をまっとうできない。大学の運動部は人間形成の場でもあるからだ」

「四年間、絶対に弱音を吐かず、練習していきます」

「ある程度の成績を上げていると見なされた者は、セレクションをパスしていなくとも、特例として入部が認められる。君なら校長と理事会を説得できると思う。けど……言っておくが、うちの入学試験は甘くないよ」

翌日、拓馬は退部届を出して、受験勉強に取り組み始めた。塾に通い、親に頼んで家庭教師もつけてもらった。

ところが、学校側から予想もしない難癖《なんくせ》をつけられた。

競歩の中心選手として活躍していた拓馬は、学校を休んで地方大会にも出場していたため、出席日数が足りておらず、このままだと卒業は難しいと言われたのだった。

大人社会の怖《おそ》ろしさを見せつけられた。

将来ある生徒の進路より、学校の面子《メンツ》を優先する醜《みにく》すぎる対応だった。拓馬と同じ大会に出ていた部員はほかにもいたが、彼らは陸上部に在籍したままであり、大会への出場も授業の一環と判断される。途中で退部した拓馬は、競技部員の特例措置を受ける資格はない、と見なされたのだった。

学校が骨を折って進めた話を無下《むげ》に断るような我が儘を許したのでは、今後にかかわる。反乱分子の生徒を簡単に卒業させてなるか。

この悪意に満ちた対応に、拓馬の父が激怒した。地元の県会議員を通じて教育委員会に訴え出た。事情を聞かれた学校側は、拓馬が補習を受けることで卒業を認めてもいいとの返答を渋々と出してきた。

受験には役にも立たない練習問題のプリントを放課後に一人でこなすという嫌がらせでしかない補習に、貴重な時間を奪われることとなった。それでも拓馬はあきらめなかった。守谷コーチの下で自分を鍛え、薄汚い大人どもを必ず見返してみせる。その一念で歯を食いしばって勉強を続け、難関と言われる試験をパスした。

拓馬は卒業式をボイコットした。送られてきた卒業証書は破り捨てた。補習をこなして出席日数を確保したあとは、星都学院大学のグラウンドですごしていた。

「よくやったな。歓迎するぞ。手強《てごわ》い仲間が多いほど、部員たちの刺激になる」

すでにセレクションを経て推薦入学を決めていた部員も陸上部の練習に参加していた。競歩に限らず、インターハイで活躍した者ばかりだった。けれど、新一年生というスタートラインは同じだと思い、拓馬は新たな闘志をかき立てられた。

その大学で、守谷美沙子《みさこ》と出会ったのだった。

3

四キロ地点を通過し、三周目に入った。このラップも八分五十二秒。沼尻の背中とは十五メートルほどに開いていた。

本部横のボードに目をやったが、まだ反則マークは掲示されていなかった。誰もが慎重にレースを進めている。

雨は小降りになり、気温も少し上がってきた。風は強いままで湿気をともなっているため、汗の量が多くなっている。そろそろ次のテーブルで水分補給を図る者が出るだろう。

おそらく三十キロ近くまでは、このペースで進むと思われる。風をさけるために、商店街の歩道沿いを歩いていく。これで雨が止《や》んでくれれば、少しは鼻呼吸も楽になる。

銀行前の折り返し地点で、それとなく背後をチェックした。予想していたよりも、後ろとは距離が開いていなかった。六位グループを作る三人は、拓馬たち二位グループの背中を目標にしてレースを進め、チャンスをうかがうつもりなのだ。誰もがオリンピックを見つめている。

折り返し地点の近くには、各チームの監督やコーチ陣の顔が見える。この部分のみが往復するコースなので、選手への指示を出しやすい。小貫監督はスポーツウォッチを手にまだ悠然《ゆうぜん》と見守っていた。拓馬と目が合うなり、ペースを崩すなと言うかのように素早くうなずいてきた。

よそのチームのアドバイスも少しは耳に入った。が、まだ序盤なので具体的な指示は出していなかった。先頭を歩く沼尻とのタイム差を、どこかのコーチが教えてくれた。距離から想像はついていたが、やはりまだ十三秒しか差は開いていない。沼尻も手堅くレースを運んでいた。

輪島高校へ向けて交差点を右へと曲がり、さらに文化会館を目指して左へ進む。正面に河川敷が開けているので、風が強い。その先の五キロ地点にドリンクテーブルが設けられている。

早くも大島が水の入った紙コップをつかみ取りに行った。汗の量を気にして、ベテランらしい慎重さで早めの対策に出てきた。自分で調合したスペシャルドリンクは、栄養補給も兼ねているので、拓馬は十五キロ以降に使う予定だった。ここは迷わずに歩みを進めた。

五キロ地点でまたタイムをチェックする。

二十二分十八秒。単純計算で十倍すれば、三時間四十三分。予定どおりだ。

天候が回復して、さらに気温が上昇に転じたとしても、今のペースを保っていく必要がある。拓馬は祈った。晴れ間がのぞいてくれることを。

もし気温が上がらずにレースが進んだ場合、若くスピード勝負に自信を持つ上林が有利になりそうだった。その時は、拓馬が先に仕掛けるリスクを冒《おか》さねばならない。

小貫監督も同じことを考えているはずだ。監督なりに仕掛けるタイミングは伝えてくると思うが、最後は拓馬自身の決断にかかっていた。

四年後があると安易に考えることはできなかった。今日のこのレースにすべてを賭《か》ける。どこで仕掛けるかは、選手生命を左右する決断となる。

あらゆる状況を見極め、納得ずくで勝負を仕掛ける。今日まで多くを犠牲にしてきた。高校や大学時代の友人たちは家庭を持ち、人並みの幸せを手にしている。自分にもその選択肢はあった。けれど、競技を優先してきた。人生を楽しむ余裕に欠けていた。

その精神的な余裕のなさが、記録を伸ばしきれずにいる理由になってはいないか。そう気安く指摘してくる人はいた。けれど、小器用な生き方はできなかった。自分には才能がない。短くない競技生活で、多くのライバルたちと競い、そう自覚するほかはなかった。全力をそそぎ続けていかない限り、夢をつかむことはできないと思えた。

また沿道から黄色い声援が飛んだ。

「上林さん、ガンバーッ！」

彼をよく知る大学の後輩なのかもしれない。そろいのナップザックを背負った若い女性たちだった。

上林は関西の出身で、大学卒業後も京都の光学機器メーカーに所属し、競技生活を続けている。競歩では数少ない、実質的なプロ選手だった。

拓馬も今では、強化選手の指定を受けている。ＪＯＣと陸連から強化費をもらえる身になれたが、まだ日本でのランクが低いため、胸を張れる額はもらえていない。

上林も同じ強化費のランクだったが、所属会社の支援が手篤い。拓馬のように会社の仕事をする必要はなく、専属のトレーナーも雇い、チームを維持運営していると聞く。

世界ランクでトップを争う沼尻は、自衛隊の体育学校で生徒を教えていた。すでにオリンピックを決めた益原省吾《ますはらしようご》は出身大学で講師の任にある。彼ら二人は所属先で仕事もこなしており、上林のみが恵まれた環境にいるのだった。

理由はひとつ。メディアが彼一人をもてはやしてきたからだ。

上林竜太を紹介する際には、必ず物語がついて回る。

インターハイで連覇を成しとげ、一躍スター選手となった。彼は二歳まで歩くことができなかったという過去を持つ。反張膝《はんちようひざ》といって、生まれつき膝の関節が柔らかすぎて、反対側にも反《そ》ってしまうため、歩きに支障が出たのだ。

幼児期は、骨格も筋肉も充分に発達しておらず、自分の体重をうまく支えられない。が、成長するとともに、歩行に支障はなくなっていく。上林はその度合いが激しく、心配した母親は息子を連れて多くの医師を訪ね歩いたという。

ところが、この反張膝は、一部のスポーツ選手には利点ともなる。怪我の予防と普段のケアに気を遣う必要はあるが、関節の可動域が広くなるのだ。

水泳では水を蹴る力が増しやすい。競歩でも、反張膝は有利に働く。着地した足の膝を無理に伸ばすことなく、ストライドを稼《かせ》ぐことができるためだ。

二歳まで歩けなかった子が、競歩選手となって檜舞台《ひのきぶたい》で活躍する。父親を一歳の時に亡くしていたため、彼ら母子は生活するにも苦しい時期があった。ところが、中学生の時に競歩と出会い、自分を悩ませた反張膝が有利になるかもしれないと彼は知った。見る間に実力をつけて、多くの大会で優勝した。お涙ちょうだいの物語に目がないメディアがいっせいに飛びついた。彼はルックスも整っていた。大学へ進むとともに、スポンサーの支援を得られた。

そのできすぎた話を聞き、拓馬は嫉妬《しっと》と闘志をかき立てられた口だった。日本選手権の二十キロで、彼と初めて戦った。その華麗なフォームとスピードに舌を巻かざるをえなかった。二十一歳という若さで、彼は日本一の栄冠をも獲得した。高校生でありながら選手権を制したかつての名選手を思い起こさせるトップスターの誕生だった。

そのレースで拓馬は四位に甘んじた。悔しくてもスポーツの世界は結果がすべてだった。

上林は日本代表にも選ばれて、世界選手権に出場した。初出場で六位入賞という堂々たる実績を積み上げた。

次のオリンピックは間違いない。そう思われたが、競歩に有利と言われた反張膝が、大切な時に災いとなった。練習のオーバーワークがたたって、激しい痛みに悩まされたのだ。オリンピックの代表選考レースを見送らざるをえなくなった。が、彼はまだ若く、未来があった。

じっくりと怪我を治してレースに復帰し、着実に調子を取り戻していった。満を持して、先月に行われた二十キロの代表選考レースで二位に入り、派遣設定記録を突破した。が、すでに一人が世界選手権で銅メダルを獲得する快挙を成し遂げていたこともあって、そのレースで代表入りを手にできたのは、トップの選手一人のみとされていた。優勝の栄冠に輝いたのは、皮肉《ひにく》にも彼の大学の後輩だった。

レース後の表彰式で、上林は後輩に笑顔で拍手を送った。胸の内は悔しさで煮えくり返っていたろうが、記者のインタビューにも淡々と答えてみせた。最後に残された来月の五十キロレースに出場して、必ず結果を出す。後輩と二人でオリンピックを盛り上げたい、と。

上林は言葉どおりに、たったひと月で調子を整え、強行出場してきた。意地でもこの五十キロで代表の座をつかみ取りたいと考えている。選手それぞれに、レースを戦いぬく理由がある。

早くも九キロ地点が近づいた。

雨の勢いはさらに細り、霧雨《きりさめ》に近くなってきた。拓馬も最初のドリンクをつかみ、水分を補給した。二位グループの列が少し縦に伸びる。

久保山と上林も紙コップをつかみ、拓馬はタイミングを計って、二人の後ろについた。実際に後ろを歩いてみると、横の河川敷から風が吹いてくるので、風よけの効果はさほどなかった。それでも、三人の歩きぶりを目で確認しながらレースを進めていける。

十キロの通過タイムは四十四分四十秒。

二位グループの動向を気にして牽制《けんせい》し合っているうちに、沼尻の背中はさらに遠のいていた。百二、三十メートルは離れたろうか。この先の気温にもよるが、トップを守る戦術に切り替えて、ペースを落としてくるかもしれない。その場合、沼尻の背中をとらえられそうだと見て、二位グループ内の駆け引きが激しくなることも予想される。

本部横のボードを確認したが、上位陣は反則を取られていなかった。拓馬たち二位グループに離されまいとする後方の選手のゼッケン番号が掲示されていたが、まだ一回の反則なので失格者は出ていない。

時刻は八時半が近づき、沿道の見物人がまた少し増えてきた。

拓馬は道の両側に並ぶ人々には目を向けず、前を歩く三人のフォームだけを視界にとらえて足を運んだ。よそ見をすれば、水曜日に届いた手紙のことが頭をよぎる。

誰が応援に駆けつけるというのだろう。

あの文面から、拓馬が巻きこまれた面倒事を知る者からの手紙だと予測はつく。純粋な気持ちから応援すると言ってくれたにしても、レース中は余計なことを考えたくはなかった。たまたまよそ見をした瞬間、ライバルがピッチを上げてこないとは限らないのだ。

考えるな。そう自分に言い聞かせてみるが、そのたびに思い出される人たちの顔があった。振り払って歩きに専念するが、ぬぐいきれない染みのように胸や脳裏に残る。

長く競技生活を続けていれば、喜怒哀楽を超える激しい感情に揺さぶられることは誰にでも起こる。悩みや迷いを引きずって、家族や友人に不当な八つ当たりをぶつけたことがある。それでも周囲の人々は、拓馬の置かれた立場を思い量り、温かい目で見守ってくれた。

振り返れば、選手として、人としていたらなかったために生じた、恥ずべき言動が甦《よみがえ》り、胸をしめつけてくる。だが、自分を追いこまねば結果はつかめず、楽をしたのでは落ちていく。その不安を理解し、受け止めてくれる人がいなければ、ひたすら孤独で苦しい練習にとても耐えてはいけない。

ありあまる才能に恵まれながらも、周囲の支援がなかったため、結果を出せずに消えていった選手を何人も見てきた。今日このレースでオリンピックを目指して歩めている者は皆、間違いなく人に恵まれてきたと言えるのだった。

多くの理解と支援があって初めて、競歩という決してメジャーではない種目に打ちこめる。いや……すべての競技者に言えるのだろう。たった一人の努力のみで、世界レベルの舞台で活躍できるスポーツなどは存在しない。

東和大学への特待生枠を蹴って、一般入試で星都学院大学へ進んだので、両親には金銭的な負担をかけてしまった。二人は大会があるたび応援に足を運んでくれた。結果が出せず、悔しがって不機嫌になる息子を優しく包んでもくれた。

父はたぶん、息子を持てあます時もあったと思う。今日まで拓馬は競歩についてほとんど両親に語ってこなかった。練習スケジュールやレースの苛酷さは、誰に告げようと共有はできない。下手《へた》なぐさめを口にされるくらいなら、何も言わずにいたほうが面倒はない。

実業団チームに所属してからも、拓馬は大きな大会で優勝をつかめずにきた。もちろん、拓馬のような選手のほうが多い。トップ選手にあと一歩のところまで近づきながら、追いつけずにいる。人並み以上の練習を積んでも、目標に手が届かない。
これが自分の限界なのか。
トップ選手と自分は何が違うのか。
たとえ息ぬきにテレビや映画を見ようと、二十四時間その疑問が頭から離れること
はない。監督やコーチに問いかけても、期待していたほどの明確な答えは返ってこな
い。選手は挫折《ざせつ》をくり返し、成長していく。陸上界に限らず、成功したスポーツ選手
は必ず言う。夢は叶う。そのつもりで練習を続けられた者が勝利を手にできる。思い
の強さが結果を引き寄せる。
勝ちたいと思わずに苦しい練習をこなしていけるスポーツ選手は一人もいなかっ
た。けれど、栄冠に手が届くのは、いつもほんのひと握りの者だけなのだ。人に負け
ない努力を重ねようと、四年に一度しかないオリンピックでメダルを手にできる確率
は、天文学的に低い。
そこそこ誇れる成績を積み重ねていき、引退後は指導者となって生活ができていけ
ればいい。そう甘く考える者は、絶対に勝利をつかめはしない。生半可な覚悟では信
念を貫いていけず、後悔したくないからと頑固に意見を主張すれば周囲との摩擦《まさつ》が生
じて、つき合いにくいやつだとの評判が立つ。だから、理解者が必要なのだった。
折り返し地点に差しかかり、若者たちの歓声が出迎えた。

「星都学院大、ファイトーっ！」

出身大学の名前を告げられて、拓馬は沿道に視線を走らせた。エントリーリストは事前に見ていたので、母校の生徒が一人出場するのはわかっていた。彼ら在校生は、拓馬が卒業生だと知っていて、無邪気にも声援を送ってくれたらしい。

彼らは多くを知らない。だが、卒業生でありながら一度も練習を見に来たことがなく、監督やコーチも拓馬に近づこうとはせずにいる。そこに特別な事情が隠されている。そう見当はつき、きっと先輩たちからも噂くらいは聞いてきたはずなのだ。

でも、若い彼らは卒業生に向けて、無垢《むく》な気持ちから声援を送ってくれたと見える。

そろいのウェアを着た若者たちに視線の先を向けて、拓馬は鳥肌が立った。目を疑うとはこのことだった。彼らの後ろに、背の高い初老の男が立っていたのだ。

帽子を目深《まぶか》に被り、大きな黒い傘を差していた。顔がはっきりと見えたわけではない。が、今のは守谷勲ではなかったろうか。

三年前に、母校でのコーチ職からも身を退《ひ》いていたはずだ。先生を送る会。その案内が、卒業生なので拓馬にも送られてきた。出席はできなかった。花束だけを、会社の後輩とともに贈った。

今のは守谷コーチではなかったろうか。

レースのさなかに見物人を振り返っている余裕はなかった。三年前までは、各地の大会へ出場するたび、その姿を必ず見かけた。けれど、お互い絶対に近づきはしなかった。月日は流れたが、水に流して笑い合うことは到底できないと思えた。その姿を視野から追いやり、拓馬は前を見つめてレースに集中した。

守谷コーチが見に来ている……。

つい三年前まで大学でコーチの任にあった人なのだから、別に不思議はなかった。気にするな。あの人が、おかしな手紙を送りつけてくるとは考えられない。言いたいことがあれば、幾度となくそのチャンスはあった。自身の言動も一因になっていたと思うからこそ、あの人は拓馬に近づこうとはしなかったのだ。

大学の旧友から噂は聞いていた。美沙子は結婚して子どもを授かったらしい、と。あのおかしな密告の手紙に書かれていたような事実があったのなら、彼女の友人たちが拓馬を非難してきただろう。だから、事実ではない。たちの悪い嫌がらせなのだ。あれからもう八年……。彼女が幸せをつかんでくれていれば、言うことはない。

今になって思えば、彼女ほど拓馬を理解し、サポートに徹してくれた人はいなかった気がする。コーチの娘であり、競歩にも理解があった。頑固な父親の姿に接してきたせいもあって、選手の強烈な個性を受け止め、周囲を振り回しかねない言動にも温かい眼差しをそそいでくれた。

美沙子は幼いころから水泳を続けてきた。インターハイの予選を突破はしたが、高校時代に誇るべき記録は出していなかった。彼女は一般入試をパスして、星都学院大学の水泳部に入った。拓馬とよく似た立場にあった。

ただし、彼女の場合は、父親が陸上部のコーチだった。だから、特例が許されたのだ、と意地の悪い噂を立てる者がいた。

たまたま同じ講義を取っていたため、友人から彼女を紹介された。

「周りなんか気にしたところで仕方ないだろ。特例だろうが何だろうが、入部を許した責任は部の側にある。全力をつくせばわかってくれる人はいるさ」

「そう思うけど……白岡君とわたしじゃ、ちょっと事情が違うもの」

「何言ってんだ。君だってインターハイに出場した選手だろ。この大学で泳ぎを磨いていきたい。そう考えて何が悪い。守谷コーチを通じて大学に無理を言って頼みこんだわけじゃないんだ。あの鬼コーチが、娘のために口利きなんかするもんかよ」

正直な感想を言ったまでだった。けれど、あとになって美沙子に言われた。あの時の白岡君の言葉にどれほど救われたかわからない、と。

彼女は実力で記録を上げていった。一年生ながら、ユニバーシアード代表の座をつかみ取った。拓馬も自己記録を更新できた。が、インターハイ優勝の実績を持つ佐藤公昭《きみあき》には勝てなかった。

「お父さんが言ってた。競歩は経験を重ねてから伸びる選手が本物だって。大学生なんか、まだひよっこのうちだって」

美沙子に言われて、拓馬には理解できるところがあった。

守谷コーチは目先のスピード訓練は行わず、歩きの基礎となる体幹の強化とフォームの修正しか行わなかった。スタミナは練習を積めば蓄積されていくもの。大学で成績を出すより、将来を見すえた練習を徹底して反復させた。

その指導方針があったからこそ、競歩の基礎を固めることができたのだ、と今はわかる。自分を鍛え上げてくれた恩人に間違いなく、感謝して当然の人だった。

けれど、当時は恨みしか抱けなかった。

その最大の理由は、美沙子とのことだった。

4

十二キロの通過タイムは、五十三分三十一秒。

ペースは順調だった。先頭を行く沼尻の背中から、そう離されてはいない。予想どおりに彼はペースを落とし、拓馬たちの動きを見ているのだった。

二位グループ四人に、まだ動きはない。ドリンクテーブルで列が縦に伸びても、百メートルもしないうちに元の集団がまた形成された。

「あと一時間で雨雲が切れるぞ。そのつもりで備えておけよ」

よそのチームのコーチが選手に呼びかけていた。今はスマホで雨雲レーダーが簡単にチェックできる。便利な時代になったが、天候による波乱は減り、選手の心構えと底力が嫌でも問われることになる。

「気温十八。湿度九十」

灰色の雲が切れて陽射《ひざ》しが届くようになれば、もっと気温は上がる。風はまだ強いままだ。レース後半は、苛酷な消耗戦に突入する。そう予測はつきながらも、タイムを落とすことは絶対に許されない。

今の情報を聞いて、二人のベテランは計画を練り直したかもしれない。気温が上がって持久力の勝負になれば、五十キロでの実績があるため、たとえ設定記録を突破できなくとも、チャンスの芽が出てくる。

彼ら二人はいたずらにペースを上げず、若い上林のラストスパートのみを警戒すればいいことになる。

まずい状況になってきた。

スピードに長《た》けた上林は、二位グループについていって粘ることで、勝機が出てくる。ベテランの二人は、設定記録を考えずに体力を温存させていけば、臨機応変の戦いができる。残る拓馬は、設定記録を睨んだうえで早めの勝負を強いられてきそうだが、仕掛けが早くなりすぎたなら、気温の上昇に体がついていかず、スタミナ切れを起こす危険も出てくる。

上林は先月の二十キロレースで二位に入っている。二十キロレースのラップは、五十キロレースより一キロあたりおおよそ三十秒も速い。上林にペースを上げられたら、追いすがるのはかなり難しい。

明るくなってきた雨空を見上げた。

雲はまだ途切れていない。十キロをすぎて、やっと体のあちこちがレースの負担に慣れてきたようで、いつもと同じく軽く感じられてきた。この調子であれば、三十キロまでは問題なく歩けるはずだ。

八周目で、拓馬は予定どおりにスペシャルドリンクを受け取った。ビブスをつけたチームの後輩がボトルを手渡してくれる。栄養補給もかねたドリンクで、もう十年近くも配合を変えていなかった。そういえば……。

このスペシャルドリンクを最初に作ってくれたのも、美沙子だった。

父親の影響もあって、彼女は疲労回復や体力増強を図るための食事の研究に余念がなかった。

大学時代、拓馬はユニバーシアードを唯一の目標としており、二十キロレースに専念していた。一時間半を切ることしか目指しておらず、水分補給はスポーツドリンクに蜂蜜をプラスしたもので充分と甘く考えていた。

「だめだよ、白岡君。佐藤君は普段の食事から考えてるよ。お父さんが感心してたもの」

食事は、陸上部の寮母さんが監督と相談してメニューを考えてくれていた。基本的に、すべての部員が同じ食事をとっていたが、レースが近づくと、長距離と短距離の選手でメニューが分かれてくる。

競歩チームでは体重を毎日測っていた。拓馬は長距離系の練習が多くなると、たちまち体重が落ちてしまい、スタミナ切れを起こしやすい傾向があった。

「うちの部は、女子でも毎日五食はとれって言われてるよ。白岡君も、もっと食べ物に気を配ったらどうなのかな」

「お父さんが現役時代につけてたノートを見つけたの。そしたら、練習の内容や体調によって、栄養補給のバランスを変えるべきだって書いてあった。コピーしてきたから、お父さんには内緒にしてね」

渡されたコピーには、瞬発系と心肺機能系の練習に合わせた食事がまとめられていた。レースと体調ごとに、望ましいスペシャルドリンクの配合も書いてあった。

「お父さんが現役の時のメニューなんで、情報がちょっと古いかもしれないから。あとは自分で試して改良してみて」

お互い最初は部の寮暮らしだったので、二人で会う機会はほとんどなかった。ところが、二年の秋に、美沙子が怪我のために休部することになった。

彼女も密かにオリンピックを夢見ていた。父親が陸上部のコーチをしていたから、競技部に入れたわけではない。実力で証明しようと、懸命に練習を積んでいた。ただ、身近に理解者がいなかったのだと思う。

守谷コーチの娘だろうと遠慮はしない。当然の指導を少し誤解した水泳部の監督が、彼女に厳しく当たったのだと、あとで拓馬は知った。

負けず嫌いの美沙子は、課せられた苛酷な練習に耐えた。が、一年半で体が悲鳴を上げた。右股関節の脱臼《だっきゅう》癖が靭帯《じんたい》損傷に進み、そこから歯車が狂いだした。

怪我を治して練習を再開したものの、今度は別の関節と筋肉を痛めたのだった。その間に、タイムを縮めていった仲間との差は開く一方となった。

「これ以上、水泳部に迷惑をかけるな」

父親に言われて、彼女は水泳から身を引くことを決断した。

「ホントのこと言うと、自分でも少し覚悟はしてたんだ。セレクションで入部してきた子たちは、本当に強かったもの。でも、白岡君は負けないで」

彼女はまた父親のノートをコピーして拓馬に渡してくれた。水泳部を辞めた美沙子は、その日から拓馬専属の隠れたトレーナーになった。

心強い理解者を得られて、練習に打ちこめた。着実にタイムが縮まっていった。あと一歩で、部内のライバルであった佐藤に肉薄できる。

だが、その一歩が遠かった。

最後のユニバーシアード予選でも、全日本競歩二十キロでも、彼の背中が遠ざかっていくのを見るしかなかった。それでも、全日本競歩では八位入賞という納得できる成績を手にできた。

コーチも喜んでくれると思っていた。ところが、レースの翌日、コーチに呼ばれて切り出されたのは、予想外の話だった。

「昨日、会場に美沙子が来てた。あれは、おまえを応援するためか」

嘘は言えなかった。覚悟を決めて、はい、とうなずいた。

そうか、とだけ答えて、コーチは背中を向けた。嫌な予感しかしなかった。

その夜、涙ながらに美沙子が電話をかけてきた。

「ごめんね、白岡君。八位なんて素晴らしい成績を収められたのに、東日《とうにち》にはいけなくなったみたいなの……」

東日本化成《ひがしにほんかせい》工業。守谷コーチが所属する会社で、その陸上部はトップアスリートがそろっていた。拓馬は密かに監督が引き上げてくれることを期待していた。

「ごめん……。でも、わたしが誰とつき合おうと、わたしの自由よね。なのに、どうして白岡君のことまで、あんな言い方するのか……」

一年後になって、美沙子は父親に何を言われたのかを教えてくれた。

——あいつの八位はまぐれだ。どうしておれに黙って、やっとつき合うんだ。

あの時、彼女が何を言われたのか、おおよそ想像はできていた。コーチは翌日から拓馬と目を合わせず、まるでいない者として扱った。心配した監督と部長が仲裁に入ろうとしたが、無駄だった。佐藤一人が東日化成へ進むと決まった。

拓馬は、陸上界で東日化成と並ぶ多くの選手を育成してきたヤマキタスポーツの門をたたいた。だが、まぐれの八位と見られたのか、ドアは開かなかった。見かねた監督が、骨を折ってくれた。卒業生を頼り、鐘ヶ丘工業に話をつけてくれたのだった。

給料は並みの大卒より少なかった。そこから寮費を取られるので、小遣い程度のお金しか手元には残らない、と言われた。仕事も午後三時まではこなさねばならなかった。でも、ほかに道はなかった。

「大丈夫。拓馬なら必ずもっといい条件を勝ち取れるよ。次の全日本で佐藤君に勝って、目に物見せてやろうよ」

美沙子も家を出て、鐘ヶ丘の寮の近くにアパートを借りた。彼女は地元の信用金庫に職を得た。

驚いたことに、美沙子は仕事が終わると、まず東日化成のグラウンドへ通った。佐藤公昭の練習メニューを調べるためだった。

当時の鐘ヶ丘には、競歩のコーチがいなかった。佐藤に負けない練習を積んでいくため、彼のメニューを参考にすべきだと言いだしたのだ。

「大学の時のメニューに近いみたい。あとはレース前の調整法だけど……。でも、佐藤君と拓馬では、強みが少し違うでしょ。その辺りは、鐘ヶ丘の監督と相談したほうがいいと思う」

そう言う時の美沙子の目は怖いほどにすわって見えた。

自分にだって人を見る目はある。そう証明するためにも、佐藤公昭に勝ってくれ。あらゆる努力を惜しまずに尽くすから……。

心底から心強く思えた。最初の二年は。

拓馬は寮を出て、美沙子のアパートで暮らし始めた。まもなく結果もついてきた。若手の有望株と言われる選手と、大学時代からほぼ同じ練習を重ねてきたのだ。これでタイムが縮まってこなければ、未来はなかった。

驚いたことに、二年後の全日本に佐藤は出場してこなかった。股関節を痛めて治療中、との記事が陸上雑誌に出た。守谷コーチの指導が厳しすぎたせいだ、との噂が聞こえてきた。

事実は違った。二十五歳の若さで引退を決めた佐藤から、拓馬は直接電話をもらい、真実を知った。

「……実は、中学時代からの古傷なんだ。この怪我があったから、競歩に転身したんだ。完治はできていなかったけど、練習はこなせたし、少しは結果も出せた。けど、もう選手としては限界らしい」

「おまえ、今までコーチにも黙ってたのか」

「悪いとは思ってたよ。ずっとオリンピックを目指してきた。治療に専念すれば完治したかもしれない。でも、一年を棒に振れば、調子を取り戻すにはもっと時間がかかる。今思うと、おまえに負けまいとして、少し頑張りすぎた気がするよ。だからな、白岡……。おまえは絶対にオリンピックをつかめよな」

ライバルであり、一時はともに練習を積み、ずっと背中を追いかけてきた男の言葉は重かった。

その話を聞いて、美沙子はさらに驚くべき行動に出た。その場で、父親に電話をかけたのだった。

「ねえ、お父さん。手塩にかけた選手が引退するしかなくなったんでしょ。東日にとっても大きな痛手よね。だったら、拓馬を鍛えてよ。彼の成績が伸びてきてるのは、お父さんだって知ってるわよね」

自分と拓馬の仲を認めてくれ。彼女はそう伝えたかったのだと思う。

「おればもう白岡を認めてるよ。でも、移籍はそう簡単なことじゃない」

コーチは美沙子に告げた。

「それに……大学から引き上げた佐藤ばかりを特別扱いしてきた。そうチームの中で問題にされて、な。男の嫉妬ってのは怖ろしいよ。力のある選手を大切に扱うのは当然なのに。でも、そういうチームにしてしまった責任は、すべて自分にある。だから、会社に辞表を出した」

守谷コーチは会社を辞めた。星都学院大学で若手の指導をしていく道を選んだのだった。

拓馬は純粋に、コーチから認められたことを喜んだ。ただ、佐藤とコーチの絆の強さは感じずにはいられなかった。

美沙子は喜ぶどころか、父親への怒りをさらにつのらせた。

「認めたなんてのは、口で言ってるだけよ。あの人は、娘に負けたなんて、思いたくないの。だから、拓馬より優秀な選手を意地になって育てようとしてるのよ、絶対に」

「もう言うなって。おれはちっとも気にしちゃいない。だから、そろそろ一緒にならないか」

正式なプロポーズを喜んでくれる、と考えていた。けれど、美沙子は言った。

「まだ早いわよ。二人でオリンピックを決めて、あの人に頭を下げさせてやりましょうよ。そうしなきゃ、気がすまないでしょ」

拓馬が何を言おうと、美沙子は頑として首を横に振り続けた。意地でも二人でオリンピックをつかみ取りましょう、と。

その日から、アパートに帰っても、部屋に鬼コーチがいるようなもので、気晴らしができなくなった。言い争いが増えていった。

「おれは、おまえのお父さんへの恨みを晴らすために競技をしてるんじゃない」

「当たり前でしょ。二人のためよ。あと少しのところまで来てるんだもの。オリンピックだけに集中しないと、結果は出ないわよ」

美沙子の熱を冷ますために、拓馬はアパートを出て、後輩の部屋に転がりこんだ。その一晩で、携帯電話に何十通ものメールが届き、首を真綿で絞められるような息苦しさに襲われた。

会社の仲間の多くが、拓馬に同情してくれた。もう別れたほうがいい。何人もに言われた。

既成事実を作ってしまえばいい。よかれと思ってやったのだ、と後輩は言った。飲み会に引きずり出されて、そこで栗原彩花《くりはらあやか》と出会うことになったのだった。

5

二十五キロの通過タイムは、一時間五十分四十八秒。この二キロのラップは、八分四十七秒。また二秒速くなっていた。

二十キロすぎのドリンクテーブルで列が伸び、それを機に若い上林が二位グループの先頭を歩くようになった。たった二秒であっても、彼が意図してスピードを上げ始めていた。

雨はもうほとんど止んでいる。見た目にも、流れる雲の色が薄くなってきた。予報どおりに天候が回復の兆《きざ》しを見せている。陽が射してくれば、気温は上がる。その状況を見て、ベテランたちに揺さぶりをかける気なのだ。

拓馬は後ろの気配を探った。乱れのない足音が聞こえている。ここはまだ二人とも静観する気らしい。が、さらにペースが上がった時、どう動くか……。

拓馬たち二位グループは今のところ、設定記録を二分ほど切れそうなペースできている。気温の上がりようが、レースを動かす最初の局面となりそうだった。上林はさらにピッチを上げて、ベテラン二人を追い落としにかかる気か。狙いどおりに二人を引き離せたところで、またいくらかペースを落として、拓馬とのマッチレースに持ちこむ。拓馬までが落ちてくれれば万々歳。

いや……。ベテランを先に追い落とすことに意味があるとは思いにくい。二人は上林に勝るスピードを持ってはいない。

つまり、今はまだレースの支配を狙った明確なペースアップとは言えない。単なる揺さぶり。先に誰かが仕掛けてくれれば、様子を見てあとを追い、ラストのスピード勝負に賭ける。ほかに彼の作戦はないはずなのだ。

やはり先に動くとすれば、レース運びに長けたベテラン二人のほうではないか。

おそらく彼ら二人は、さらなる気温の上昇を待っている。上林は五十キロレースの経験がまだ少ない。陽に照らされて体力を奪われそうだとの危惧《きぐ》が出てきた時、自分の体との折り合いをどうつけていけるか。

ベテランたちは消耗戦の厳しいレースもこなしてきているので、相手の出方に合わせた戦い方もできる。が、気温が高くなるのを警戒しすぎて二位の四人がペースを上げずに終盤を迎えた場合、若い上林に最もチャンスが生まれてくる。ベテラン二人は、体力と相談しながら、必ずどこかで動くしかない。

そう読んだうえで、上林がレースを先導し、ライバルたちの様子を見に出た、と思えた。仕掛ける余力と自信を持つのは誰なのか。

十五周目に入ったところで、雲間から光の筋が何本も大地に射してきた。

時刻は九時四十分をすぎた。風はまだ強いが、沿道の景色が急に明るさを増した。晴れ間が広がり、西の空はもう青く澄み渡っている。輪島の町に陽が照りつけだした。

目に見える陽光の情報も手伝ってか、早くも風が生温かく感じられてくる。風が弱まってくれれば、体感温度はさらに上がる。間違いなくレースが動く。

流れる雲を見上げて、拓馬はキャップを路肩に捨てた。頭部の熱を閉じこめる役割しか持たなくなっていた。雨はもう完全に上がった。風を髪に浴びて、汗を乾かすようにしたほうがいい。

前を行く上林もキャップを捨てた。それが合図であったかのように、拓馬の横に人影が並んだ。ドリンクテーブルにはまだ遠い。

目でうかがうと、身長から久保山とわかった。最も駆け引きに長けた選手が、ついに仕掛けてきたか……。

本気のペースアップかどうかは、疑わしく感じられた。上林と拓馬がペースを上げにかかれば、あざ笑うようにまた後ろへ引くかもしれない。

つかず離れず、拓馬はしばらく様子を見て歩いた。久保山は早くも上林の横に並び、振り切ろうとする勢いだった。

コース沿いに設置されたドリンクテーブルが見えてきた。久保山は上林の横に並んだまま歩いている。ドリンクを取りたい上林が、わずかにペースを落とした。久保山は何も受け取らず、そのまま先を歩いていく。

まだ三十キロ。仕掛けるには早い気がした。だが、ラストのスピード勝負に持ちこまれたのでは勝ち目がない——そう見て今からタイムを離すべきと判断したか。たとえ十秒でも差が開けば、追いつくのに一キロ近くは必要になる。慌てて追おうものなら、反則も取られやすい。

陽射しがアスファルトに届き、水に濡れた路面が輝いていた。このぶんだと照り返しも手伝い、気温はますます上がる。

もしかすると……。

久保山は厳しい高地トレーニングを積み、持久力にさらなる自信をつけたわけか。あと一時間くらいであれば、今のペースを保っていける。過去の経験と直近のデータから、そう決意を固めた可能性はあった。

このまま先行されるのは、危ないかもしれない。

拓馬はわずかにピッチを上げた。けれど、急なペースアップは体に変調を起こしかねない。

上林はまだ久保山を追おうとしていなかった。自分が勝つにはラスト直前のスピード勝負だと考え、まだ体力温存の時期と見ているのだろう。

久保山とのタイム差が問題だった。終盤で追いつくには、できれば十秒以内の差に留めておきたい。

後ろの大島はまだ動きを見せてはいない。久保山一人を先に行かせるのは危険に思えても、風と気温のリスクがつきまとう。

じりじりと久保山の背中が離れていった。

本部席の前を歩くと、応援の拍手が大きくなった。

「まだだ。動くな。沼尻のピッチも落ちてきてるぞ」

どこかのコーチが叫んでいた。

視線を前にすえ直すと、久保山の百メートルほど先に、周回遅れをぬかして歩く沼尻の背中が見えた。

彼も久保山が近づいてくると知れば、またペースを上げてくるかもしれない。二位グループに吸収される可能性は低い気がする。今の誰かのアドバイスは、選手に希望を持たせるための言葉なのだ。残りは二十キロあって、レースはまだ長い。展開次第で可能性が出てくると信じることができれば、足も動く。

さあ、どうするか……。

考えをまとめることができなかった。また母校のジャージが見えてきた。彼らの後ろには、腕組みしながらレースを見守る守谷コーチの姿があった。

あの人の目に、今の自分はどう映っているのだろう。恥ずかしくない歩きをしたいが、意識すれば力みが出てフォームが固くなる。拓馬は救いを求めるように、折り返し地点で小貫監督を探した。

「追うなら、ゆっくりでいい。急ぐな、まだ慌てる必要はない。焦って軸を傾けすぎれば体力をロスする。気をつけろ」

併歩しながら言われて、胸を突かれた。悪い癖が出て、フォームに乱れが出ていたらしい。追うべきか、迷ううちに歩幅を大きく取り、さらには沿道の見物人までを意識しすぎたせいだ。

理想とするフォームを頭で描き、それをなぞるように手足を動かしていく。まだ一時間半もレースは続く。ゴールは遠い。

「白岡さん、ファイト！」

声を合わせた呼びかけが耳に届いた。沿道の先にチームの仲間の顔が見えた。昨日の全日本男子十キロに出場した若手の二人だった。彼らは有力選手のタイムをメモに取る係を務めてくれている。

その後ろで、なぜかコースへと急に背中を向けた女性がいた。仕事へ行く途中にレースをのぞいた人だったのかもしれない。年のころは三十代前半。長い髪を後ろで一本に結んでいた。

そういう髪型の女性は珍しくもない。けれど、後ろ姿が彩花によく似て見えた。目で追おうとしたが、女性の後ろ姿は路地の奥へ消えた。

拓馬は視線を戻し、ライバルたちの背中を追った。余計なことは考えるな。沿道の人波に、知った顔を探そうとしてどうする気なのか。たとえ誰が応援に来ようと、平常心を保って歩みを刻んでいくしかないのだった。

「……すみません。わたし、競歩のこと何も知らないんです」

初めて会った時、彩花は申し訳なさそうに頭を下げながら言った。

会社に陸上部があることは知っていた。が、その予算が思った以上に高額で、広告宣伝費として見合っているのか、経理の一員として疑問に感じていた。あとになって彼女はそう正直な感想を口にした。

「たぶん白岡さんたちは知らないと思うけど……」

二度目に仲間たちと食事をした時のことだった。彩花は拓馬に一枚のペーパーを見せた。

「うちの課長が、ちょっと面白いデータを弾《はじ》きだしてきたんです。社の野球部が都市対抗に出場した翌年は、営業成績のグラフも伸びるし、会社訪問に来る学生の数も少しは増えているんです。けれど、うちの陸上部が全日本実業団駅伝に出場しても、これといった数字は残念ながら表れてきていません」

「おいおい、怖ろしいことを言わないでくれよ」

「もちろん、予算は野球部のほうが高額です。だから、部長さんも監督さんも、予算の額を部員たちに毎年事細かに伝えているそうなんです。チームの結束を固めるための材料になる、と考えられたからでしょう」

そういう懸命さが、陸上部にはあるだろうか。実業団チームに甘えは許されない。組織はあらゆるデータを集め、費用対効果を冷静に見ている。

拓馬としても理解はしていたつもりだった。けれど、彩花は具体的なデータをもとに、企業スポーツのあり方を問おうとしていた。

「メディアに取り上げられる機会が少ないのは、仕方がないと思うんです。陸上部の活躍をもっとアピールしていくには、ＳＮＳをうまく使っていく手はあるかもしれませんね」

鐘ヶ丘工業は、地元静岡のサッカーチームをスポンサードしていた。彼女は広報部と組み、スポンサードしているチームと会社の運動部を応援するサイトを設立した。競技結果のレポートはもちろん、練習スケジュールや選手へのインタビューを載せ、ファン同士の交流サイトも作った。その予算は、彼女が会社を説得して引き出したのだった。運動部の活躍をアピールしていかなくては、宝の持ち腐れになってしまう、と。

特設サイトの設立は、期待していた以上の結果を呼んだ。地元の商店街が、鐘ヶ丘の社員をふくめた私設応援団を作るべきだと提案してきた。最初にＪ２チームのサポーターを巻きこみ、運動部全体を応援するファンクラブへと発展させる道を探ったのだ。

ネットで配付した会員証を提示すると、商店街で特典が得られるイベントも仕掛けた。会員数は飛躍的に伸び、新たな取り組みとしてテレビや雑誌でも紹介された。その動きに大手広告代理店が目を留め、協力させてほしいと言ってきた。彩花はひとつの条件を提示した。ぜひともスポーツメーカーを口説《くど》き落として、陸上部にユニフォームやシューズを提供してはもらえないだろうか、と。

「ほらね。企業スポーツも努力の仕方で、町興しに貢献できるし、会社のアピールにもなるのよ。うちの会社の上層部は、ちょっと頭が固すぎたんだと思う」

Ｊ２チームと社の広報部を味方に引き入れ、話は軌道に乗った。すると、彩花は社の広報担当者にすべて託して、経理の仕事に戻ったのだった。

「おいおい、せっかくの手柄《てがら》を人に譲ってどうするんだよ」

「だって、正式に会社が動いてくれれば、そっちのほうがいいでしょ。あとは陸上部の実績がついてくればベストよね」

目立たなかった会社の運動部を、Ｊ２のサッカーチームを利用してアピールし、巧みに維持費をも削減させた。しかも、計画が具体化すると、自らはあっさりと身を引いてみせる。

新鮮だった。彼女は競歩のことを何も知らなかったので、ただ素直に応援だけをしてくれた。

「だって、陸上部が危なくなりそうだったから、何か方法はないかって、ちょっと真剣に考えてみたの。ほら、たまたま白岡さんと知り合ったばかりだったでしょ。陸上部がなくなったら、みんな困るし。業績が急に悪くなったわけでもないのに、運動部を途中で放り出すなんて、会社として無責任だもの」

彼女は笑いながら言った。

見えざる危機があったことを知らされて、陸上部のメンバーはより練習に打ちこんだ。拓馬は翌年の全日本二十キロで三位を獲得できた。その年、初めて全日本の合宿に呼ばれるようになった。陸上部と拓馬にとって、彩花は幸運の女神そのものだった。

彼女のアイディアと活躍ぶりが話題になった際、ある新聞のスポーツ面に特集記事が掲載された。

「そういうことだったのね……」

美沙子は記事を見たといい、メールで別れを告げてきた。

正直、拓馬は気が軽くなった。美沙子が多くの協力をしてくれたから、選手としての可能性を伸ばすことができた。けれど、結婚の申し出に首を縦に振らなかったのは彼女のほうで、自分に責任はない。このまま自然と糸が切れてくれたほうが互いのためだ。そう思いながらも、いつ彼女から連絡がくるかと怖れていた。

本当に卑怯な男だった。これ幸いと、女性からの別れ話に、乗った。彼女のアパートに残してきた私物はすべて捨ててくれ。その処分の費用はあとで請求してくれれば払う。そうメールを返した。

プライドの高い美沙子は、何も請求してはこなかった。拓馬のために尽くしてきた時間も労力も、そして愛情も一切……。

守谷コーチからも連絡はこなかった。その後、競歩の大会で最初に顔を合わせたのは、全日本二十キロの時だった。拓馬は目を合わせず、会釈《えしゃく》もせず、そこに存在しないかのような態度を通した。頭を下げるべきことを自分はしていない。人としての礼儀を忘れて、恩人に背を向けたままレースのみに心を砕き、後ろ暗さを忘れようとした。

ただオリンピックをつかみたかった。

勝利のために自分の生活はある。あと少しのところに来ている。だから、心のゆとりがなかった。会社の陸上部には、次々と有望な選手が入ってきた。

その中に、仲村英史という若手の実力者がいたのだった。

6

汗が滴《したた》り落ちる。能登半島を通過していった低気圧に向かい、南からの温かい風が入ってきたようだった。

「二十度を超えてくるぞ。水分補給だ。消耗戦になると思え」

沿道からのアドバイスが聞こえた。が、選手のほうが体感している。テーブルの前で列が伸び、拓馬も紙コップをつかみ取った。水を胸元から手足にかけて、早めに熱を冷ましにかかる。

レースは三十六キロ地点を越えた。あと十四キロ。

腿《もも》の芯の辺りが重くなってきている。まだ足は動くが、刻一刻《こくいっこく》と疲労がたまりつつある。

この二キロのラップは、八分五十九秒。陽射しを浴びたせいで、自然とペースが遅くなっていた。二位グループの先頭を行く久保山のピッチも落ちたようだ。

四人がほぼ縦一列になる。いつしか拓馬の後ろには、上林がぴたりとついていた。カーブで確認すると、さらに後ろの大島が少し離れだしているように見えた。急な気温の上昇に体がついていけなくなったのかもしれない。

トップを歩く沼尻との距離は、百二、三十メートルほど。二位グループの動きを見ながら、沼尻もペースを落としたと見える。

久保山が、次のドリンクテーブルで、ついに拓馬の後ろまで下げてきた。陽射しの影響か。このまま引きずられてラップをずるずる落としていこうものなら、設定記録を切れなくなる。

ひとまず二位に入ればいい久保山は、体力を温存する作戦に変えたのだろう。拓馬と上林を先に競わせて、どちらかが落ちてくれれば願ってもない。経験のない上林の出方を見る戦略でもある。

スピードを持つ上林は、拓馬より先に仕掛けようとは絶対にしないだろう。彼は最後まで二位グループを保って粘れば、勝ち目はあると見積もっている。

つまり、拓馬が何も仕掛けず、設定記録のみを考えてゴールを目指したのでは、上林にもチャンスが訪れるのだ。早めに仕掛けすぎて、上林と競った末に共倒れとなれば、久保山が漁夫の利を得る。

オリンピックの切符をつかみ取るには、どこかで勝負に出るしかないようだった。そもそも他力本願のレースで日本選手権を勝てるわけもなかった。

気温がどこまで上がるか。風は止んでくれるか。ペースを上げた時、残された体力がどこまで保つか。あらゆる条件を見すえて決断するしかない。

折り返し地点がまた近づいた。周回遅れの選手が邪魔だ。雑魚《ざこ》はどけ。心の中で罵《ののし》りながら、コーナーを回りこんだ。

意外な光景が目に飛びこんできた。

久保山の後ろに大島の姿がなかった。代わりに、六位争いをしていたゼッケン七番——鷲尾《わしお》和久《かずひさ》が必死の形相《ぎょうそう》を見せ、すぐ後ろに迫っていたのだ。

夢に追いつこうとする者が、ここにも一人。彼のベストタイムは三時間四十七分。派遣設定記録を切った経験はまだない。ノーマークの男が最後のチャンスに賭けて猛追してきた。

そう言えば……。いつだったか、真夏に迫る気温になった大会で、彼は粘り強く歩ききり、三位の好成績を収めたのではなかったか。オリンピックは夏に開催される。暑さに負けない自分こそが選ばれるべきなのだ。思いこみと自負が、彼の体を操《あやつ》っている。急激な天候の回復が予想もしないダークホースを生むかもしれない。

拓馬は小貫監督を目で探した。視線が合うと、小さく首を横に振ってきた。まだだ。勝負は十キロを切ってから。声には出してこなかったが、目で訴えていた。

今は我慢の時だ。自分に言い聞かせながら、ペースを守って歩いた。懸命に鼻呼吸を保ち、腰を使って足を前にくり出していく。

耳を疑った。次の周回へ入る前に、鷲尾の足音がすぐ背中にまで迫ってきたのだ。沿道からの声援が大きくなった。いよいよレースが動く。輪島のファンは目が肥えている。

ひたひたと背中に気配を感じた。と思う間もなく、視界の端に影が躍り出てきた。ピッチを上げた鷲尾に並ばれた。このまま抜き去る勢いだった。

上林と久保山はまだ静観している。拓馬がついていこうとするのを見てから、追う気か。

暑さに強い鷲尾を先に行かせるのは危険があった。が、レースはまだ十三キロも残っている。いずれ勝負をかけるにしても、まだ少し早い。

おそらく鷲尾は一キロ四分三十秒を切るペースになっている。このまま歩き通せるものか。ベストタイムを一気に更新できるとは思いにくいが、オリンピックという目《ま》映《ばゆ》い目標は、想定外の力を生むことがある。

迷ったが、拓馬はペースを守った。この一周は様子を見る。

もし鷲尾がトップを歩く沼尻までとらえた場合は、追うしかなかった。十キロあれば、少しずつ差をつめていくことはできる。たぶん後ろの二人も同じことを考えている。

おそらく鷲尾は、気温の上昇を味方につけて勝負に出ると決めたのだ。追ってきてくれれば幸い。自分は暑さに強い。必ず粘って歩きとおしてみせる。スピードに長けた上林は経験が浅いので、たぶん暑さには勝てず、必ずペースが落ちる。あとはベテランの久保山と白岡拓馬。二人のペースを狂わすためには、早めの揺さぶりしかない。追ってこない場合は自分もペースをやや落とし、リードだけは保って歩く。そこからラストまでは、とことん粘りきる。

鷲尾の作戦は読めた。

ここはまだ追いかけずに我慢して、余分な体力の消耗を防ぐ。ただし、気温がさらに上がれば、十キロを切ったところで本当にペースを上げていけるか、不安はつきまとう。頼む。雲よ、陽射しをさえぎってくれ。

鷲尾の背中が、早くも五メートル先を歩いていく。

どう見てもピッチが速すぎる。トップを歩く沼尻は、鷲尾に気づこうとも、まだ焦りはしないだろう。彼には二位を確保するという戦術も使える。

おそらく……。この無理がたたって、鷲尾のペースはラスト間際《まぎわ》で落ちてくる。その落ち始めた時が、勝負どころになる。確信があった。

本部前に差しかかり、四十キロ地点を通過した。

「……トップは依然としてゼッケン六番、沼尻選手。続いて二十八秒遅れで鷲尾選手が通過していきました。三位グループはただ今三名。ゼッケン四番白岡選手。三番久保山選手と十一番の上林選手。二位とは十秒差ですが、残りの距離を考えると、差はないも同じと言えるでしょう」

観戦ガイドを兼ねたアナウンスが沿道に響き渡った。

鷲尾のギアはさほど上がってはいなかった。このままでは沼尻に追いつけはしない。

また少し気温が上がってきた気がする。水分はとっていたが、汗が胸回りを染めていく。ゴールまで十キロ。派遣設定記録までは四十八分。

最も苦しい時間帯に突入した。

暑さも手伝い、この一キロは四分三十七秒に落ちていた。が、今のペースを維持して歩きとおせば、設定記録を切れそうな目算が立ってきた。そうなると、三位グループの三人は、二位に入らない限り、出場枠をつかめなくなる。

わかりきったことを胸で反芻《はんすう》する。どこかで行くしかないのだ。

あごから首回りに痛みが疼《うず》きだしていた。腕の振りにつられるのと、前傾五度の姿勢を長く保ってきた影響だ。左の膝も、まるでベアリングを守る油が切れたかのようで、違和感が出始めている。いくら鍛えた体であろうと、全力で四十キロも歩けば、多少は悲鳴を上げたくなってくる。あと十キロなのだ。体よ、頼むから、耐えてくれ。

手足の筋肉にたまる疲労を、深い呼吸で酸素の確保を図りながらなだめてやり、機械的に足を運んでいく。なぜ自分はこれほど苦しい思いをして歩くのか。いつもの悪い癖で、弱気が競技そのものへの疑問を投げかけてくる。

オリンピックに出るためなのだ。

苦しんだ先にしか、光は射さない。拓馬は今日まで、ランナーズハイの甘美な感覚を味わった経験がない。練習はひたすらつらく、苦しい。追いこむのがまだ足りないのだ。酸素不足に陥って意識が飛べば、恍惚《こうこつ》感を得られる。そうも言われるが、息が上がって呼吸が追いつかずに意識が薄れかけても、地上で溺れるような苦しみしか感じなかった。

陸上競技に向いていない体質なのか……。そう悔しがってみたこともある。が、あと少しで夢に手が届く。

多くの選手が夢をつかめずに、競技生活から離れていく。栄冠はひと握りの者にしか与えられない。幾多の敗者が無名のまま退場するしかなかった。このレースで負ければ、白岡拓馬という競歩選手がいたことなど、人の記憶に残りもしない。敗れ去ったその他大勢の一人として、忘れられていく運命が待つ。

「あんたを許さないぞ」

そう罵声を浴びせかけてきた男も、いつしか名前を聞かなくなった。彼も言っていたはずだった。必ずオリンピックをつかみ取ってみせる、と。

仲村英史も、佐藤公昭と同じく、名門陸上部で純粋培養された若鮎《わかあゆ》だった。インターハイとユニバーシアードで優勝。全日本二十キロでも大学時代に五位の好成績を獲得した。

たまたま彼の高校と大学の先輩が、鐘ヶ丘の陸上部に在籍していた。その縁から、監督と人事部長が早くから勧誘に動き、その努力が実って入社が決まったのだという。だからなのか、彼は部内で特別扱いされた。ありえないほどの有給休暇が保証された契約だった。そういう待遇を当然と思わせてしまった会社が悪かったのだ。

同じ競歩チームの一員だったため、拓馬は素朴な疑問を会社に告げた。

「もし次の大会で仲村に勝ったら、わたしも同じ待遇にしてもらえるのでしょうか」

気は確かか、と監督に問い返された。

拓馬は全日本の合宿に呼ばれる身だったので、長い休みがもらえていた。多くの選手が会社の仕事と練習を両立させていた。まだ社会人としての実績を持たない者に、プロ選手と同じ立場を認めたのでは、部内に不満が燻《くすぶ》る。仲村にもプレッシャーとなる。

「白岡さん。心配しないでください。しっかりタイムを出してみせますから」

練習が終わったあとで、仲村から声をかけられ、拓馬は啞然となった。自信を持つのは悪くなかった。けれど、仲間の前で堂々と公言すれば、自信過剰と受け取られる。礼儀は失していなかったが、底抜けの天真爛漫《てんしんらんまん》ぶりに驚かされた。根はいいやつだったと思う。けれど、彼の態度は多くの誤解を呼んだ。歳上の選手への敬意が感じられない。慇懃《いんぎん》無礼《ぶれい》で生意気だ。そう拓馬にささやいてくる者があとを絶たなかった。

——白岡さん、あいつに勝ってください。目に物見せてやりましょうよ。

周囲があおるせいで、嫌でも仲村を意識するようになった。彼は明るく誰にでも話しかける男だった。けれど、拓馬に練習法やフォームの相談をしてくることはなかった。向こうも意識していたのだ。ストローリング（歩型を保って歩く練習）などの基本練習のほかは、独自のメニューにこだわって、拓馬とは距離を置こうとした。それをコーチも監督も許していた。

二十キロのベストタイムは、仲村のほうが二分近くも速かった。よって、大会前にコーチが拓馬に指示してきた目標ラップも、彼とは違っていた。悔しくても、着実に成績を上げていくほかはなかった。

ともに出場した秋の大会で、仲村は五位に入った。拓馬は七位に終わった。が、ベストタイムで彼に肉薄できた。二十秒差。身近に目標ができたことで、練習に熱が入った。

翌年の同じ大会で、拓馬はついに仲村より先にゴールラインを踏んだ。監督とコーチに彼は言い訳をした。

「ドリンクを取り損ねたのが影響したんだと思います。後半になって急に足が動かなくなってしまったんです。次は負けません」

翌日から仲村は、拓馬と目を合わそうとしなくなった。まだ子どもなのだ、と思って事は荒立てなかった。

いい機会だと思い、拓馬はかねてから考えていたことをコーチに相談した。

「この先は五十キロで勝負をしていきたいと考えています」

二十八歳になり、持久力はついてきているとの実感があった。仲村と種目を分ければ、無駄な反目もしなくてすむ。

ところが、仲村はまるで拓馬と張り合うかのように、自分も五十キロレースにチャレンジしていくつもりだ、と言い始めた。

彼も悩みの時だったのだろう。恵まれた環境にありながら、さしたる実績を持たない拓馬に後れを取ることが出始めた。日本ランクも足踏みが続いた。

「何を考えてるんスかね、あいつは」

「好きにすればいいさ。将来を見越して長距離の練習も積んでいったほうがいいからな」

仲村は、コーチが反対したにもかかわらず、五十キロレースにエントリーした。だが、三十二キロをすぎたところで反則を連発し、失格となった。拓馬は気づいていた。思うようなレース運びができず、かといって棄権をするのは恥と考え、わざと反則を犯したのだ。拓馬は平凡なタイムだったが、六位入賞を果たした。

帰りのバスの中で、仲村が久しぶりに話しかけてきた。

「東日に行った先輩から聞いたんですけど、白岡さんは守谷コーチをよくご存じだったんですね」

何が言いたいのか。拓馬は目を見返した。仲村は無邪気そうな笑顔で言った。

「だから、うちの練習は、東日のメニューとそっくりだったんですね。ずるいぞ、おまえら。練習メニューを盗むだなんて。そう言われて驚いたんです」

バスの車内が凍りついた。当然、美沙子とのことも彼は聞いたに違いなかった。練習メニューを女に盗ませておいて、自分の成績が上がると、あっさり捨てたんですよね。そう言われたわけではなかった。彼はただ子どもだったのだ。五十キロレースへの挑戦に失敗し、腐っていたところに、自分より才能があるとは思えない男のよくない噂を聞き、遠回しに皮肉りたくなったのだろう。

気がつくと、拓馬は仲村の襟元《えりもと》に手をかけていた。仲間が間に入っていなければ、殴りつけていたと思う。

翌日、拓馬は人事部長にかけ合った。仲村はすでに実力がともなっていない。彼に許した特別扱いは打ち切るべきだ、と。彼は会社にまったく貢献していない。その点をどう考えているのか、本音を聞かせてもらいたい、と。

二週間後、仲村は会社に辞表を出した。契約の見直しを切り出されたことに腹を立て、約束が違うと言い張ったすえ、あろうことか東日化成への移籍を決めたのだった。

監督とコーチも、仲村を強く引き留めはしなかった。その存在が、チームの雰囲気を悪くしていた。成績面での見返りも望み薄だった。

一人でロッカーを片づける仲村を見つけて、拓馬は近づいた。こちらが声をかけるより先、彼がロッカーを蹴りつけて言った。

「絶対に忘れないからな。おれはあんたを許さないぞ」

何を言おうとも無駄だった。彼は聞く耳を持たず、立ち去った。

部員の多くは冷静に受け止めた。が、それを機に、拓馬を遠ざけようとする者が出始めた。ずっと仲村を批判的な目で見ていたくせに、チームから追いやるのは行きすぎだと考える者がいたのだった。

なぜか彩花も浮かない顔を見せた。

「おれが追い出したわけじゃない。部の連中がずっと不満に思っていたことを、代表して言ったまでだ」

「守谷美沙子さんって、どういう人なの？」

名前を出されて拓馬は息を呑んだ。競歩の知識を持たない彩花が知るはずもない名前だった。

「どうして知ってる。誰から聞いた？」

「誰でもいい。ねえ、その人から練習方法を聞き出していたなんて、嘘よね」

「仲村なのか。あいつがおかしなことを吹きこんだのか」

彩花は小さく首を振った。経理の同僚から聞かされたのだと言った。

拓馬はその同僚に会って、話を聞いた。すると、広報部の女性から聞いたと言われた。その女性も、人事部の者から教えられたのだった。その先は、たどれなかった。

人事部の課長は拓馬に言った。

「女性を使って敵チームの練習メニューを探らせていたという話は本当なのか。外に広まったら、問題になりかねない話だぞ。おかしな行動は慎みなさい」

拓馬は彩花に嘘偽りなく真実を打ち明けた。守谷美沙子と交際していたのは事実だが、自分が練習メニューを盗ませたわけではない。彼女は自分たちのためになると考え、父親から探り出してくれたのだ。別れることになったのは、彼女の献身が重くなり始めた時、君と出会ったからだ、と。

噂は社内に広まっていた。有望な若手を追いやった男は、過去に名コーチの娘と親しくなって自分の練習に利用したすえ、その女性を捨てている。そういう噂の主役とつき合っていくには、かなりの覚悟が必要だったろう。

彩花には、自分の手柄を手放しても笑っていられる人のよさがあった。心の優しい女性だったので、人の白い目に耐えていけなかったのだと思う。彼女は会社を辞めた。拓馬の前からも去っていった。

仲村の契約条件のことで、確かに拓馬は会社にかけ合った。あの時は、部員の誰もが不満を抱いていたのだ。会社が彼を切ったのではなく、彼自身が決めたことでもあった。それでも、自分が彼を追いやったことになるのか。

言葉をつくして引き留めたが、彩花の考えは変わらなかった。練習に打ちこむことで忘れようと努めた。

東日に移籍した仲村も、いつしか名前を聞かなくなった。二年ほど前に退職して、今は地元に帰って中学生に陸上を教えていると聞いた。

若いライバルを追いやったと見られた以上は、成績を上げねばならない。その重圧と、彩花を失ったことで、拓馬もしばらく足踏みが続いた。ようやく成績がともなってきた時、コーチが病に倒れた。唯一の理解者を失い、途方に暮れた。

順風満帆《じゅんぷうまんぱん》な選手生活を送っていける者は、数えるほどしかいないのだろう。誰もが苦しみ、悩み、惑い、結果を求めて、あがき続ける。引退を迫られた時、悔《く》いがないと言える者がどれだけいるか。

今はまだ悔いしかなかった。どうしてあと一歩が届かないのか。

これが最後のチャンスだ。逃すわけにはいかない。何のために十六年も苦しい練習を積み重ね、歩み続けてきたのか。

ラスト四周。レースはあと八キロしかなかった。順位は三位。このままではオリンピックをつかめない。

もう行くしかなかった。一キロ四分三十秒に上げるのだ。その時、周りがどう動くか。自分の体が変調なく動いてくれれば、二位を歩く鷲尾には、三キロもあれば並べるだろう。

もちろん、追い上げてきたとわかれば、彼もペースを上げて逃げにかかる。残り四キロまでにとらえておかないと、ラストがさらにきつくなる。

ペースを上げるとすれば、追い風の助けを借りられる場所がベストだ。風は南西方向からに変わってきている。文化会館を回りこんだところで、歯を食いしばってギアを上げていくしかなかった。

経験のある久保山も、たぶん似たことを考えている。あと一周待つか。次の追い風で仕掛けるか……。

もう沿道は見なかった。前と後ろを歩くライバルたちに全神経をそそぎ、動きを探る。鷲尾の腕の振りが、少し外に大きくなりかけていた。疲れのせいだ。腕の振りでピッチを稼ごうとし始めている。

ここだ。今しかなかった。

こちらの体力も残り少ない。腿から脹《ふく》ら脛《はぎ》の辺りが固く強張りだしている。あと七キロでいいから、力を保ち続けてほしい。

文化会館へのカーブを曲がったところで、拓馬はストライドを広げて、アスファルトを強めに押した。あえぎながらも胸を張った。腰骨を旋回させつつ上半身を傾け、後ろ足を引きつけて前へ運ぶ。ドリンクテーブルが近いので、水を取るためだと思ってくれれば、上林と久保山の隙をつける。

ピッチを上げた。だが、背中の息づかいと足音はぴったりとついてきた。もう後ろは見なかった。無駄な力は使いたくない。自分を信じて歩くだけだった。

ドリンクテーブルの紙コップをつかんだ。素早く二口飲んでから、腕と胸にかけて体を冷やした。高くなった陽射しが容赦なく照りつけてくる。

ピッチは落とさずにストライドを稼ぎ、鷲尾を追った。後ろには依然として二人が追ってくる。

余計なことに、本部席のアナウンスが拓馬たちの追い上げを伝えた。もう鷲尾も気づいている。彼の背中が少しも近づいてこない。鷲尾にまだ力が残っていたとは驚きだ。オリンピックという見えない糸に導かれている。

折り返し地点が近づいた。小貫監督が横を歩きながら指示を出してくる。

「二位と十二秒差だ。焦らずにつめていけ。後ろは気にするな。二十八でいい」

ペースを上げすぎるな。気温もあるので、四分三十秒を切るのは危険がつきまとう。拓馬も承知はしている。

「つかまえるだけでいいぞ。ぎりぎりまで粘れ」

今の声は久保山のコーチだ。二位は確実にとらえられる。だが、トップを狙うことはない。ここで体力を使って鷲尾を抜き去ろうと、三位グループには上林がいる。名前は告げていないが、マークする男は同じなのだとわかる。

折り返しのコーナーで鷲尾が油断なく視線を配り、後続の拓馬たちをチェックしてきた。距離の差はもう二十メートルを切っている。

拓馬もカーブを曲がりながら後ろを見た。上林が続いてくる。久保山はさらに五メートルほど後方に遅れかけていた。だから、「粘れ」という声がかかったのだ。体力を使い果たしたか、古傷でも疼きだしたか。久保山はついてくるのに必死らしい。うまくすれば、ライバルが一人減ってくれる。

だが、ぬか喜びはせずに、前を行く鷲尾の背中を追った。なかなか距離は縮まってこなかった。追いつかれてしまえば、一気に抜かれる。ここで差を保ち、もう追うのは無理だと一瞬でも敵に思わせることができれば、足の動きに必ず影響が出る。そう念じて最後の力を振りしぼりにきているのだ。

誰もが最も苦しい時だった。次の一キロではなく、目の前の十メートルをつなげて歩く。

慌てて追ってはならない。リズムとフォームを崩すな。じわじわと着実に迫っていくことで、必ずプレッシャーを与えられる。焦りを感じたほうが負ける。

ピッチを上げた影響で、呼吸が苦しく、口が開いてきた。鷲尾や上林に気づかれてしまえば、敵を勢いづかせる。体が揺れても無理しているのを悟られる。ランナーズハイよ、訪れてくれ。この苦しい一歩が未来につながる、と信じさせてくれ。耐えろ。ボロ雑巾《ぞうきん》に残ったわずかな水分をしぼりきるつもりで、気力の一歩を重ねて歩く。もどかしいほどに二位の背中が遠い。

四十四キロ。

まだ六キロもレースは残っていた。果てしない六キロに思えた。鷲尾の背中は十メートル以上も先に見えている。

なぜ追いついてくれないのだ。スポーツウォッチに視線を送り、自分の目を疑った。ピッチを上げたつもりでいながら、この一キロに四分三十三秒もかかっていた。

上げるどころか、落ちていた。弱い自分を懸命に罵っても、足の動きは鈍いままだ。いいや、まだ大丈夫だ、と懸命に考え直した。果てしない六キロが残っているではないか。敵も疲れていて当然なのだ。追いつける。そう信じないと、次の一歩が出てこない。

たぶん設定記録は切れる。本当にそうなのか……。疲れ果てて頭が回りきらなくなっている可能性はないか。

時間の計算ばかりに気を取られていると、フォームと足の運びがおろそかになる。覚えこんだ歩みを取り戻せ。あと五キロと少しだ。

今日まで十六年間積み上げてきた練習の成果が、ここからの三十分に出る。この道を歩くため、すべてを犠牲にしてきた。恩人を裏切り、愛したはずの女も捨てた。多くの批判を浴びてきた。それもすべてこの道を行くためだった。日々の練習が自信を塗り固めて、選手の土台を築く。歩けるはずだ。

折り返し地点で、小貫監督が何か言っていた。ただうなずき返した。この土壇場で、取って置きのアドバイスなど、あるはずはない。ただ懸命に声を嗄《か》らして応援してくれている。あと五キロ。

そろそろ上林がスパートしてくるころだった。この遠い十メートルを追いつくには、時間と距離がもう残されていない。

鷲尾の背中が大きく右に左に揺れだして見えた。自己ベストを三分も縮めるペースなのだ。限界を超えている。この食い下がりようには頭が下がる。目の前に近づく夢が、彼の潜在能力の底を押し上げている。自分にもできるはずだ。練習の密度で負けているとは思えなかった。

ところが、いつになっても彼の背中が近づいてこない。照りつける陽射しの中、悪夢のように鷲尾のゼッケンが遠のいていく。汗が目に入ったせいだ。離されてはいないはず、と信じて一歩を重ねていく。

ここで焦るあまりに反則を犯しては、十六年がふいになる。大きく口を開けて、たっぷりと息を吸った。それでも胸が苦しい。のどが焼ける。腰から下が鉛のように重い。大地を踏む感覚を取り戻そうと、自分を勇気づけて一歩を踏みしめていく。

タイムを計算する余力がなくなっていた。二位に入れなければ、ビリも同じだ。次の四年は北極星よりも遠い彼方でしかなく、心をすえ直しても、目指していけるとは思えなかった。

あと四キロだ。もう二周しか残されていない。歩けば歩くほど遠ざかるかのように、七番のゼッケンが遠く見える。

嘘だ。ここまで懸命に追っても近づけないとは、ありえなかった。視野狭窄《きょうさく》に見舞われて、景色が遠ざかっているのか。

鷲尾は何という精神力の持ち主なのだろう。どこに最後の力を隠し持っていたのだ。また最後の最後で夢を取り逃がしてしまうのか。

もう残り三キロ。

気がつくと、横に誰かが並んでいた。後ろに上林がいたことを、すっかり忘れていた。いよいよ最後のスピード勝負に出てきたのだ。

このタイミングでなら、ぎりぎり捕まえられる。土壇場まで動かずにいたからには、上林も疲れ果てているのだ。が、ここで自分に鞭《むち》を打たねば、二位には入れない。オリンピックを手放してしまう。残った体力を使い果たそうとも、追うしかなかった。

横を歩く上林ののどが、悲鳴のように鳴っていた。なぜ体が動いてくれないのか。駄々っ子が嫌々でもするように腕の振りが乱れている。若さに頼って、ただ力任せに追う気だった。

よせ。そんなフォームで追いかけたら、体力が続かなくなるぞ。

なぜか心の中で、若いライバルに忠告を与えたがっていた。無理を重ねて落ちてくれれば万々歳なのに、疲れのせいで相手を呪《のろ》う気力さえ失いかけている。

甘い男だ。だから、今日までチャンスを逃し続けてきたのだぞ。美沙子を捨てたのは、彼女の期待が重く、息が続かなくなったからだ。楽になりたいがために、自分を支えてくれた女を遠ざけ、その思いを踏みにじった。我が儘で冷たい男なのに、甘さを残しているとは笑わせる。

同じチームの仲村を目の敵《かたき》にしたのは、自分も特権を得て、より練習に専念したかったからだ。恩ある会社を辞めたのも、自分の将来を優先したからにほかならない。多くの支援を得るため、人の気持ちを踏みにじり、自分を貫いてきたから、今がある。やっとここまで近づけた。が、夢がまた遠のきかけている。

上林が横を抜き去っていった。四位に落ちた。

もう無理だった。追う体力は残っていない。気力も涸《か》れ果てた……。

派遣設定記録を切ることで、自分を慰めるしかないようだった。オリンピックまであと一歩のところまで迫れた。それだけでも充分に誇れる選手生活だった。もっと勝ち運に恵まれなかった選手は多い。

フォームを保って歩くのが精一杯だった。追いたくても、手足が思うように動いてくれない。肝心な勝負どころで精根つき果てるとは、不甲斐なくて涙も出なかった。白岡拓馬という選手はこの程度の者だったらしい。

終わった……。

あとは流して、このまま歩くだけだ。もう次の四年は戦っていけない。苦しい練習も明日から必要なくなる。大きな夢を見すぎて無駄に費やした人生を取り戻すため、自分に似合った小さな幸福を見つけながら生きていけばいい。勝利を手にできなかったからといって、恥に思うことはない。多くの人が、自分の器量に折り合いをつけながら長い人生を歩んでいる。

　ここまでよくやったよ……。充分に誉めていい。だから、このレースは最後まで歩きとおそう。

「あきらめるな、白岡！」

　予期せぬ男の怒鳴《どな》り声が耳を打った。心温まる声援ではなかった。

「何してるんだ。死ぬ気で追え。まだ勝負はついてないぞ！」

　どこかで聞いた声に思えて、顔を上げた。

　沿道から身を乗り出しながら、顔を真っ赤にして叫ぶ男がいた。

　雨は上がったので、傘は持っていなかった。その代わりでもないだろうが、両手を見た目にも固く握りしめていた。長く見ないうちに、ずいぶんと白髪《しらが》が増えた。もう初老と言える歳なのだった。

　後ろに並ぶ学生が、恩師をコースに飛び出させてはまずい、と慌てて腕を添えた。驚く人々をものともせず、守谷勲がまた拓馬を見すえながら叫んできた。

「あごをもっと引け。フォームを崩すな。まだ追えるぞ。二位とは十秒以内だ。あきらめずに行けっ！」

愛する娘を無下に捨てた男を見つめ、全身全霊の叫びを上げていた。コーチとして、見限り、冷遇した男がここまで来た。もっと自分が手を差し伸べていたら、彼も娘も違う道を歩んでいたかもしれない。その時々で悩みながら選んだ道が、少しずつ違っていたから遠回りになったのだろう。それでも、人はひたすら自分の歩きを求めて苦しむほかはないのだった。

拓馬への温かくも厳しい声援ではなかったろう。オリンピック選手を一人も育てられずにきた。だから、せめておまえはまだ夢をあきらめてくれるな。こんな自分にもまだ夢の続きを見させてほしい。おまえの背中に、多くの者の夢を乗せてはもらえないだろうか。

「肘を後ろに上げすぎるな。昔の悪い癖が出てるぞ、気をぬくな！」

背中を熱い声が押してくれた。涙をこらえているような声に聞こえた。大学を出て以来、実に十年ぶりのアドバイスだった。

そうだとも。あきらめるのは早い。まだ三キロもレースは残されていた。いつも守谷コーチは言っていた。

――ラスト一キロに、その選手が持つ本当の力が表れる。順位を上げるのは無理だからと、流して歩く者はこの先も力が伸びていかない。最後まで自分のペースを崩さずに、ゴールの先を目指して戦っていける者が夢へと近づける。

十年前のコーチの言葉が鮮やかに甦った。その励ましに背中を押されて、多くのレースを戦いぬけた。信じる未来を見つめ、ひたむきに歩けたあのころの自分に負けてはいられなかった。

あごを引いて、前を向いた。

よく見れば、まだ上林との距離は五メートルもなかった。追いついてみせる。才能には欠けているかもしれない。だが、夢への執念では絶対に負けていない。

タイムはもう見なかった。若者の力強い歩きを目でとらえ、射ぬき殺すつもりで背中を追った。たとえ一ミリでも、この一歩で追いつめてみせる。

酸素を求めて全身の筋肉が震えだしている。あとたった二キロでいい。その後は、血反吐《ちへど》をはこうが、肉の一部が裂けようが、かまわなかった。アスファルトを蹴る最後の力を与えてくれ。

強く嚙みしめた奥歯が痛んだ。目の前の景色が薄れ、遥か昔に聞いた女の声が耳の奥でこだました。——二人でオリンピックへ行こうね、絶対——。その人は今、娘と手をつないで違う景色を見ているはずだ。でも、昔の声で力強く拓馬を声援してくれている。

もしかしたら、本当にコースのどこかで見てくれているのではないだろうか。でなければ、ここまではっきりと彼女の声が聞こえるわけはない気がした。

ける。

あの手紙……。

たとえ美沙子でなくとも、自分をよく知る人がくれたものなのだ、と今は信じられた。彩花か、仲村かもしれない。誰かはわからなくとも、同じ空の下から声援を送ってくれている。だから体が動いているのだ。見守ってくれる人がいるから、歩いていける。

「行けーっ、あと少しだ。鷲尾も落ちてきてるぞ！」

またも守谷コーチの声が聞こえた。どれほど感謝しても足りなかった。あの大学で将来を見すえた基本練習を徹底して積んできたから、今がある。自分は人に恵まれてきた。だから、夢を追って歩いていける。

前を行く上林が右腕を大きく外へと振るのが見えた。体全体を右へ寄せるようにコースを変えてきた。母親との夢をつかむため、拓馬の行く手をふさぐ気だった。

「行かせるか……」

かすかに呻《うめ》き声が聞こえた。絵に描いたような好青年が、進路妨害まがいの行動を見せていた。どんな手を使おうと、先を行かせてたまるものか。彼も苦しい時なのだ。けれど、余計な動きをしたぶん、無駄に体力を使っている。ここしかなかった。

拓馬も右にコースを取った。横に並んだ。視界が開けた。すぐ前に鷲尾のゼッケンが揺れている。その先にオリンピックという檜舞台が待っている。あと少しで手が届く。走りたくなる気持ちを抑えて、懸命に腕を振って歩く。

「来い、白岡っ！」

小貫監督の声が聞こえた。目指すゴールの先に多くの人が待っている。その胸に飛びこむつもりで一歩を進めた。あと五十キロでも歩いてみせる。

まだ自分は戦っていける。その手応えを得て、拓馬はコーチたちと磨いた自分のフォームを信じ、ゴールの遥か先を目指して歩き続けた。

ブラインドサッカー

1

電話を受けた時から嫌な予感はあった。

「よう、久しぶり。どうしてる？　暇だろ、おまえ。だったら、フットサルでもやらないか」

可愛い後輩の消息を聞いて、お節介《せっかい》を承知でかけてきたのだ、と最初は迂闊《うかつ》にも信じてしまった。強引に言いふくめるような念押しは気になったものの、秋山圭一郎《あきやまけいいちろう》は高校時代からワンマンを絵に描いたような男として生きてきた。

部のエースストライカーで、県下はもちろん、一部のメディアに名は広まっていた。事実、地元のJ2チームから声がかかったくらいなのだ。が、恩師の勧めを断れずに大学へ進んだのが災いした。最初の夏合宿でよせばいいのに張り切りすぎて股関《こかん》節《せつ》を痛め、あっさり選手生命を絶たれることになったのだから、運のなさも折り紙つきの人なのだった。

「いやいや、J2に進んでたって同じだったろうよ。体がちょいとばかしデリケートすぎたんだよ、おれは。ほら、育ちがよかったろ。わはははは」

それでも大学を出たあと、クラブチームでしばらくサッカーを続けていたのは、怪我《けが》の治りを密《ひそ》かに期待してのことだったと思う。三十歳を前にようやく見切りをつけて地元に帰り、今は小さな居酒屋の主《あるじ》に収まっていた。

大学を出たというのに、スポーツ選手というのはまったくもってつぶしが利かない。Jリーガーになりそこねた男という肩書きを使って地元の客を集め、ついでにフットサルチームでも作り、またお山の大将を楽しみだしたのだろう、と予測はついた。

「何ぶちぶち言ってんだよ。いいから顔を出しゃいいっての。名もなき選手だって、元Jリーガーってだけで、みんな大歓迎だよ。おまえさんがたっぷり磨いてきたテクニックをちょいと教えてくれりゃあ、おれの顔も立つってもんよ。夕飯ぐらいはおごってやっから、頼んだぞ」

有無を言わせずに電話を切られたのち、メールで集合場所の案内が送られてきた。

正直、気は重かった。けれど、幹雄《みきお》の顚末《てんまつ》をどこかで聞きかじり、多少は心配したから電話をくれたのであろうことは疑いなかった。

秋山と会うのは三年ぶりになる。あの時も、幹雄は今とよく似た状況にあった。ついにJ2でも契約更新はできないと言われて、いよいよ裏方へ回るべきかどうかを悩んでいた時のことだった。たまには飲みに来いと久方ぶりに電話をもらい、与太話《よたばなし》をするうちに気持ちがほぐれて、どうにか腹を固められたのだった。

落ち着いたら自分のほうから連絡をしようとは考えていた。力の限りサッカーをやりきれた。後悔はない。三年前は秋山を真似《まね》て、幹雄もアルバイトを続けながらJFLのクラブチームに所属して、最後のチャンスをつかみ取った。たった二年でもJ2チームに戻れたのだから、多少は胸を張っていい気がする。

プロサッカー選手の寿命は短い。J1チームと契約できた者であっても、多くが五、六年でチームを離れる。厳しい環境の中、三十一歳まで曲がりなりにも選手としてすごせたのだ。うなだれたのでは、自分に悪い。

そう思いはするが、サッカー業界で新たな仕事をつかむ道は、さらに険しい。つてを頼ってみたが、どこからも色よい返事はもらえなかった。内実の苦しいチームは多く、お情けで人を雇っていられる余裕はないのだった。

「しょうがないよ。納得ずくで最後までやりきったんでしょ」

律子《りつこ》も最初は明るく言ってくれた。

そうなのだ。引きずった自分が悪い。三年前のあの時に未練を断って裏方へ回っていたら、今もサッカー界で生活ができていたかも、と鬱《ふさ》ぎこむ自分が癪《しやく》に障《さわ》った。

売り言葉に買い言葉もあって、素直な態度が取れなかった。

「そんなに未練があるなら、趣味で続けていけばいいじゃないの」

単なる趣味でボールを蹴ってきたわけではない。大げさに言えば、人生を削ってサッカーに打ちこんできた。J1チームでも十七試合に出場できた。輝かしい成績とは言えなかったが、そこに価値などないと見下された気がした。

よくある話だ。過去を切り離して、新たな道を歩むしかない。懸命に自分をなだめて、味気ない仕事に身を染めた。

我慢は続かなかった。人の荷物を運び、商品管理に追われる。誰にでもできる仕事のために、貴重な人生を売り渡している。

口喧嘩《くちげんか》の末に、律子は子どもを連れてマンションから出ていった。

笑ってしまう。自分が悪い。けれど、たとえ妻にも口にされたくない言葉はあった。

たぶん律子が、秋山の奥さんに相談したのだ。狙いは見えている。だから、断るのは難しかった。それに、懐かしい人の顔を見れば、多少はなぐさめられもする。

土曜日の午後、幹雄は覚悟を決めて、地域総合運動センターに足を運んだ。

十面近くもテニスコートが広がり、老若男女の華やかな声が弾《はじ》けていた。心からスポーツを楽しむ人たちの姿が、胸に痛い。

かつては幹雄たちも体慣らしの練習で、フットサルめいたミニゲームを楽しんだ。レギュラー争いをくり広げるライバルたちとボールを蹴り合いながらも、意表を突くフェイントで相手をかわすと、よく笑いが起きた。素人《しろうと》チームのフットサルでも、一緒にゲームをすることで、ボールを蹴って操ることが楽しくてならなかった幼いころの感動が少しは味わえるかもしれない。

フットサルコートはグラウンドの奥まった場所にあった。

ボールが飛び出さないようにと、緑色のフェンスで囲われている。ところが、さらなる内側には、どういうことか、フェンスに沿って高さ一メートルほどの板壁が並んで見えた。その壁に向かって、ジャージ姿の男たちが次々とボールを蹴り、横へ走っていく。跳ね返ってきたボールを、後ろから走り寄る者がたどたどしくトラップして、また蹴る。そういう不思議な練習を続けていたのだった。

足が自然と止まった。ようやく合点《がてん》がいった。

何がフットサルなものか。

立ちすくんでいると、コートの中央でホイッスルを手に選手たちの動きを見ていた秋山が気づき、幹雄に向かって両手を振った。

「おう。遅かったじゃないか。ほら——約束どおりに来てくれたぞ。おれが全国ベスト4に入った時の名サイドバック。J1でも活躍した山森《やまもり》幹雄君だ」

ジャージ姿の男たちが動きを止めた。が、彼らは幹雄を振り返りはしなかった。思い思いに頭を振り上げ、何となくフットサルコートの出入口付近へと顔を向けた。

コート外のフェンス脇に集まっていた私服姿の男女十人ほどが、はっきりと幹雄を見て頭を下げてきた。

なるほど、そういうことだったか……。

「何ぼさっとしてんだよ。みんな、会いたがってたんだからな。ほらほら」

秋山が手招きしながらフェンスの扉を押し開けた。その音が合図であったかのように、コートの男たちが姿勢を正した。が、彼らの視線はあちこちを向き、中にはうつむいたままの者もいた。

「ほら、紹介するよ。去年、正式にリーグ加盟を果たした多摩川《たまがわ》ゴールドペガサスの精鋭たちだ」

「よろしくお願いします」

「初めまして」

男たちがいっせいに頭を下げた。見たところ、年齢は十代の後半から三十代前半まで
か。計十一人。きびきびとした動きで一礼しながらも、視線が一点にすえられていないため、どこかぎこちなく見えてしまう。彼らはすべて目に障害を持つ者たちなのだ。

プロ選手の端《はし》くれだったので、ブラインドサッカーの知識はあった。今は多くのJ1チームが、地元のブラインドサッカーチームを支援している。ボランティアで指導を続けるJリーガーも少なくなかった。

「お忙しいところを本当にありがとうございます」

中年女性が走り寄り、幹雄に深々と頭を下げた。どうぞ、と腕まで引かれてコートの中に連れていかれた。

戸惑《とまど》いを超えて、気後れが走ったのを見ぬかれたのだ。いけない。大人の常識として、ハンディキャップのある人たちを紹介されて及び腰になったのでは恥ずかしい。相手にも悪い。

慌《あわ》てて幹雄は下手な笑みをこしらえた。が、無理して笑顔を作ったあとで、彼らはほとんど見えていないのだと気づかされて、我が身をさらに恥じた。

「よぉーし。まずは元Jリーガーに、みんなの実力のほどをたっぷりと見てもらおうじゃないか。さあ、練習を続けよう」

秋山が言って、ホイッスルを軽く鳴らした。コートの中には、二人の健常者がいて、彼らも手をたたいた。すると、選手たちが何か言葉を発しながら、ふたつの集団に分かれた。

壁にボールを当てる練習が再開された。

今度は一人がボールを蹴ると、右や左によけていく。後ろの者が進み出て、跳ね返ってきたボールを追ってトラップすると、二三歩ドリブルしてからまたボールを壁に蹴る。そのつど、秋山たちが合図の手をたたく。音を頼りに選手たちが列を作りに走って戻り、またボールをトラップして壁に蹴る。

ひと通りの知識はあったものの、幹雄は横で見学する中年の女性に訊《き》いた。

「全盲の人もいるんですよね」

「うちはB1クラスに登録しています」

どこか誇らしげに聞こえる言葉だった。

上位のクラスなので、ほぼ全盲の人たちが集まっているのだ。幹雄は素直に感心した。

「結成は二年前と言ってましたよね」

それにしては安定したドリブルをする者が多い。その意をこめて、幹雄は訊いた。

川崎《かわさき》市内の盲学校から派生したチームで、ほとんどの者が学生時代に体育の授業で競技に接し、卒業後も続けていきたいとの意欲があったのだという。

「よし、次」

秋山が長くホイッスルを吹いた。

今度は選手たちが両サイドに分かれた。「ヒア」と自分の場所を告げた選手に向けて、ボールが蹴られる。トラップした選手が、次に声を出した者にパスしてから、反対側へと回っていく。

ボールの中には鈴のような金属の球が入っていて、転がるとシャカシャカと特徴的な音を出す。その音を頼りに、選手はボールを追っていく。

ほぼ目の見えない選手たちなので、時に見当ちがいの方向へ蹴ってしまうミスも出る。だが、ボールを追って走り、仲間の声の方向へと蹴り返していく。

秋山と二人のコーチはサイドラインの外に立ち、「右二」「左二」などの暗号めいた声を出していた。どうやら右三メートルへ走ってボールを受けろ、という指示のようだった。その場所へ正確にパスを出し、反対側のサイドラインへと走り、仲間たちの声を頼りにして、また後ろに並んでいく。

中にはコートの広さをつかみかねて、コートサイドの壁にぶつかって立ち止まる者もいた。けれど、秋山たちは何も言わない。選手が自分の感覚でコートの広さをつかむための訓練でもあるようだった。

一人の選手が壁に衝突して倒れかけた。見守る人たちが前のめりになった。が、声は出さずにいる。コートの外で声を発したのでは、練習の邪魔になるからなのだ。不安げな顔で耳打ちし合っているのは、選手の家族たちなのだろう。

ホイッスルに続いて練習が変わり、三対三のボール回しになった。コートの右と左に分かれて、ミニゲームのようにボールを奪い合う。十二人には一人足りないので、コーチの一人が加わっていた。

「動きが遅いぞ、ユタカ。腕を上手く使ってガードしろよ。ほら、逃げる方向を嗅《か》ぎ取って先に動くんだ」

　秋山が淡々と指示を出した。ボールを奪いにいく選手は、「ボイ」のかけ声とともに接近する。自分の存在を知らせないと反則になるからだ。が、中にはわざとタイミングを遅らせて、ボールを受けた選手に近づいてから「ボイ」と声を出して体をぶつけにいく者もいた。

　お互い目が見えないので、選手は両手を広げて前に回りこまれないよう、巧みにブロックしながらパスの送り先へと身を反転させる。

　ドリブルは両足で交互にボールをタッチし、ほぼ股《また》の下に置きつつ前に運んでいく。目が見えないため、足先からボールが離れてしまうと、あらためて追いかけていく手間がかかってしまい、自在に運ぶことができなくなる。フットサルと同じく小刻《こきざ》みなドリブルでボールを運んでいく技術が要求される。

「シュージ、左から回れ！」

　コーチが声をかけると、一人がサイドラインへと場所を変えて、「ここだ」と言って自分の存在を知らせた。そこにパスが出され、また別の選手がボールを追って走る。

見ると、コーチの一人が加わっている左コートの六人はボールさばきが堂に入っていた。それに比べて、秋山が指示を出す右のほうにはたどたどしい者もいて、ボールの動きも遅い。

次がシュート練習だった。

コーチかと思っていた二人の青年が、ゴール前に交互に立った。ブラインドサッカーのキーパーは晴眼者でも務められるのだ。

秋山がゴールポストの両端をホイッスルでたたき、音でゴールの位置と幅を教えた。そこに、もう一人のキーパーが横から選手に向かってボールを出す。走ってきた選手がトラップすると、必ず反転してからシュートを放つ。方向感覚を磨くため、わざと一回転してからシュートを試みているのだった。

「今のは右一・五離れてたぞ。もっとグラウンダーで攻めていけ」

「よし。左に決まった。あと五十センチ左でもOKだ」

シュートが放たれるごとに、秋山やキーパーたちがポストやクロスバーとの距離を伝えていく。枠《わく》の中に飛んでいくボールは、残念ながら少ない。とはいえ、目隠ししてできるかと問われたなら、幹雄はまったく自信が持てなかった。ゴール方向へシュートできるだけでも、素晴らしい方向感覚と言える。

その中で、背の高い青年の動きに目を見張らされた。トラップからドリブルまでボールがまったく足元から離れず、フットワークが驚くほどに安定していた。ところが、シュートは枠を外してばかりだった。

横で見ている中年の女性に、幹雄は訊いた。

「今の子、背の高い子は――」

「あ、はい、青柳《あおやぎ》君といいます」

「彼は経験があるようですね、サッカーの」

うなずきながらも、女性の眉が悲しげに下がった。

「神経の病気で急に視力が落ちてしまい……。それで盲学校に来た子です」

彼は幼いころからサッカーに触れ、実力をつけていったと思われる。が、歳を重ねるとともに視力が落ちて、ブラインドサッカーに転向するほかなくなった。だから、ボールさばきは上手くとも、まだ聴覚に頼っての方向感覚が備わっていないのだろう。

トラップは問題なくできる。ドリブルもこなせる。けれど、暗闇のコートで自分の進むべき道がまだつかめずにいる。

「右五メートルに外したぞ。ボールも上に吹かしすぎだ」

シュートが外れた事実を淡々と、秋山が指摘していく。仲間の列に戻る彼の背中は丸まっていた。

次のシュートがまた外れて秋山から注意されると、青柳という若者はサイドラインの壁を掌でたたきつけた。

「青柳。おまえはいったん休め。言ったはずだぞ。気持ちはわかるが、チームの雰囲気を悪くするな」

また秋山が冷静に告げた。選手たちの動きに乱れは出ない。が、コートの外で見守る人たちが固唾《かたず》を呑《の》むように視線を向けている。今に始まったことではないのだろう。

背の高い若者はフェンス沿いに歩いて、ベンチに腰を落とした。一人の女性がそっと近づき、スポーツタオルを手渡してやった。彼はそれを受け取らず、ずっと地面の土をスパイクの先で蹴り続けていた。

思うような動きができず、悔しさをよそへぶつけるしかなかった、いつかの山森幹雄を見るようだった。

2

青柳弦《ゆづる》、十九歳。鍼灸師《しんきゅうし》の資格を持ち、昨年の四月から横浜《よこはま》市内の病院で働いている若者だという。

　彼は恵まれているほうなのだ、と教えられた。中学生まで目が見えていたので、広く一般知識を持ち、職探しでも有利に働いたらしい。チームの中には、鍼灸やマッサージの国家資格を得ながら、仕事に就《つ》けていない者がいるのだった。

　最初に幹雄をコートの中へと導いてくれた女性が、NPO法人の職員で、チーム唯一の専属スタッフだった。

「みんな、山森さんにプレーを見てもらえることを、とても楽しみにしていたんです。本当にありがとうございます」

　また礼を告げられて、後ろめたさに襲われた。善意から来たわけではなく、口うるさい先輩の頼みを断れなかったにすぎないのだ。

「集合！」

　長くホイッスルが鳴らされた。秋山が選手たちに呼びかけながら、目で幹雄をとらえて手招きしてきた。

　元Jリーガーから見ての感想を求められていた。何をどう言ったらいいのか、言葉に迷う。

　プロ選手が行うミニゲームと比べてはいけなかった。人とボールの動きに差がありすぎた。が、聞こえのいい言葉で誉めそやすのでは、彼らの情熱を軽く見ることにもって腐《くさ》れずにいられなかった若者の姿がまだ目に焼きついていた。彼も仲間たちの後ろに立ち、幹雄のほうに耳を傾けるポーズを取っている。

なる。納得のいくシュートが打てず、ふて腐れずにいられなかった若者の姿がまだ目

スポーツとは、実は言葉で磨かれていくものなのだ。

子どものころからサッカーに親しみ、何度も痛感させられてきた。ボールを操るのは、突きつめると個々の感覚によるものだろう。けれど、身のこなしや重心の取り方、ボールタッチのコツなどを、言葉にできない者では、選手を導いていけないのだった。

いくらテクニックに秀でた選手でも、コミュニケーション能力が低いと、技術をともに高め合ってはいけない。戦術は互いの言葉によって固められていく。優秀な選手ほど、実感のこもった言葉で自分の技術を表現できる。頭を使えない選手は、ゲームの中で役に立たない。ただパスをよこせとしか言えないストライカーに、ボールは集まらなかった。

学生からプロへと進み、より言葉の重要さを感じてきた。けれど、目がほとんど見えず、それでも音と声のみを頼りにボールを操っていこうとする者たちを前に、彼らを納得させられる言葉を自分が口にできるだろうか。

「元Jリーガーの目から見て、何か気づいたことはあるかな。遠慮はいらないぞ」

明るく呼びかけてきたが、意地の悪い質問に思えた。もしかしたら秋山には、自分を試そうという意図があるのかもしれない。おまえはプロの世界で何を学んできたのか。その一端を見せてくれよ、と言われていた。

視覚に頼ることのできない選手たちの耳が、幹雄に集まっていた。

彼らを見回し、息を吸った。言葉がまとまってこない。だが、言わないわけにはいかず、迷いを消して口を開いた。

「ブラインドサッカーの練習風景を初めてじっくりと見せてもらいました。驚きと感動のようなものがあります。選手個々の技術に差はあるようですが、まず何よりぶつかり合いを怖《おそ》れない強い気持ちに感心させられました」

「いやいや、そうでもないぞ。まだおっかなびっくりでボールを追ってるやつもいるからな」

秋山がきつい言葉でまぜ返した。選手の中に、うつむく者が何人かいた。青柳弦はあさってのほうを向いている。

「おかしな表現になるかもしれないけど、ちょっと耳を傾けてもらいたいと思う。君たちと違って、ぼくは目が見えている。けれど、相手の寄せが速いと、敵の選手に囲まれて、何もできずにボールを奪われてしまう。そういう時、よく先輩ディフェンダーから言われた決まり文句があるので、ぜひ紹介しておきたい。――ボールは見ずに、背中と両手で相手を見ろ」

　選手の一人が「おお」と声を洩《も》らした。幹雄は大きくうなずいた。が、彼らには見えなかったのだと思い直し、慌てて言葉にして続けた。

「そう。自分の体を相手の前に入れてガードし、ボールを保持していくわけだ。君たちも、ファールにならない手の使い方をもっと学んだほうがいいように感じられた。たとえ汚い手法に思えても、ルールの中でなら、立派なテクニックのひとつになる。特に、肘《ひじ》は相手からの強烈な接触にも多少は耐えられるので、掌や指先をもう少し内側に向けてガードを固めてみる。ブラインドサッカーだと反則は厳しいんでしょうか、秋山さん」

　下駄《げた》を預けつつ、目で救いを求めた。

「いいか、みんな。山森君は何も反則を怖れるなと言ったわけじゃない。もっと知恵を使うべき。要するに、みんなのサッカーは行儀よすぎて、こぢんまりして見える。そう指摘をしてくれたわけだ。ゲームは戦いでもある。リーグに加盟した以上、もっと上を目指さないでどうする。元Jリーガーらしい意見だと、おれは思うな。どうだ、みんな」

　見事な言葉の置き換えに感心した。

　その後の休憩時間は、選手たちに取り囲まれた。自分のプレーの弱点は何か。ドリブルのコツ。相手との距離の取り方……。真剣な質問が矢継ぎ早にくり出された。秋山はただ笑うだけで、助け船は出してくれなかった。

上達への近道は、ボールに触れる時間を作ること。守りも攻めもアイディアが肝心。プレーのひとつひとつに意味を持たせてほしい。小学生に答えるような、当たり前のことしか口にできなかった。

練習が再開されると、幹雄は選手たちへのパス出しを手伝った。

状況に応じてのボール回しのパターンをくり返したあと、チームを分けてのゲーム練習になった。オフェンス側がボールを持って攻め、ゴールを目指す。ディフェンス側がボールを奪ったところで、攻守交代となる。

秋山はベンチ前に陣取ってオフェンス側に、ディフェンス側にはキーパーが指示を出していく。

「右サイドに集まりすぎだ。前田《まえだ》は下がってゴールを固めろ」

「木山《きやま》、右から上がれ。自分で声を出さないでどうする」

秋山たちが熱く声をかけるが、ボールはエンドラインを割り、シュートは遠く外れてしまう。実戦練習を見て、このチームの実力が知れた。

が、選手たちは懸命だった。音を頼りにボールを追って、走る、また走る。腰が引けた動きを見せる者が数名。技術の差が如実になる。勢いあまってサイドライン際《ぎわ》で選手同士が衝突した。

誰かが倒れるたびに、見守る人々が息を呑む。それでも選手たちは立ち上がって、ボールを追いかける。

幹雄は、また青柳という若者の動きに目を留めた。ボールを持つと、彼のテクニックが発揮される。「ボイ」と声を発してディフェンスのプレーヤーが近づいてきても、巧みに体を反転させてボールを保持し、ドリブルで大きく回りこみつつ、ゴールへ迫っていく。ところが、シュートは決まらない。

「いいぞ。よく持ちこめた。けど、青柳ばかりに頼りすぎだぞ。それと、ディフェンス側だ。一人で止められると思うな。中央から寄せていって、コースを消すんだ」

攻守交代。

すると今度は、青柳の動きが急にたどたどしくなる。ボールに寄せていこうとするのだが、相手プレーヤーに近づくと、手を前に出しすぎてしまい、腰が引け気味になる。足だけを伸ばそうとしても届かず、振り切られてしまう。音による距離の奥行きをつかむ力がまだ磨かれていないのだ。

ほかにも相手の前で動きが鈍くなる者はいた。が、彼の場合は攻めとの差があるため、見ていてもどかしさがつきまとう。何より本人が自覚しているため、ミスをするたびに周りの空気が重みを増していく。

巧みなドリブルでゴール前に迫った。放ったシュートはまたも大きく外れた。すると、急に彼のプレーの密度が落ちた。ドリブルまでミスして、ボールを奪われた。その場で大きく土を蹴り上げる。

「青柳、おまえは下がれ。ユウタと交代だ。少し頭を冷やしてろ」

秋山の指導は当然だったと思う。彼の八つ当たりめいた態度はチームの仲間に伝わっていた。青柳が肩を落としてゴールの横に座りこんだ。

今度はボランティアの女性も彼に近づかなかった。それを機に、チームの声とプレーまでが小さくなった。見学する家族の表情も沈んで見えた。

陽が落ちても練習は続けられた。照明の数が少なく、コートの中は薄暗い。けれど、もっと暗いコートの中で、彼らは走り回っていた。しばらくして青柳弦もコートに戻った。彼のシュートはついに一本も決まらなかった。

午後七時に、練習が終わった。また意見を求められるかと警戒したが、秋山は選手一人ずつに、今日の成果とこの先の課題を短く語らせていった。

「いつも迷惑をかけてばかりで申し訳なく思ってます。ぼくはボールに触れるより、一人で街を歩くことを心がけます。もう親は頼りません」

青柳弦が思いつめたような顔で言った。その時だけは秋山が、短く彼に応えた。

「家族を頼って何が悪いのかな。おまえに怪我をされたら、チームの損失になる。あとは慣れだよ。急に張り切りすぎるな。おまえにはおまえの歩き方が必ずある」

そうだよ、という声が仲間から上がった。青柳は固く唇《くちびる》を噛んでいた。彼が何も答えないので、チームにまた沈黙が訪れた。

「よし、今日は解散だ。時間があるやつは、うちの店に集合してくれ。今日は山森君も来てくれるぞ」

幹雄の意思など訊きもせずに秋山が請け合うと、選手たちの表情がやっとほころんだ。

秋山の居酒屋に足を運ぶのは三度目だった。駅前商店街から一本入った通りに小さな店を開いて、もう五年になるだろうか。律子との結婚を報告に来た時は、昔の仲間を集めてくれて、大騒ぎの一夜になったのが懐かしい。あらためて振り返るまでもなく、節目のたびに世話をしてもらってきたのだなと思わざるをえなかった。

気になっていた青柳弦は、駅で仲間たちと別れた。ほかにも家族と一緒に帰っていく者はいたが、彼は最後まで思いつめたような顔のまま、白い杖《つえ》を頼りにホームへの階段を一人で上がっていった。そういう何気ない場面にも、彼の置かれた立場が映し出されて見える気がした。

奥の狭い座敷席に十人以上がつめこまれた。チームのメンバーは多くが酒を飲まなかった。秋山は奥さんとカウンターの中にずっといたので、自然と幹雄の話を聞く会のようになった。

家族も気を遣ってテーブル席に座り、時折こちらの話に参加する程度だった。それも企みのひとつだろうと思えたので、問われるままにJリーグ時代のエピソードを面白おかしく披露して笑いを取った。

驚くほど彼らはサッカーの話に飢《う》えていた。幹雄が口を開くと、ひと言も聞き逃すまいとするように耳を傾けてきた。その沈黙と熱心さが怖く思えるほどで、有名選手の人柄から練習メニューに筋トレの方法、果てはチーム運営の問題点や選手の懐《ふところ》事情までを語らされた。

食事をすませて八時四十五分を回ると、彼らは名残《なごり》惜しそうに腰を上げた。白い杖を手に、肩を並べて駅へ歩いていった。

「悪かったな。最後までつき合わせて」

気疲れを感じながら店の前で送り出すと、秋山が珍しく頭を軽く下げてきた。

「ちっとも知りませんでしたよ。ブラインドサッカーのコーチをしてただなんて」

「自分でも驚いてるよ。けど、黙って見てられなくなった」

たまたま練習帰りのメンバー数名が家族と食事に来たのがきっかけだった。何となく話が聞こえて、自分も名門高校でサッカーをしていた話を自慢半分に語った。すると翌日、盲学校の先生が来て、一緒に指導をしてもらうことはできないだろうか、と相談されたのだという。

「ホント驚いたわよ。先生は、この人の経歴までしっかり調べてたの。それほど頼りない藁《わら》でもすがりたかったんだと思うけどね」

「細くて頼りない藁で悪かったな」

「ほら、ブラインドサッカーの指導者はまだ少ないでしょ。うちのぼんくらだって、いくらかお役に立てるかもしれない。そうわかったら、もう尻を蹴るしかないものね」

幹雄は黙ってうなずいた。二人に子はない。もしかしたら、その辺《あた》りのことも関係していたのかもしれない。

最初は盲学校でのクラブ活動にすぎなかった。ところが、都内の学校との対抗戦で勝つようになると、卒業後もプレーを続けたいという意見が多く出始めた。

「横浜にもチームはあるんだよ。けど、仲間と一から作り上げていきたい。あいつらが自分たちの力で設立まで持っていったんだから、感心したよ。おれはほんのちょっと手を貸してるだけなんだ」

地元のボランティア団体が中心になって、新たに組織を立ち上げた。盲学校の顧問は公務員でもあり、NPOとはいえ民間法人の一員として働くのは難しかった。そこで正式にコーチ就任を請《こ》われたのだった。

「柄《がら》じゃないのはわかってる。けど、やつらの熱意に押しまくられた」

「この人の前で、目に涙を浮かべて言うのよね。自分たちにはサッカーしか楽しみがない、生き甲斐がない、確かな手応《てごた》えを感じたいって。だから、手を貸してほしいって」

断れるはずはなかった。少し狡《ずる》いと幹雄は思った。自分たちの楽しみのために、人の善意を利用する。秋山の性格を見越しての依頼だったろう。

「そういう顔をするな。やつらだって、一方的なお願いだってのはわかってたよ。だから、NPO法人を母体にして、代表は別の人に引き受けてもらってる。おれは監督でもなく、単なる雇われコーチという気楽な立場だった」

幹雄は首を振った。気楽なボランティアであるわけがなかった。秋山にとっても、今は生き甲斐に近くなっている気がしてならない。

ところが去年、長く監督を務めてきた盲学校の元教諭が、妻の看病のために時間を取れなくなった。秋山がヘッドコーチを引き受けるほかなかった。

「けど、安心してくれ。おまえまで巻きこむつもりは、さらさらない」

「……はい」

言われて正直、胸を撫《な》で下ろした。自分にはとても無理だと思った。この半日で、どれほど気疲れしたかわからなかった。

「ただ……」

カウンター越しに秋山が酒をそそぎ、何となく奥さんと目を見交わした。

「ごめんなさいね。青柳君っていたでしょ」

「ええ、ドリブルが一番うまかった子ですよね」

「うちの人がいうのよ。あいつは絶対、日本代表のユニフォームを着れる子だって」

客の料理を仕上げる秋山の顔をまじまじと見返した。この先輩には本当に驚かされる。またとんでもない野望を隠し持っていたものだ。

「笑いたいなら、笑っていいぞ。でも、あいつは視力が落ちても、十三まで市内のチームで健常者に負けじとボールを蹴ってた。うちには、あいつほど長くサッカーをやってきた者はいない。弦ならパラリンピアンになれるとおれは確信してる」

迂闊に言葉を返せなかった。ブラインドサッカーがパラリンピックの競技種目にあることは知っていた。けれど、日本チームはパラリンピックの予選を勝ちぬいたことが、まだない。東京開催では自動的に出場権を得られる。が、その先のことを秋山は言っているように聞こえた。

「あいつは盲学校に来た当初、ずっとサッカーをしてきたことを隠してたんだ。ブラインドサッカーの知識はあっても、ブラインドの生活に慣れていない自分には、とてもできないと思いこんでた」

「あの子のお母さんが相談に来たの」

息子をもう一度、輝かせてやることはできないだろうか。視力を失い、暗い道をさまようしかない子に、光を与えてやってほしい。

来る者は拒まない。けれど、自分から歩こうとしない者の手をつかんで引きずっていくのでは、身も心も傷つけることになる。

「チームの仲間があの子を説得したの。一緒に戦っていこう。勝つ喜びを分かち合おう、ってね」

ところが、最初の練習試合に途中出場して、彼は相手チームの選手に激しくチェックされた。

「倒れた拍子に、よりによって骨折だ。半年を棒に振った」

それでも彼はチームに戻ってきた。けれど……。

「なるほど。だから、ディフェンスがあんなふうになったわけですか」

すべてが読めた。自分がなぜ呼ばれたのか。

秋山が深く頭を下げてきた。奥さんも黙って視線を落としていた。

「おまえの経験を、あいつに語ってやってほしい。おれはひどいことを頼んでる。そういう意識はある。けど、日本代表になれる男のためなんだ。頼む、このとおりだよ」

3

週が明けても、律子からの電話はなかった。

冷静になって考える時間を持ったほうがいい。彼女はそう言い残して出ていった。もとより幹雄は冷静だった。感情的になって仕事を辞めたのではない。悩んで迷い、考えた末に結論を出した。自分に合った仕事を探さないと、この先の道は苦しくなるばかりだと思われた。律子の気持ちはわからなくもなかったが、夫の意思を確かめもせずに親戚を頼るのは、少し行きすぎていた。

――あなたは家族のことを何も考えてない。

――もうサッカー人生は終わったのよ、残念だけど。あとは現実を見すえるしかないでしょ。

――あなたの取《と》り柄《え》はしつこさと粘りじゃなかったの？　だからJ2にも戻れたわけよね。だったら、もう少し我慢して今の仕事を続けてみたらどうなの。

サッカーに戻れるわけがないのはわかっていた。けれど、何かが違うのだった。

営業先を回って頭を下げる。大切な仕事のひとつだと思う。社交的で何より人の和を大切にしてチームを盛り上げられる者には適した仕事だろう。酒を酌《く》み交わして、時にＪリーガー時代の笑い話を披露し、場を盛り上げる。昔の自分を切り売りするようで、たまらなく淋しくなった。

水曜日の面接に、幹雄は期待をかけていた。スポーツ用品メーカーに履歴書を送ったところ、時間を作ってくれるというのだった。

ところが、面接会場の廊下には、見るからに元スポーツマンとわかる体格の男たちが列をなしていた。彼らも自分と同じなのだ。まだ夢の近くにいたくて、スポーツ関連の職に就きたいと願っている。実績なき元Ｊリーガーの肩書きが、どれほどものを言ってくれるか……。

面接官は事務的な口調で、幹雄にまず問いかけた。

「君、普通運転免許のほかに資格は本当に何もないのかね？」

恥ずかしくてもうなずくほかはなかった。スポーツにかかわる仕事がしたい。情熱なら負けません。ありきたりで当たり前すぎるアピールしか口にできず、肩を落として帰宅した。

結果は受け止めるしかない。子どものころからずっと競争を強いられてきた。プロサッカーの世界を離れようと、現実の厳しさはついて回る。

土曜日の午後三時。幹雄は迷いながらも、教えられた盲学校のグラウンドへ足を運んだ。

幹雄の姿を認めた秋山は、黙って大きく頭を下げてきた。

「ちょっとアイマスクを貸してもらえますか」

この一週間、それとなく考えていたことを口にすると、秋山が周りを気にする目を見せた。日本のブラインドサッカーは、健常者も目を隠すことで、ともにプレーできるカテゴリーが設けられていた。

「まず自分でやってみないと、アドバイスもできませんから」

ボールの扱いに自信はある。問題は、聴覚のみでの距離感だった。音を頼りにどこまでボールを追えるか。気配《けはい》で相手の位置さえつかむことができれば、それなりの動きはできそうな気がしていた。

予測は甘かった。

アイマスクで目を覆うと、暗闇という濃密な壁に囲われている感覚になった。ゆっくりとジョギング程度の速さで走ろうとしたが、闇の密度に行く手をはばまれて、のろのろとしか進めなかった。

「どうだ。見るのと体験するのとじゃ、大違いだろ」

「よくわかりましたよ、見えていたぶん、余計に怖く感じるってことが」

チーム練習の邪魔にならないよう、コートの外でドリブルをくり返した。シャカシャカと転がる時の音は聞き取れる。が、盲学校は住宅街の中にあるため、生活音が思いのほか耳に伝わってきた。車の走行音、子どもの喚声、風が木を揺する音……。練習するメンバーたちのかけ声にも惑わされてしまい、ボールの行方がつかめなくなる。

見当違いの方向へ進んでいかないよう、選手の家族に横で見てもらった。彼らはいつも練習を見学しているので、かなりの正確さで方向を伝えることができる。

右五メートルでフェンス。言われて反転し、ボールを蹴った。シャカシャカと転がる音に向かって、自分でもおどおどと追っているのがわかる。

十五分もドリブルを続けると、倒れそうになる不安は少し薄れてきた。足先を高く上げすぎてボールに乗り上げてしまうことが、一番怖い。絶えず低く足を運んでタッチしていくことで、ボールを操れるのだった。

「さすが元Jリーガーですね」

見学に来た家族の一人が言ってくれた。が、自分で思い描いていた動きとは、雲泥《うんでい》の差があった。元プロとしては恥ずかしい。倒れることを怖れていたのでは何もできない。そうやって彼らが生きているのだと実感できた。

アイマスクを外して、練習風景を振り返った。

男たちがボールを追い、ゴール目指して走っている。技術にいくらか差はあろうと、彼らは同じ勇者なのだ。闇を切り裂いて走っていけるだけでも、誇っていい。

次に幹雄は、転がしてもらったボールをトラップする練習に移った。短い距離だというのに、ボールの軌道が頭の中で描けず、一歩が遅れてしまう。このうえに、「ボイ」と声を放つ相手選手が突進してくる。腰が引けたとしても当然だった。接触に耐える勇気。相手を受け止め、跳ね返す強い心。幹雄が経験してきたサッカーと何も変わらなかった。ハンディキャップを背負っているぶん、より屈しない戦う気力が必要となる。

シュート練習が始まったので、幹雄はボール出しを手伝った。また青柳弦が大きくシュートを外し、苛立《いらだ》ち始めた。秋山とキーパーたちが淡々とミスを指摘していく。三対三のボール回しに移ると、弦の動きが乱暴になってきた。ボールを受けると一人でずっとドリブルを続けていく。その際に両手を大きく振りすぎたため、仲間の一人が追うのを止めるほどだった。

「青柳、パスを出せ。パス回しの練習だぞ」

キーパーに言われると、弦はいかにも仕方なさそうにボールを仲間のもとへと蹴った。が、その方向はまたも大きく外れた。仲間たちは何も言わずに、ただボールを追いかけていく。

「ちょっといいかな、青柳君」

秋山に目で許可を求めてから、幹雄はコートの中に進み出た。

「あ、はい……」

顔を幹雄に向けながらも、視線は宙を行き来した。秋山が黙って見てくれている。

「君のドリブルのボールタッチはなかなか見どころがある。けど、タッチのリズムがずっと一緒なのが気になるな」

顔がさらに幹雄へと、真正面から向けられた。

「テクニックに少し長けてるから、チームの仲間は振り切れる。試合でも通用しているんだろうか」

「いえ。でも、ボールを長く持ちすぎるから、囲まれてしまうためで……」

自分の技術に自信を持ちつつも、ゲームで結果を出せないことへの悔しさが言葉尻に表れていた。幹雄は言葉を選んで言った。

「もう少し工夫が必要だと思う。ぼくぐらいの経験者がもし相手チームにいれば、君のドリブル突破を食い止める方法はいくらでも思いつけるし、指導もできる」

右のコートでもメンバーたちの動きが止まっていた。家族たちも心配そうな顔だった。秋山一人が微笑んでいる。

「じゃあ、ちょっとドリブルをしてくれるかな。ぼくが止めてみせよう。もちろん、アイマスクをつけて、だ」

「おい。喧嘩《けんか》を売られたみたいだぞ、青柳。おまえの力を見せてやれ」

秋山が手をたたいて焚《た》きつけた。メンバーたちもうなずいていた。

「やってみろよ、弦。いい勉強になるぞ」

「だから山森さん、さっきからずっと外でボールを蹴っていたんですね」

彼らは練習に汗を流しながらも、音だけで幹雄の動向をうかがっていたのだ。本当に驚くべき察知能力を持っている。いや、当然なのだ。そういう感覚を、毎日の暮らしの中で研ぎ澄ませながら生きてきたのだ。

秋山が弦の前にボールを蹴った。彼は苦もなく右に動き、巧みにトラップした。それを見届けて、幹雄はアイマスクをつけた。

暗闇の中、シャカシャカとボールを操る音が頼りなく伝わってくる。弦のドリブルがスタートした。

耳に神経を傾けつつ、ゆっくりとボールの音へ近づいた。二メートルほど右。闇を探るように手で前を探りながら、小刻みにステップを踏んで足を運ぶ。「ボイ」と声を上げて、一気に距離をつめた。左手が彼の体に触れた。たぶん背中だ。幹雄の接近に気づいて、体で防ごうとしたはずなのだ。

次は右か左へ動こうとする。彼のフェイントは、ほぼ一度しか体を左右に振らない。その動きでチームの仲間はほぼ振り切れてしまうからだ。

が、相手は元Jリーガーなので、左へ行くと見せかけてから、右へ大きく動き出しておいて、即座に前か左へ反転する気でいるだろう。どんな動きを見せようと、ボールは彼の股の間を動かずにいる。そこへ足を出してやれば、ドリブルは続かない。

ボールが左へ向かった。が、幹雄は足踏みだけしてタイミングを計った。ワンテンポ遅らせてから、右へ偽装の一歩を踏み出した。この音を聞けば、彼はまた左へ反転する。そこを待ち受けた。

予想どおり、ボールの音が左へずれた。幹雄が待ち受けていたところに、弦がぶつかってきた。そこに相手がいるはずはない、と信じきった動きの速さだった。

コートの横で悲鳴に近い声が上がった。遅れてボールが大きく左へ転がっていった。地面へと弦の倒れる音が続いた。

幹雄は素早くアイマスクを取った。足元で弦が膝と両手を突いていた。

「大丈夫かな」

彼はうずくまったまま無言でいた。

たとえ見えてはいなくとも、チームの仲間に多くの説明はいらないだろう。幹雄は言った。

「みんな、聞いてほしい。青柳君のボールタッチは素晴らしい。けれど、すべてインサイドでしかボールを操れていない。タッチのテンポもほぼ同じ。アウトサイドを使うのは、怖いと思う。強く蹴りすぎたら、ボールは足元から外れてしまう。でも、大きくボールが動くから、敵からも遠くへ運べる。ほんの少しの勇気で、相手の足は届かず、回りこまれる危険も減る。特にサイドライン沿いには壁があるから、もっと利用するアイディアを考えたほうがいい」

最後の言葉は、うずくまる弦に向けてのものだった。

「それと、もう一点。今、青柳君は自分からぼくにぶつかり、倒れてしまった。ぶつかられたぼくのほうは転倒していない。体力の差ではない。なぜかわかるかな」

弦が立ち上がり、フェンスの近くへと歩いた。ボランティアのスタッフが駆け寄り、タオルを渡してやっている。

「ほら、質問されたぞ。あてずっぽうでもいいから、答えてみないか」

秋山のうながしに、ようやく一人が手を上げた。

「ボールにばかり意識が向けられていたから、でしょうか」

「それもあったかもしれない。けど、ぼくが気になったのは、リズムなんだ。だから、いつも同じだと彼に言ったわけだ」

「リズムが一緒だと、どうして倒れてしまうことになるんですか」

別の若者が首を傾けながら発言した。

「この中に、ぼくの足さばきに気づけた人はいないかな」

「あ――もしかすると」

三十代の男性が顔を振り上げた。

「青柳君に近づいていく時、何度も小刻みにステップを踏んでいたように聞こえたんですけど」

「そのとおり。ぼくは絶えず、青柳君の近くで左右にステップを踏んでいた。そのほうが、次の動きだしに備えられる。さらに言うと、独楽《こま》という日本の伝統的な玩具は、自らが回転しているから、倒れずに回り続けることができる。つまり、細かくステップを踏んで備えることで、相手のパワーを正面から受けるのでなく、体の軸をうまく使って身を回し、相手の力を逃がしてやることもできる。柔道やレスリングも同じで、彼らは相手と組み合う前に絶えず動き続けて、次に備えてる。サッカーにも同じことは言える」

独楽の喩《たと》えは、知り合いのトレーナーの受け売りだった。そう言われて自分も、絶えず動いていることの重要さを実感できた。

「青柳君がさらにドリブルを磨いていけば、得点力は増すし、チームのディフェンス能力も高まっていく。一プラス一が三や四になる。それがサッカーというチームスポーツの面白さでもあるからね」

視線を向けると、弦はタオルを手にしたまま唇を嚙みしめていた。

練習を終えると、女性スタッフの一人が近づいてきた。

「先ほどはありがとうございました。弦が少し話したいと言ってるんですが、よろしいでしょうか」

ボランティアのスタッフではなく、彼の母親だったらしい。先週も見かけた人だが、彼は一人で駅のホームへ歩いていった。家族に頼らず街を歩いて行く。その宣言どおり生真面目《きまじめ》にも実践していたのだとわかる。

脱いだスパイクの汚れを落としている弦の横に、幹雄は近づいた。

「お疲れ様」

弦が勢いよく顔を上げた。前置きもなく言葉が次々とあふれてきた。

「まずチームが一勝するには、アウトサイドを使ってボールを失うリスクを冒すより、強引にでもドリブルを仕掛けたほうが得点につながると思うんです。山森さんが言ったように、独楽を真似て反転するドリブルをもっと磨いていけば、相手との接触も防げるし、チャンスにもつなげられる気がしてなりません」

彼なりにチームのことを考えているとわかる言葉だった。周りで身支度《みじたく》を始めていたメンバーたちの動きが止まる。

「短期的には、そのとおりだと思う。今言った君のやり方でも、まだ少しは通用するだろうね。でも、それは国内リーグに限っての話だ」

「え……？」

「ぼくはもっと先のことを言ったつもりだった。世界で戦っていくには、もっとアイディアを出していかないと無理だと思うからだ」

見えない目が大きく開かれた。横に立つ母親は口の前に手を当てていた。

闇の中の光を見すえようとするような視線が向けられた。幹雄は彼の横のベンチに腰を下ろした。

「イップスという言葉を聞いたことがあるかな」

「あ、はい……」

「ぼくが引退することになったのは、相手フォワードとの接触プレーで靭帯《じんたい》損傷の怪我を負ったからじゃなかった。怪我は完治したんだ。練習にも問題なく参加できた。なのに、試合になると、相手を止めにいく時、肝心な一歩が出遅れるようになった」

心の問題だ、と監督とコーチに言われた。いい歳をして、小学生みたいに怪我を怖れてどうする。そういう軽い言い方に、反発心から背を向けた。自分にもＪ１チームにいたというプライドがあった。

相手をゴールに近づけさせず、体を張ってでもボールを跳ね返す。ディフェンダーとしての務めは身に染《し》みついていた。ところが、試合になると、一歩の出遅れが続いた。接触プレーで倒れることが多くなった。

気持ちで負けてはいけない。指導者は必ず口にする。当たり負けをするようなやつは、心が弱い。サッカー選手として戦っていけはしない。

「自分で自分が信じられなかった。怪我を怖れてなどはいない。そう誰よりも思っているのに、納得のいくプレーがまったくできなくなった」

「イップスって……確かゴルフで、いくら気をつけていても、ありえないようなミスを続けてしまうことでしたよね」

実績あるプロゴルファーが突然、緊張のあまりに短いパットが打てなくなってしまう。アプローチでミスが続く。瞬間的な精神の萎縮で筋肉が硬直し、手が思うように動かなくなるのだ。

イップスの原因としては、多くの可能性があげられていた。加齢にともなう脳の変化の影響。過剰な意識による筋肉の痙攣《けいれん》。職業的な姿勢を固定することによる局所性の不随意反射運動。

ただし、サッカーの場合は、プレーでの姿勢が固定されることは、ほぼない。そのため、多くが体力の衰えと心の問題と受け止められていた。あいつはもう限界だ。勇気がなくなったのだ。そう人に見られているかと思えば思うほど、プレーが萎縮してくる。理想とする動きから遠くなる。

「心の問題が深くかかわっているのであれば、イップスを乗り越えるのに最も大切なのは、自分を認めていくことだと教えられた」

チームドクターに紹介されて、幹雄は心療内科に通った。何人もの専門医からアドバイスを受けた。

「弱い自分を認めてやる。相手選手とぶつかって怪我をするのは、誰でも怖い。その怪我が理由で、プロ選手はクビを言い渡されることだってある。だから、怖れるのは自然な感情だ。ましてや君たちはハンディキャップを背負っている。ぶつかるのは怖いし、方向感覚に狂いも生じてくる。何も恥ずかしいことではないんだ。焦って自分を追いつめることのほうが、遠回りになってしまう」

弦はずっとうつむいていた。

最初は認めることができなかった。強い意志を持つから、ここまで多くの争いを勝ちぬき、サッカー選手として生きてこられた。密かなプライドを持ってきた。

自分は弱い人間ではない。闘争心は誰にも負けてはいない。そう言い聞かせてきたから、苦しい練習をこなすことができた。今の自分がある。

「多くのことを怖れる自分を許してあげていいんだよ。君たちはもう充分に強い」

今だから、言えた。悩みの淵をさまよい、自分を許せずにいるあまり、人に当たり散らすことばかりしていた。自分はまだ活躍できる。闇雲に相手選手にぶつかっていき、怪我を負わせてしまった。ラフプレーをチームメートからも咎《とが》められた。孤立を深め、監督からも嫌われた。

絶対にまだできるはずだ。自分を信じて何が悪い。

今だから、認められる。自分は弱い人間だ。強がって無理して、虚勢を張って強気な振りをして、どうにか現役のサッカー選手にしがみついてきた。でも、人は誰もが弱さを持っている。

プライドとは、大切な拠《よ》り所《どころ》として胸の中にあればいいものだった。苦しい時、輝いていた自分を振り返ることで、新たな勇気をきっともらえる。虚勢とプライドは違う。

うつむいた弦の肩が小さく震えていた。

「相手選手とぶつかるのは怖い。いくら練習しても壁にぶつかって上達しない時はある。だから、自分を認めて、できることを考え、頭を使い、少しずつでも技術を磨いていく。そうすれば、怖れる気持ちは必ず消えていく」

うつむく若者にではなく、自分に言った。

サッカーから離れた自分を認める。そうすれば、新たな道を歩いていける。

「なあ、弦。もっとおれたちにぶつかってこいよ。おれも遠慮なくボールを奪いにいくから」

「何言ってんだ。おまえじゃ無理だろ。いつも振り切られてばかりだものな」

「うるさい。細かいこと言うなって。今は心意気の問題を言ってるんだからさ」

笑顔の輪が広がった。その中で、弦と母親が泣いていた。暗闇の中でも、彼らには同じ光が見えている。

「おいおい、山森。何だかいっぱしのコーチみたいだな。これからも暇な時は手伝ってくれよな」

秋山が目配《めくば》せとともに笑いかけてきた。

たぶん、幹雄にこう思わせることが彼の狙いだったのだ。

「知りませんよ。ここにいるみんなが悲鳴を上げることになりますからね」

「おいおい、聞いたか。覚悟しとけよな、みんな」

秋山の冷やかしに、選手たちが笑顔で応えた。

彼らのためにも、土日が休みの仕事を探すほかはないようだった。

4

翌日の午後。先週と同じ運動センターに足を運ぶと、秋山がにやけ顔で近づいてきた。

「おれはずっと、相手のゴールの後ろでオフェンスに指示を出してきた。わかるよな」

ガイド、またはコーラー、と呼ばれる役目だった。

「……けど、監督がしばらく奥さんの看病をしなきゃならない。だもんで、おれがベンチから中盤の動きに指示を出してやらにゃあいけないわけだ。控えキーパーの鈴木《すずき》は、今までずっとディフェンスの指示ばかりを練習してきた」

要するに、おまえがゴールの後ろからオフェンスの指示を出せ。ガイドとしてチームの一員になれ、というのだった。

「何が巻きこむつもりはない、ですか」

「いやいや、ホント、そのつもりはなかったんだ。けど、おまえがみんなをコーチしたいって言いだすからな。猫の手だって使わなきゃ損だろうが。へへへ」

してやられた感は強かったが、乗りかかった船から逃げ出すわけにもいかず、幹雄はゴールの後ろに立ってガイドの練習を始めた。

選手の名前と特徴をメモに取っていき、指示の出し方を教わっていく。

「とにかくガイドは正確性とスピードだ。なるべく短い単語で的確に誘導してやる。敵チームに悟《さと》られないため、時には暗号も使う。嘘じゃないぞ」

「一度に言われたって無理ですからね」

「実を言うと、大事な一戦が来週に迫ってる。頼んだからな」

いくら睨み返そうと、秋山のにやけ顔は変わらなかった。そんな短期間の練習で務まるほど、ガイドが簡単なものだとは思えなかった。

「四時敵、二時へ回れ」

ペガサスでは方向を時計の文字盤で表していた。コートの守備側から見ての針の向きを瞬時に判断して、選手に告げねばならない。

「打て。こっちだ！」

ゴールの後ろに立ってみて、初めてわかった。オフェンスの戦術は、ガイドの腕前にかかっているとも言えた。相手の守備の隙《すき》を見つけて、素早く指示しないと、チャンスは生まれてこない。とんでもない役目を担わされたものだ。

幹雄の指示で、弦がドリブルしていく。キーパーがディフェンスに声をかける。その動きを予測して、ゴールの場所と敵の接近をかわせそうな方向を瞬時に伝える。

なかなかシュートは決まらなかった。どうやったら導いていけるか。プロの現場で多くの戦術を学んできたつもりでも、とっさに状況を見極めて言葉にするのは難しい。迷っている間にも、ディフェンスを固められてしまう。

「おらおら、山森、何してる。点を取らなきゃ勝てやしないんだ、わかってんのかよ」

秋山はチームを鼓舞《こぶ》するために、あえて幹雄にダメ出しを続けた。あとで仕返しする方法を、たっぷりと考えてやらねばならなかった。

「あれ……。さっきからあの人、ずっとこっちを見てる」

休憩の時間になると、家族の一人が誰にともなく言った。

何となく振り返って、動悸《どうき》が跳ねた。テニスコートの横に一人の女性が立っていた。

幹雄は秋山を睨みつけた。

「いやいや、おれは何もしてないって。うちのやつかもな。おまえが思いのほか熱心なんで、すっごく感心してたから。気を利かして教えたのかもな」

嘘に決まっていた。お節介者の血が騒いで、わざわざ律子に連絡したのだ。あいつも変わろうと頑張ってる。そろそろ許してやったらどうか……。

完璧に秋山夫妻の掌の上で踊らされていたようだった。

「あ……奥様ですか」

弦の母親が気づいて言った。

「え、コーチの奥さんが来てるんですか」

チームのメンバーが幹雄の周りに集まってきた。目が見えないはずなのに、どうして彼らはこうも自由に動けるのだ。

「ほら、迎えに行けよ、何してる」

秋山が冷やかし口調で言った。目論見《もくろみ》どおりに操られるのは癪だった。動かずにいると、後ろから声がかかった。

「山森コーチ、ぼくがガイドしましょうか」

「そうだ、弦。厳しくガイドされてばかりじゃ面白くないものな」

正ゴールキーパーの若者が笑った。弦が見えない目を振り向けた。

「コーチのところからだと、三時へ三メートル」

少しずれていたが、コートの出入口がその方向にあった。

「扉を出て二メートル先に石段があるんで、気をつけてください。急ぐと転びますよ」

「うるさいな。ガイドはおれの役目だろ」

照れ隠しに幹雄は減らず口を返した。

「ほら、コーチ、早く早く」

「まっすぐ十メートルでテニスコートですからね」

その場の景色が見えていないはずの選手たちに導かれるまま、幹雄は妻への一歩を踏み出した。

主要参考文献
『卓球　戦術ノート』高島規郎　卓球王国
『続　卓球　戦術ノート』高島規郎　卓球王国
『卓球王　水谷隼の勝利の法則』水谷隼　卓球王国
『負ける人は無駄な練習をする』水谷隼　卓球王国
『世界最強　中国卓球の秘密』偉関晴光・監修　卓球王国
『松下浩二の必ず強くなる！　勝つ卓球!!』松下浩二　卓球王国

また、お忙しい中、素人の質問にも丁寧にお答えいただいた日本卓球協会強化本部長・宮﨑義仁氏と日本陸上競技連盟競歩部長・今村文男氏に深く感謝します。本当にありがとうございました。

その他、新聞・雑誌等の記事も参考にさせていただきましたが、断るまでもなく文責はすべて著者にあります。

解説

西上心太（書評家）

再生や復活を懸けて、企業や団体に属する個人が奮闘し、より良き姿に戻していく姿を描くのが真保裕一の〈行こう！〉シリーズである。すなわち『デパートへ行こう！』（二〇〇九年）、『ローカル線で行こう！』（二〇一三年）、『遊園地に行こう！』（二〇一六年）が講談社から刊行され、すでに同社から文庫化されている。それに続く四作目が本書『オリンピックへ行こう！』である。「小説現代」二〇一七年八月号〜十二月号に連載された後、二〇一八年に刊行された作品だ。

ここ数年、新旧の東京オリンピックをテーマや背景にしたエンターテインメント作品が目立っている。奥田英朗にはすでに二〇〇八年に刊行された『オリンピックの身代金』（講談社文庫）があるが、二〇一九年刊行された『罪の轍』（新潮社）と併せて読むといっそう興味深い。地方と都市の格差など、華やかな表舞台からは見えにくい社会問題が浮き彫りにされるからだ。その他に森谷明子『涼子点景１９６４』（双葉社）、月村了衛『悪の五輪』（講談社）、大沢在昌、今野敏ら大物作家が並んだアンソロジー『激動　東京五輪　1964』（講談社文庫）などがある。これらは先のオリンピックの時代が舞台。一方では女子マラソン最終選考レースを描いた蓮見恭子『MGC《エムジーシー》――マラソンサバイバル』（光文社）、開会式直前に起きた流通テロを描いた福田和代『東京ホロウアウト』（東京創元社）などは今度のオリンピックを背景にした作品だ。

敗戦から十数年という時期に、アジアで初めて開かれた第十八回東京オリンピック。東日本大震災からの復興という〈名目〉で開かれる〈TOKYO2020〉オリンピック。実際に起きた当時の事件や流行を取材した芝居などを〈際物《きわもの》〉と呼ぶ。最近では〈キワモノ〉などとカタカナで書かれることも多く、あまりよい意味に使われないが、今も頻繁に上演される近松門左衛門の人気作品――たとえば『曾根崎心中』『女殺油地獄』など――も歴《れっき》とした際物である。オリンピックなど、国を挙げての大きなイベントを作品のテーマや背景にすることは、便乗商法といわれようがマーケティング的に決して間違っていない。また作家側も、単なる便乗ではなく大イベントの〈影〉の部分を浮かび上がらせるなど、批判性に富んだひねりのある作品を書こうという意欲も湧くのではないか。最近発表されたこれらの作品を読むと、そういう思いに囚《とら》われるのだ。

ところが！

二〇二〇年七月二十四日に開幕するはずの東京オリンピックの延期が三月下旬に決定してしまった。もちろん新型コロナウイルス感染症（COVID－19）が世界中に広まったためだ。今回のオリンピックの招致に関しては、国の責任者の無責任極まりない発言（原発アンダーコントロール）、招致をめぐる贈収賄疑惑、野放図に膨《ふく》れ上がった経費など、いろいろと問題になる点が多いことは否めない。

とはいえ、選手にも作品にも罪はない。そしてオリンピックが延期になろうが中止になろうが、本書の魅力が損なわれることはない。それだけは真っ先に強調しておきたい。本書のタイトルにある〈オリンピック〉は世俗的なものではなく、最高峰の選手達が集まってゲームやレースを競い合う〈場〉を意味していると思えばいいのだ。いや実際にそうも取れることは間違いない。

常に最高峰の場を目指さなければ、その選手の成長はずっと手前で止まってしまう。タイトルにオリンピックという文字はあるが、三編が収録された本書で、オリンピック・パラリンピックにすぐ手が届きそうな主人公は実は一人しかいないのだ。一人はそのずっと手前でもがいている選手であるし、もう一人はそんなこと（パラリンピックへの出場）など頭の片隅にも浮かんでいなかったのであるから。

巻頭に置かれているのが、短めの長編ほどのボリュームがある「卓球」だ。主人公は明城大学卓球部に所属する四年生の成元雄貴である。七歳でラケットを握り十歳で全国大会ベスト8。地元では神童といわれ卓球の名門の私立中学に入学し、十三歳以下の全国大会で三位に入りジュニアナショナルチーム候補選手となる。しかしそこで壁にぶつかってしまう。

雄貴の卓球部には「十で神童、十五で才子《さいし》、二十歳すぎればただの人」という言葉が伝えられている。スポーツの中でも特に卓球は次から次へと若年齢の有望新人が輩出する世界らしいのだ。雄貴は思ったような成績を残せず、ようやく関東一部リーグに所属する明城大学に入学することができた。しかし一年後にはライバルだった能瀬雅弘が入部し、部内トップの座を奪われる。能瀬はナショナルチームにも招かれ海外ツアーに挑む。一方の雄貴は怪我で一年を棒に振り、最後の年に懸けることになる。雄貴は努力を欠かさず、一段でも上を目指そうと奮闘する。よい成績を取り、卒業後も卓球を続けられる環境（実業団チーム入り）を得、ナショナルチームに、そして最終目標はオリンピック。彼の道程は遥かに遠い。しかし雄貴は目の前の一戦一戦に命を削るのだ。

真保裕一の特徴は綿密な取材。そしてその取材力を生かした描写である。人が物体の動きに反応するより、相手ボールが自分のラケットに届く時間の方が短いという。ゆえに「自分の打ったボールのコースと回転、相手のわずかな反応、敵のコース取りの癖、あらゆる状況を瞬時に読んで、どこにボールがくるかを予測して待ち受ける。だから、ラリーが成立する」というのだ。動きながら正確にボールを返し、瞬時に判断して対応する。かつての名選手・荻村伊智朗は「卓球とは、百メートル走をしながらのチェス」であると言ったそうだが、まさにその通り。その戦いの様子を、雄貴の読み、相手の対応、心の揺れなどを、真保裕一は一ポイントごとに事細かに描き出すのである。これほど卓球を詳細に描いた小説は初めてだろう。

二編目が「競歩」である。三十二歳になる白岡拓馬はオリンピック出場権を懸けて、五十キロ競歩の日本陸上競技選手権に挑む。拓馬もまた実績に乏しい選手である。さらに大学入学の時には大人たちの思惑と都合で、実業団チームを移る際にはコーチの保身や役員の無理解によって、謂《いわ》れなき扱いを受けてきた過去がある。しかもレース前には怪文書まで配られる。陸上競技最長のレースに挑みながら、拓馬の回想と心理、そして競歩という一見単純な競技の知られざる魅力がたっぷりと描かれる。

三編目が「ブラインドサッカー」だ。山森幹雄はＪ１にも所属したことのある元サッカー選手だ。幹雄は先輩の秋山の頼みでブラインドサッカーチームのコーチを引き受けることになる。彼が目をつけたのが、中途失明者でサッカー経験のある青年・青柳弦だった。幹雄は青柳がパラリンピックの日本代表になれる逸材であることを知る。

　幹雄もまた挫折を経験している。三十一歳までなんとかプロチームに所属したが、相手との接触プレーで重傷を負ってしまう。怪我は癒《い》えたが、精神的なダメージを克服できず引退したのだ。さらにサッカー界への未練や再就職問題もからみ、妻との仲も不和になっていく。一方の青柳もかつて自分ができたプレーとの齟齬《そご》と、目が見えない中でのプレーに対する恐怖を抱えているのだ。二人は互いの心の傷と弱みを見つめ直すことによって、コーチと選手としてパラリンピックを目指し始めるのである。

　以上、卓球、競歩、ブラインドサッカー。各競技のディテールを的確に臨場感たっぷりに描きながら、三つの種目に関わる男たちが挫折から復活し、より高い水準を目指していく姿を活写していく。どんな競技にも知られざる魅力がある。そしてその競技を戦うアスリートたちにもそれぞれの物語がある。それを知らしめてくれるスポーツ成長小説が本書なのだ。

この作品は、二〇一八年三月に小社より刊行されたものです。

|著者|真保裕一　1961年東京都生まれ。'91年に『連鎖』で江戸川乱歩賞を受賞。'96年に『ホワイトアウト』で吉川英治文学新人賞、'97年に『奪取』で山本周五郎賞と日本推理作家協会賞長編部門をダブル受賞し、2006年には『灰色の北壁』で新田次郎文学賞を受賞。「行こう！」シリーズは『デパートへ行こう！』『ローカル線で行こう！』『遊園地に行こう！』『オリンピックへ行こう！』（本書）がある。他の著書に『暗闇のアリア』『こちら横浜市港湾局みなと振興課です』『おまえの罪を自白しろ』『ダーク・ブルー』など。

オリンピックへ行《い》こう！
真保裕一《しんぽゆういち》

講談社文庫
定価はカバーに
表示してあります

2020年5月15日第1刷発行

発行者——渡瀬昌彦
発行所——株式会社　講談社
東京都文京区音羽2-12-21　〒112-8001
電話　出版（03）5395-3510
　　　販売（03）5395-5817
　　　業務（03）5395-3615

デザイン—菊地信義
本文データ制作—講談社デジタル製作
印刷———凸版印刷株式会社
製本———株式会社国宝社

Printed in Japan

ISBN978-4-06-519030-2

講談社文庫刊行の辞

二十一世紀の到来を目睫に望みながら、われわれはいま、人類史上かつて例を見ない巨大な転換期をむかえようとしている。

世界も、日本も、激動の予兆に対する期待とおののきを内に蔵して、未知の時代に歩み入ろうとしている。このときにあたり、創業の人野間清治の「ナショナル・エデュケイター」への志を現代に甦らせようと意図して、われわれはここに古今の文芸作品はいうまでもなく、ひろく人文・社会・自然の諸科学から東西の名著を網羅する、新しい綜合文庫の発刊を決意した。

激動の転換期はまた断絶の時代である。われわれは戦後二十五年間の出版文化のありかたへの深い反省をこめて、この断絶の時代にあえて人間的な持続を求めようとする。いたずらに浮薄な商業主義のあだ花を追い求めることなく、長期にわたって良書に生命をあたえようとつとめるところにしか、今後の出版文化の真の繁栄はあり得ないと信じるからである。

同時にわれわれはこの綜合文庫の刊行を通じて、人文・社会・自然の諸科学が、結局人間の学にほかならないことを立証しようと願っている。かつて知識とは、「汝自身を知る」ことにつきていた。現代社会の瑣末な情報の氾濫のなかから、力強い知識の源泉を掘り起し、技術文明のただなかに、生きた人間の姿を復活させること。それこそわれわれの切なる希求である。

われわれは権威に盲従せず、俗流に媚びることなく、渾然一体となって日本の「草の根」をかたちづくる若く新しい世代の人々に、心をこめてこの新しい綜合文庫をおくり届けたい。それは知識の泉であるとともに感受性のふるさとであり、もっとも有機的に組織され、社会に開かれた万人のための大学をめざしている。大方の支援と協力を衷心より切望してやまない。

一九七一年七月

野間省一